A Sra. Dalloway

VIRGINIA WOOLF

A Sra. Dalloway

TRADUÇÃO
JOSÉ RUBENS SIQUEIRA

SÃO PAULO, 2021

A Sra. Dalloway
Mrs. Dalloway
Copyright da tradução © 2021 by José Rubens Siqueira
Copyright © 2021 by Novo Século Editora Ltda.

EDITOR: Luiz Vasconcelos
TRADUÇÃO: José Rubens Siqueira
REVISÃO: Equipe Novo Século • Daniela Georgeto
PROJETO GRÁFICO E DIAGRAMAÇÃO: João Paulo Putini
ILUSTRAÇÃO DE CAPA: Bruno Novelli

Texto de acordo com as normas do Novo Acordo Ortográfico da Língua Portuguesa (1990), em vigor desde 1º de janeiro de 2009.

Dados Internacionais de Catalogação na Publicação (CIP)

Woolf, Virginia, 1882-1941.
A Sra. Dalloway / Virginia Woolf;
tradução José Rubens Siqueira
Barueri, SP: Novo Século Editora, 2021.

Título original: *Mrs. Dalloway*

1. Ficção inglesa I. Título. II. Siqueira, José Rubens

21-1149   CDD-823

Índice para catálogo sistemático:
1. Ficção: Literatura inglesa 823

Alameda Araguaia, 2190 – Bloco A – 11º andar – Conjunto 1111
CEP 06455-000 – Alphaville Industrial, Barueri – SP – Brasil
Tel.: (11) 3699-7107 | Fax: (11) 3699-7323
www.gruponovoseculo.com.br | atendimento@gruponovoseculo.com.br

A Sra. Dalloway disse que ela mesma ia comprar as flores. Porque Lucy já tinha suas tarefas definidas. As portas seriam retiradas das dobradiças; os homens da Rumpelmayer viriam para isso. E depois, pensou Clarissa Dalloway, que manhã... fresca como se de encomenda para crianças numa praia. Que delícia! Que aventura! Porque isso era o que sempre sentia quando, com um pequeno ranger nas dobradiças, que podia ouvir agora, ela abria as portas francesas e mergulhava no ar livre em Bourton. Que frescor, que calma, mais tranquilo do que isto, claro, estava o ar da manhãzinha; como o bater de uma onda; o beijo de uma onda; fresco e firme e mesmo assim (para a garota de dezoito anos que ela era então) solene, sentindo, como sentia ali, parada à janela aberta, que alguma coisa horrível estava para acontecer; olhando as flores, as árvores com o vapor que emanava delas e as gralhas que subiam e desciam; ali parada, olhando, até que Peter Walsh falou: "Divagando entre os vegetais?" – seria isso? "Gosto mais de gente que de couve-flor" – era isso? Ele devia ter dito isso no café da manhã algum dia quando ela saiu para o terraço: Peter Walsh. Ele deveria voltar da Índia por esses dias, em junho ou julho, ela não lembrava, porque suas cartas eram horrivelmente sem graça; era de suas falas que as pessoas lembravam; dos olhos, do canivete, do sorriso, do mau humor e, quando milhões de coisas tinham desaparecido totalmente, que estranho!, umas poucas falas como essa sobre repolhos.

Ela endureceu um pouco na calçada, esperando passar o furgão da Durtnall. Scrope Purvis a considerava um encanto de mulher (conhecendo-a como se conhece quem vive na casa vizinha em Westminster); um toque de pássaro em torno dela, de um gaio, azul-esverdeado, leve, vivaz, embora ela tivesse mais de cinquenta anos, e ficado muito pálida desde sua doença. Empoleirada ali, sem vê-lo, à espera para atravessar, muito ereta.

Pois depois de viver em Westminster – quantos anos já? mais de vinte –, a pessoa sente, mesmo no meio do tráfego, ou ao acordar durante a noite, Clarissa tinha certeza, um silêncio particular, ou uma solenidade; uma pausa indescritível; um suspense (mas isso podia ser o seu coração, afetado, disseram, pela gripe) antes do toque do Big Ben. Pronto! Soou! Primeiro um alerta, musical; depois a hora, irrevocável. Os círculos pesados a se dissolver no ar. Que tolos somos, pensou ela, ao atravessar Victoria Street. Porque só Deus sabe como a gente adora isto aqui, como a gente a sente, tomando forma, crescendo em torno de nós, recriada a cada momento; porque mesmo os maltrapilhos, o mais desgraçado dos miseráveis sentado nos portais (bebem a própria decadência), sentem a mesma coisa; por isso mesmo, não dá para impedir nem com as leis do Parlamento: eles amam a vida. Nos olhos das pessoas, no movimento, no pisar, no caminhar; nos gritos e no tumulto; as carruagens, os automóveis, os ônibus, furgões, homens-sanduíche arrastando os pés, oscilando; bandas de metal; realejos; no triunfo, no retinir, no estranho canto agudo de algum aeroplano lá no alto, estava o que ela adorava; a vida; Londres; este momento de junho.

Porque era meados de junho. A Guerra tinha acabado, a não ser para alguém como a Sra. Foxcroft na Embaixada, noite passada, muito aflita porque aquele bom rapaz tinha sido morto e agora a velha mansão iria para um primo; ou Lady Bexborough, que abriu um bazar, disseram, com o telegrama na mão, John, seu favorito, morto; mas tinha acabado; graças aos céus, acabado. Era junho. O rei e a rainha estavam no palácio. E por toda parte, embora ainda fosse tão cedo, havia um tropel, agitação de cavalos galopando, bater de tacos de críquete; Lords, Ascot, Ranelagh e todo o resto; envoltos na malha macia do ar matinal cinza-azulado que, com o passar do dia, ia despertá-los para instalarem nos gramados e arremessarem cavalos irrequietos, cujas patas dianteiras batiam no chão e eles subiam como molas, os rapazes, giravam, as garotas a rir com suas musselinas transparentes que, mesmo agora, depois de dançar a noite toda, saíam para uma corrida com seus cachorros absurdamente peludos; e agora mesmo, a essa hora, viúvas ricas saíam com seus automóveis em missões misteriosas; e os lojistas agitados em suas vitrines com pedras falsas e diamantes, seus adoráveis broches antigos verde-água em engastes do século XVIII para tentar americanos (mas é preciso economizar, não comprar as coisas precipitadamente para Elizabeth) e ela também, que adorava com uma absurda e fiel paixão ser parte daquilo tudo, uma vez que sua família um dia fez parte da corte dos Georges, ela também, iria, nessa mesma noite, receber e iluminar; dar a sua festa. Mas que estranho, ao entrar no parque, o silêncio; a névoa; o rumor; os patos felizes que nadavam devagar; as aves papudas gingando; e quem vinha vindo de costas para os prédios governamentais, carregando, muito adequadamente, uma caixa de documentos com o Selo Real, quem senão Hugh Whitbread; seu velho amigo Hugh, o admirável Hugh!

– Bom dia para você, Clarissa! – disse Hugh, um tanto extravagante, pois se conheciam desde crianças. – Aonde está indo?

– Adoro andar por Londres – disse a Sra. Dalloway. – Na verdade, é melhor que andar no campo.

Ambos tinham vindo, infelizmente, para consultar médicos. Outras pessoas vinham ver filmes; ir à ópera; passear com as filhas; os Whitbread vinham "consultar médicos". Vezes sem conta Clarissa tinha visitado Evelyn Whitbread numa clínica. Será que Evelyn estava doente de novo? Evelyn estava bastante indisposta, disse Hugh, dando a entender com uma espécie de projeção dos lábios ou alçar do corpo muito bem tratado, másculo, extremamente bonito, perfeitamente trajado (ele estava sempre bem-vestido demais, mas talvez precisasse estar, com seu empreguinho na Corte), que sua esposa tinha algum mal-estar interno, nada sério, coisa que, como uma velha amiga, Clarissa Dalloway entenderia sem precisar que ele especificasse. Ah, sim, ela entendia, claro; que desagradável; e sentiu-se muito fraterna e ao mesmo tempo estranhamente consciente do próprio chapéu. Chapéu errado para de manhã cedo, seria isso? Porque Hugh sempre a fazia sentir-se, ao seguir, apressado, ao erguer o chapéu de um jeito bem extravagante e garantir que ela podia ser uma garota de dezoito anos, e que, claro, iria à sua festa essa noite, Evelyn insistia em ir, só que teria de atrasar um pouco depois da festa no palácio aonde tinha de levar um dos meninos do Jim, ela sempre se sentia um pouco desajeitada ao lado de Hugh; meio colegial; mas ligada a ele, em parte por conhecê-lo desde sempre, e porque de fato o achava interessante à sua maneira, embora Richard quase ficasse louco com ele, e quanto a Peter Walsh, até hoje ele não a perdoava por gostar dele.

    Ela se lembrava de cenas e mais cenas em Bourton, Peter furioso; Hugh não à altura dele, claro, mas mesmo assim não um total imbecil como Peter achava; não um mero cabeça oca. Quando sua velha mãe queria que ele desistisse do tiro ao alvo ou que a levasse a Bath, ele obedecia, sem protestar; era realmente generoso, e quanto a dizer, como Peter dizia, que ele não tinha coração, nem cérebro, nada além das boas maneiras e do berço de um cavalheiro inglês, isso era apenas o pior do querido Peter; e ele podia ser insuportável; podia ser impossível; mas adorável para caminhar a seu lado em uma manhã como essa.

    (Junho tinha feito brotar todas as folhas das árvores. As mães de Pimlico davam de mamar a seus pequenos. Mensagens passavam da frota para o almirantado. Arlington Street e Piccadilly pareciam atritar o próprio ar do parque e erguer suas folhas com animação e brilho, em ondas daquela divina vitalidade que Clarissa adorava. Dançar, montar a cavalo, ela tinha adorado aquilo tudo.)

Porque podiam ficar separados centenas de anos, ela e Peter; ela nunca escrevia uma carta e as dele eram secas; só que de repente lhe ocorria: se ele estivesse comigo agora, o que diria? Certos dias, certas imagens o traziam de volta para ela com calma, sem a velha amargura; o que talvez fosse a recompensa por ter amado as pessoas; elas voltavam ao centro do St. James Park uma bela manhã; voltavam mesmo. Mas Peter, por mais lindo que estivesse o dia, as árvores, a grama, a menininha de cor de rosa, Peter não via nada. Ele punha os óculos, se ela mandasse; ele olhava. Era o estado do mundo que o interessava, Wagner, a poesia de Pope, a personalidade das pessoas eternamente e os defeitos da alma dela própria. Como ralhava com ela! Como discutiam! Ela ia casar com um primeiro-ministro e parar no alto de uma escadaria; a perfeita anfitriã, ele a chamara (ela chorou por isso em seu quarto), tinha tudo da anfitriã perfeita, ele dissera.

Ela se via ainda discutindo em St. James Park, ainda concluindo que tinha acertado, e tinha mesmo, em não casar com ele. Porque num casamento, precisava haver certa liberdade, certa independência entre pessoas que vivem juntas dia após dia na mesma casa; coisa que Richard dava a ela e ela a ele. (Onde ele estava esta manhã, por exemplo? Em algum comitê, ela nunca perguntava qual.) Mas com Peter tudo precisava ser compartilhado; tudo analisado. Era intolerável; e quando ocorreu aquela cena no jardinzinho junto à fonte, ela teve de romper com ele ou os dois teriam sido destruídos, ambos arruinados, ela estava convencida disso; embora tivesse levado consigo durante anos, como uma flecha espetada no coração, a dor, a angústia; e depois o horror do momento em que alguém lhe disse, em um concerto, que ele havia se casado com uma mulher que conhecera no navio a caminho da Índia! Ela nunca esqueceria isso tudo! Ele a chamava de fria, desalmada, puritana.

Ela jamais entendera o sentimento dele. Mas parece que aquelas mulheres indianas entendiam: tolas, bonitas, idiotas frívolas. E ela desperdiçou sua compaixão. Porque ele estava bem feliz, garantira, absolutamente feliz, embora não fizesse nada daquilo que conversavam; toda a vida dele tinha sido um fracasso. Isso ainda a enfurecia.

Chegou ao portão do parque. Parou um momento, olhou os ônibus de Piccadilly.

Ela agora não diria que ninguém no mundo era isto ou aquilo. Sentia-se muito jovem; ao mesmo tempo indizivelmente velha. Ela cortava tudo como uma faca; ao mesmo tempo estava de fora, olhando. Tinha uma perpétua sensação, ao olhar os táxis, de estar fora, fora, longe no mar e sozinha; sempre tivera a sensação de que era muito, muito perigoso viver um dia que fosse. Não que se considerasse inteligente, ou muito incomum. Não conseguia entender como tinha conseguido passar pela vida com os poucos gravetos de conhecimento que *Fräulein* Daniels lhe dava. Ela não sabia nada; nenhuma língua, nenhuma história; mal lia um livro atualmente, a não ser memórias, na cama; e, no entanto, para ela era absolutamente absorvente; tudo aquilo; os táxis passando; ela não diria nem de Peter, não diria nem de si mesma, eu sou isto, eu sou aquilo.

Seu único dom era conhecer as pessoas quase por instinto, pensou e continuou caminhando. Se fosse colocada numa sala com alguém, suas costas se erguiam como as de um gato; ou ela ronronava. Devonshire House, Bath House, a casa com a cacatua de porcelana, ela as tinha visto todas iluminadas um dia; e lembrou-se de Sylvia, Fred, Sally Seton, hordas de pessoas; e de dançar a noite inteira; as carroças que passavam para o mercado; ou voltavam para casa através do parque. Ela se lembrou de ter jogado um xelim na Serpentine uma vez. Mas todo mundo se lembrava; do que ela gostava era disso, ali, agora, na sua frente; a senhora gorda no táxi. Importava então, ela perguntou a si mesma enquanto caminhava para a Bond Street, importava que ela fosse inevitavelmente desaparecer por completo; aquilo tudo tinha de continuar sem ela; ela se ressentia disso; ou não seria consolador acreditar que a morte era um fim absoluto? Mas que de alguma forma, nas ruas de Londres, na maré das coisas, aqui, ali, ela sobrevivia, Peter sobrevivia, viviam um no outro, sendo ela parte, tinha certeza, das árvores de sua casa; a casa lá, feia, caindo aos pedaços como estava; parte das pessoas ela nunca conhecera; ela pousada como uma névoa entre as pessoas que conhecia melhor, que a erguiam em seus ramos tal como ela tinha visto as árvores erguerem a névoa, mas espalhava-se até muito longe, a sua vida, ela própria. Mas no que estava sonhando ao olhar a vitrine da Hatchards? O que tentava recuperar? Qual imagem de um branco amanhecer no campo, como lia no livro aberto:

Não mais tema o calor do sol
nem a fúria das tormentas de inverno.

Essa recente experiência do mundo havia gerado neles todos, em todos os homens e mulheres, um poço de lágrimas. Lágrimas e tristezas; coragem e resistência; uma postura perfeitamente ereta e estoica. Pensar, por exemplo, na mulher que ela mais admirava, Lady Bexborough, ao abrir o bazar.

Havia ali *Jaunts and Jollities*, de Jorrocks; havia *Soapy Sponge*, as memórias da Sra. Asquith e *Big Game Shooting in Nigeria*, todos abertos. Tantos livros havia; mas nenhum que parecesse perfeito para levar para Evelyn Whitbread em sua clínica. Nada que servisse para diverti-la e fazer aquela mulherzinha indescritivelmente seca parecer, quando Clarissa entrasse, cordial por apenas um momento; antes de se sentarem para a interminável conversa de sempre sobre doenças de mulheres. Como ela queria... que as pessoas parecessem satisfeitas quando ela entrava, Clarissa pensou, virou-se e voltou para a Bond Street, chateada, porque era bobagem ter razões outras para fazer as coisas. Ela preferiria muito mais ser uma pessoa como Richard, que fazia as coisas por si mesmas, pensou enquanto esperava para atravessar, metade do tempo ela fazia as coisas não simplesmente, não por elas mesmas; mas para fazer as pessoas pensarem isto ou aquilo; absoluta idiotice, ela sabia (e então o policial ergueu a mão), porque ninguém se deixava enganar nem por um segundo. Ah, se pudesse ter sua vida de volta!, pensou ao subir na calçada, podia até ter outra aparência!

Ela poderia, em primeiro lugar, ser morena como Lady Bexborough, com pele de couro amassado e lindos olhos. Poderia ser, como Lady Bexborough, lenta e solene; bastante volumosa; interessada em política como um homem; com uma casa de campo, muito digna, muito sincera. Em vez disso, tinha o corpo estreito como uma estaca; o rosto ridiculamente pequeno, bicudo como de pássaro. Verdade que sua postura era boa; que tinha mãos e pés bonitos; que se vestia bem, considerando que gastava pouco. Mas agora, muitas vezes, esse corpo que trajava (ela parou para olhar um quadro holandês), esse corpo, com todas as suas capacidades, parecia um nada, absolutamente nada. Teve a sensação muito estranha de ser invisível; não vista, não conhecida; não havia mais casamento, nem mais ter filhos agora, mas apenas aquele surpreendente e bastante solene avançar com o resto das pessoas, pela Bond Street, era a Sra. Dalloway; nem mesmo Clarissa mais; era a Sra. Richard Dalloway.

A Bond Street a fascinava; Bond Street logo de manhã naquela estação; os letreiros tremulando; as lojas; sem estardalhaço; sem brilhos; um rolo de *tweed* na loja onde o pai dela comprara seus ternos durante cinquenta anos; umas poucas pérolas; um salmão em cima de um bloco de gelo.

– É só isso – disse, olhando a peixaria. – Só isso – repetiu ao parar por um momento na vitrine de uma loja de luvas onde, antes da Guerra, comprava-se luvas quase perfeitas. E seu velho tio William dizia que uma dama se conhece pelos sapatos e pelas luvas. Ele falecera na cama uma manhã, no meio da Guerra.

Tinha dito: "Basta para mim". Luvas e sapatos; ela tinha paixão por luvas; mas sua própria filha, sua Elizabeth, não ligava a mínima para nenhuma dessas duas coisas. Nem o mais mínimo, pensou ao seguir a Bond Street até uma loja onde lhe reservavam flores quando dava uma festa. Elizabeth gostava era dos seus cachorros acima de tudo. Essa manhã, a casa inteira tinha cheiro de alcatrão. Porém, melhor o pobre Grizzle que a Srta. Kilman; melhor cinomose e alcatrão e todo o resto do que ficar engaiolada num quarto abafado com um livro de orações! Melhor qualquer coisa, ela tendia a dizer. Mas podia ser só uma fase, Richard disse, dessas que as meninas atravessam! Podia estar apaixonada. Mas por que pela Srta. Kilman? Que tinha sido maltratada claro; era preciso levar isso em conta, e Richard disse que ela era muito competente, tinha uma cabeça realmente histórica. De qualquer forma, eram inseparáveis, e Elizabeth, sua própria filha, comungava; e não importava nem um pouco como se vestia, como tratava as pessoas que vinham almoçar, uma vez que sua experiência era que o êxtase religioso tornava as pessoas impiedosas (assim como as causas); amortecia seus sentimentos, porque a Srta. Kilman fazia qualquer coisa pelos russos, passava fome pelos austríacos, mas em particular infligia verdadeira tortura, tão insensível era, vestida com uma capa de chuva verde. Ano após ano, ela usava essa capa; suava; não ficava nem cinco minutos numa sala sem fazer sentir a superioridade dela, a inferioridade sua; que ela era pobre; que vocês eram ricos; que ela morava num barraco sem travesseiro, sem cama, sem tapete ou qualquer outra coisa, toda sua alma corroída com essa injustiça cravada nela, dispensada da escola durante a Guerra, pobre infeliz criatura amargurada! Porque não era ela que as pessoas detestavam, mas a ideia dela, que sem dúvida havia atraído para si muita coisa que não era a Srta. Kilman; tinha se tornado um daqueles espectros com que se luta à noite; um daqueles espectros que montam em nós e chupam metade do nosso sangue, dominadores e tiranos; porque, sem dúvida, com outra jogada dos dados, se o preto ficasse para cima e não o branco, ela teria amado a Srta. Kilman! Mas não neste mundo. Não.

Ela se irritava, porém, por se deixar abalar por esse monstro brutal! Ouvir estalarem gravetos e sentir cascos afundando nas profundezas daquela floresta atulhada de folhas, a alma; nunca estar satisfeita de fato, ou de fato segura, porque a qualquer momento a fera se agitaria, esse ódio que, principalmente depois de sua doença, tinha a capacidade de arranhá-la, de machucar sua coluna; de causar-lhe dor física e fazer todo o prazer na beleza, na amizade, em estar bem, em ser amada, em tornar sua casa agradável, se abalar, estremecer e retorcer como se de fato houvesse um monstro escavando as raízes, como se toda a panóplia de contentamento não fosse mais que egoísmo! Esse ódio!

Bobagem, bobagem!, exclamou para si mesma ao empurrar as portas de vaivém da Mulberry, floristas.

Avançou, leve, alta, muito ereta, e foi saudada pela cara redonda da Srta. Pym, cujas mãos eram sempre vermelho vivo, como se ficassem na água fria junto com as flores.

As flores: esporinha, ervilha-de-cheiro, braçadas de lilases; cravos, maços de cravos. As rosas; as íris. Ah, sim, ela assim aspirava o doce aroma de jardim terreno enquanto conversava com a Srta. Pym, que lhe dava atenção, a achava bondosa, pois bondosa era há anos; muito bondosa, mas parecia mais velha este ano, voltando a cabeça de um lado e outro entre as íris e as rosas, a tocar os ramos de lilases com olhos semicerrados, aspirando, depois do barulho da rua, o perfume delicioso, o frescor especial. E então, ao abrir os olhos, que frescas as rosas como lençóis de babados entregues pela lavanderia em cestos de vime; escuros e altivos os cravos de cabeça erguida; todas as ervilhas de cheiro espalhadas em suas tigelas, violetas tintas, brancas como neve, pálidas, como se fosse noite e moças com vestidos de musselina saíssem para colher ervilhas de cheiro e rosas depois que terminava um soberbo dia de verão, com o céu quase azul-negro, esporinhas, cravos, copos de leite; era o momento entre seis e sete horas quando todas as flores, rosas, cravos, íris, lilases rebrilham; em branco, roxo, vermelho, alaranjado profundo; todas as flores parecem queimar por si mesmas, suaves, puras nos canteiros enevoados; e como ela gostava das mariposas branco-acinzentadas que giravam para dentro e para fora, sobre os heliotrópios vermelhos, sobre as prímulas vespertinas!

E ao acompanhar a Srta. Pym de vaso em vaso para escolher, absurdo, absurdo, dizia a si mesma, mais e mais delicada, como se aquela beleza, aquele perfume, aquele colorido, e o carinho, a confiança da Srta. Pym, fossem uma onda que passava em cima dela e sobrepujava todo aquele ódio, aquele monstro, sobrepujava tudo; e a erguia mais e mais quando... ah! um tiro na rua lá fora!

— Nossa, esses automóveis — disse a Srta. Pym, ao olhar pela vitrine e voltar sorrindo em desculpas com as mãos cheias de ervilhas de cheiro, como se aqueles automóveis, aqueles pneus de automóveis, fossem tudo culpa dela.

A violenta explosão que sobressaltou a Sra. Dalloway e levou a Srta. Pym à vitrine e a se desculpar veio de um automóvel que parou junto à calçada exatamente em frente à vitrine da Mulberry. Transeuntes que, é claro, pararam para olhar, tiveram tempo de ver um rosto da mais alta importância contra o estofamento cinza--pombo, antes de uma mão masculina puxar a cortina e não haver nada para olhar a não ser um quadrado cinzento.

Mas imediatamente circularam rumores do meio da Bond Street até Oxford Street de um lado, até a perfumaria Atkinson do outro, passando invisíveis, inaudíveis, como uma nuvem, ligeira, como um véu sobre colinas, baixando de fato com algo da repentina sobriedade e calma de uma nuvem sobre rostos que um segundo antes tinham estado absolutamente desordenados. Mas agora o mistério os tocava com suas asas; tinham ouvido a voz da autoridade; o espírito religioso saíra com os olhos bem vendados e as bocas muito abertas. Mas ninguém sabia que rosto tinham visto. Era o príncipe de Gales, a Rainha, o primeiro-ministro? De quem era aquele rosto? Ninguém sabia.

Edgar J. Watkiss, com seu rolo de tubo de chumbo em volta do braço, disse, audivelmente, de brincadeira, claro:

– Carrão do primêro-ministro.

Septimus Warren Smith, que se viu impossibilitado de passar, ouviu.

Septimus Warren Smith, por volta de trinta anos de idade, rosto pálido, nariz em bico, sapato marrom e sobretudo surrado, olhos castanho-claros com aquele ar de apreensão que faz totais estranhos se sentirem apreensivos também. O mundo tinha erguido seu chicote; onde ele iria baixar?

Tudo parou. A vibração dos motores soava como uma pulsação irregular ressoando por todo um corpo. O sol ficara excepcionalmente quente porque o automóvel tinha parado diante da vitrine da Mulberry; senhoras idosas no alto dos ônibus abriram seus guarda-sóis pretos; aqui um guarda-sol verde, ali um vermelho se abriam com um pequeno estalo. A Sra. Dalloway foi à vitrine com os braços cheios de ervilhas de cheiro e olhou para fora com seu rostinho rosado contraído de curiosidade. Todo mundo olhava o automóvel. Septimus olhou. Rapazes de bicicleta desmontavam. O tráfego se acumulava. E ali estava o carro parado, cortinas fechadas e nelas uma curiosa estampa como uma árvore, Septimus pensou, e essa gradual junção de tudo em um centro diante dos olhos dele, como se algum terror tivesse quase emergido à superfície e estivesse para explodir em chamas, o aterrorizou. O mundo tremeu, sacudiu e ameaçou explodir em chamas. Sou eu que estou impedindo o caminho, ele pensou. Não estavam olhando, apontando para ele; não estava ali, pesado, enraizado na calçada, por algum motivo? Mas qual motivo?

– Vamos, Septimus – disse sua esposa, uma mulher pequena, com olhos grandes num rosto pontudo e escuro; uma moça italiana.

Mas a própria Lucrezia não conseguiu deixar de olhar o automóvel e a estampa de árvore nas cortinas. A Rainha estaria ali, a Rainha fazendo compras?

O chofer, que tinha aberto alguma coisa, girado alguma coisa, fechado alguma coisa, voltou para dentro.

– Vamos – disse Lucrezia.

Mas seu marido, visto que estavam casados havia quatro, cinco anos, sobressaltou-se e disse:

– Tudo bem! – irritado, como se ela o tivesse interrompido.

As pessoas devem ter notado; devem ter visto. Essa gente, pensou ela ao olhar a multidão que olhava o automóvel; os ingleses, com seus filhos, seus cavalos, suas roupas, que ela de certa forma admirava; mas que agora eram essa gente porque Septimus dissera "Eu vou me matar", uma coisa horrível de se dizer. E se tivessem ouvido? Ela olhou a multidão. Socorro, socorro!, ela queria gritar aos rapazes do açougue, às mulheres. Socorro! Ainda no outono passado, ela e Septimus tinham parado no Embankment enrolados numa mesma capa, e como Septimus lia um jornal em vez de conversar, ela arrancou o jornal dele e riu da cara de um velho que olhou para eles! Mas o fracasso a gente esconde. Ela precisava levá-lo a algum parque.

– Agora vamos atravessar – ela disse.

Tinha direito ao braço dele, embora sem sentimento. Ele o daria a ela, que era tão simples, tão impulsiva, só 24 anos, sem amigos na Inglaterra, que tinha deixado a Itália por causa dele, um zero à esquerda.

O automóvel com as cortinas baixadas e um ar de inescrutável reserva seguiu para Piccadilly, ainda observado, ainda atraindo olhares de ambos os lados da rua com o mesmo escuro alento de veneração, se pela Rainha, pelo príncipe, pelo primeiro-ministro, ninguém sabia. O rosto em si tinha sido visto apenas uma vez por três pessoas durante poucos segundos. Até mesmo seu sexo estava agora em discussão. Mas não havia dúvidas de que havia grandeza ali sentada; grandeza que passava, oculta, pela Bond Street, separada pela distância de um palmo apenas das pessoas comuns que poderiam agora, pela primeira e última vez, estar a distância de uma conversa com a Majestade da Inglaterra, com o símbolo duradouro do estado que será conhecido por curiosos antiquários, a peneirar as ruínas do tempo, quando Londres for uma trilha no mato e todos que passam apressados pela calçada nessa manhã de quarta-feira serão nada mais que ossos com umas poucas alianças de casamento misturadas a seu pó e o ouro de inúmeras obturações de dentes cariados. O rosto dentro do automóvel será então conhecido.

Provavelmente é a Rainha, pensou a Sra. Dalloway ao sair da Mulberry com suas flores; a Rainha. E pela segunda vez tinha um ar de extrema dignidade parada na frente da floricultura, ao sol, enquanto o carro passava, lento, com as cortinas fechadas. A Rainha ia a algum hospital; a Rainha ia inaugurar algum bazar, pensou Clarissa.

O engarrafamento era terrível para essa hora do dia. Lords, Ascot, Hurlingham, o que seria?, ela se perguntou, porque a rua estava bloqueada. A classe média britânica sentada no alto dos ônibus com pacotes e guarda-chuvas, sim, e até peles num dia como esse, era, ela pensou, mais ridícula, mais improvável que qualquer coisa que se pudesse imaginar; e a própria Rainha retida; a própria Rainha impedida de passar. Clarissa retida de um lado da Brook Street; Sir John Buckhurst, o velho juiz, do outro, com o carro entre eles (Sir John tinha abandonado o Direito anos antes e adorava uma mulher bem-vestida), quando o chofer se inclinou muito ligeiramente, disse ou apontou alguma coisa ao policial, que bateu continência, ergueu o braço, sacudiu a cabeça, mandou o ônibus ir para o lado e o carro passou. Devagar e muito silencioso, ele seguiu seu caminho.

Clarissa adivinhou; Clarissa sabia, claro; tinha visto alguma coisa branca, mágica, circular, na mão do criado, um círculo com um nome escrito – da Rainha, do príncipe de Gales, do primeiro-ministro? – que, por força do próprio brilho, abriu caminho, ardente

(Clarissa viu o carro diminuir, desaparecer), para luzir entre candelabros, estrelas cintilantes, folhas de carvalho em peitos duros, Hugh Whitbread e todos os seus colegas, os cavalheiros da Inglaterra, nessa noite no palácio de Buckingham. E Clarissa também dava uma festa. Ela empertigou-se um pouco; assim devia parar no alto da escada.

O carro tinha passado, mas deixara uma ligeira onda que fluía pelas lojas de luvas, chapelarias, alfaiatarias, de ambos os lados da Bond Street. Durante trinta segundos, todas as cabeças se inclinaram para o mesmo ponto, para a janela. Escolhendo um par de luvas "até o cotovelo ou mais altas, limão ou cinza claro?", damas se calaram; quando a frase terminou, algo tinha acontecido. Algo tão corriqueiro em exemplos isolados, cuja vibração nenhum instrumento matemático, embora capaz de transmitir abalos na China, conseguiria registrar; no entanto, era, em termos gerais, bem formidável e, em seu apelo coletivo, emocionante; pois em todas as chapelarias e alfaiatarias, estranhos se entreolhavam e pensavam nos mortos; na bandeira; no Império. Num pub de uma rua lateral, alguém da colônia insultou a Casa de Windsor, o que levou a discussão, copos de cerveja quebrados e tumulto generalizado, que ecoou estranhamente pela rua até os ouvidos de garotas que compravam roupas íntimas entrelaçadas por puras fitas brancas para seus casamentos. Porque a agitação superficial produzida pela passagem do carro, ao se acalmar, roçou algo muito profundo.

O carro deslizou por Piccadilly e virou na St. James Street. Homens altos, homens de físico robusto, homens bem-vestidos com suas casacas e coletes brancos, o cabelo esticado para trás, que, por razões difíceis de determinar, estavam parados junto à janela abaulada da Brooks com as mãos para trás debaixo das abas, olhando para fora, perceberam instintivamente a grandeza que passava, e a pálida luz da imortal presença baixou sobre eles como tinha baixado sobre Clarissa Dalloway. Imediatamente, eles ficaram mais empertigados, soltaram as mãos e pareciam prontos a servir à soberania se preciso fosse, à boca do canhão, como haviam feito seus ancestrais antes deles. Os bustos brancos e as mesinhas ao fundo, cobertas com exemplares da revista *Tatler* e sifões de água gasosa, pareciam aprovar; pareciam indicar o trigo ondulante e as mansões da Inglaterra; e devolver o ruído frágil das engrenagens do motor, assim como as paredes de uma galeria sussurrante devolvem uma única voz expandida e tornada sonora pela potência de toda uma catedral. Moll Pratt, com seu xale e suas flores na calçada, dirigiu bons votos ao querido rapaz (era o príncipe de Gales, com certeza), e teria jogado o valor equivalente a um caneco de cerveja (um maço de rosas) na St. James Street por pura alegria e desdém pela pobreza, se não tivesse visto o olhar do guarda real, desencorajando a lealdade de uma velha irlandesa. Os sentinelas de St. James bateram continência; os policiais da rainha Alexandra aprovaram.

Enquanto isso, uma pequena multidão havia se formado nos portões do palácio de Buckingham. Inquietos, mas confiantes, pobres todos eles, esperavam; olhavam o palácio em si com a bandeira ao vento; e Victoria, sólida em seu promontório; admiravam seus terraços de água corrente, seus gerânios; escolhiam os automóveis no Mall, primeiro este, depois aquele; se emocionavam tolamente com pessoas comuns que davam uma volta de carro; lembravam de poupar seu entusiasmo quando passava este carro e aquele; e o tempo todo deixavam acumular o rumor em suas veias e a emoção nos nervos de suas pernas, ao pensar que a realeza olharia para eles; a Rainha inclinaria a cabeça; o príncipe saudaria; diante da ideia da vida celestial divinamente atribuída aos reis; dos cavalariços e reverências profundas; da velha casa de bonecas da Rainha; da princesa Mary, casada com um inglês, e do príncipe – ah! o príncipe! –, que diziam ter puxado incrivelmente ao velho Rei Edward, só que muito mais magro. O príncipe vivia em St. James; mas podia vir de manhã visitar a mãe.

Foi o que disse Sarah Bletchley com seu bebê no colo, batendo os pés como se estivesse diante de sua própria lareira em Pimlico, mas de olho no Mall, enquanto Emily Coates vigiava as janelas do palácio e pensava nas criadas, nas inúmeras criadas, nos dormitórios, nos inúmeros dormitórios. A multidão crescia com a adesão de um cavalheiro mais velho e um terrier Aberdeen, de homens desocupados. O pequeno Sr. Bowley, que morava no Albany e mantinha cerradas as fontes mais profundas da vida, mas que podiam ser descerradas de repente, inconvenientemente, sentimentalmente, por esse tipo de coisa, pobres mulheres à espera de ver a Rainha passar, pobres mulheres, lindas criancinhas, órfãos, viúvas, a Guerra, tsc, tsc, ele tinha de fato lágrimas nos olhos. Uma brisa que soprava tão cálida pelo Mall, através das árvores finas, passando pelos heróis de bronze, ergueu uma bandeira que revoava no peito britânico do Sr. Bowley e ele ergueu o chapéu quando o carro virou no Mall e o manteve bem erguido quando o carro se aproximou; deixou as pobres mães de Pimlico se apertarem contra ele e manteve-se muito ereto. O carro vinha vindo.

De repente, a Sra. Coates olhou para o céu. O som de um aeroplano pairou ameaçador sobre os ouvidos da multidão. Lá vinha ele acima das árvores, soltando fumaça branca por trás, que se torcia e retorcia, na verdade a escrever alguma coisa!, traçando letras no céu! Todo mundo olhou para cima.

O aeroplano baixava, subia na vertical, fazia uma curva, voava, mergulhava, subia e tudo o que fazia, onde quer que fosse, soltava por trás um grosso rolo de fumaça branca que se curvava e espalhava no céu em letras. Mas quais letras? Um C, era isso? Um E, depois um L? Por um momento apenas, elas ficavam paradas; depois deslizavam, dissolviam-se e se apagavam do céu, e o aeroplano começou de novo mais adiante, num espaço novo do céu, a escrever um K, um E, um Y talvez?

— Glaxco — disse a Sra. Coates com a voz apertada, excitada, olhos ao alto, seu bebê duro e branco nos braços, a olhar para cima.

– Kreemo – murmurou a Sra. Bletchley, como uma sonâmbula. Com o chapéu perfeitamente erguido ainda na mão, o Sr. Bowley olhava para o alto. Por todo o Mall, as pessoas paradas olhavam o céu. Enquanto olhavam, o mundo todo ficou absolutamente silencioso e um bando de gaivotas atravessou o céu, primeiro uma gaivota liderando, depois outra e, nesse extraordinário silêncio e paz, nessa palidez, nessa pureza, os sinos tocaram nove vezes e o som desapareceu lá entre as gaivotas.

O aeroplano virava, voava, mergulhava, por onde bem queria, depressa, livre, como um patinador...

– Isso é um E – disse a Sra. Bletchey – ou uma dançarina...

– É *toffee* – murmurou o Sr. Bowley. – (E o carro entrou pelos portões sem ninguém olhar para ele) e, interrompendo a fumaça, voou para mais e mais longe, a fumaça sumiu e se juntou às grandes formas brancas das nuvens.

Desapareceu; estava atrás das nuvens. Não havia nenhum som. As nuvens às quais as letras E, G ou L tinham se ligado voavam livres, como se destinadas a atravessar de oeste para leste em uma missão de grande importância que nunca seria revelada, e, no entanto, com toda certeza assim era, uma missão da maior importância. Então, de repente, como um trem que sai de um túnel, o aeroplano irrompeu das nuvens de novo, o som atingiu os ouvidos de toda gente no Mall, em Green Park, em Piccadilly, na Regent Street, em Regent's Park, e o rolo de fumaça curvou-se de novo e ele mergulhou, subiu e escreveu uma letra depois da outra; mas que palavra estava escrevendo?

Lucrezia Warren Smith, sentada ao lado do marido num banco na Broad Walk de Regent's Park, olhou para cima.

– Olhe, olhe, Septimus! – ela exclamou. Pois o Dr. Holmes tinha dito a ela para fazer seu marido (que não tinha nenhum problema sério, mas estava um pouco alterado) se interessar por coisas externas a si mesmo.

Então, pensou Septimus, ao olhar para o alto, estão sinalizando para mim. Não de fato as palavras em si; isto é, ele ainda não conseguia ler, a linguagem; mas estava tudo muito claro, aquela beleza, aquela pura beleza, e os olhos dele se encheram de lágrimas ao olhar as palavras de fumaça pairando e se dissolvendo no céu, que lançavam sobre ele em sua incansável caridade e risonha bondade uma forma após outra de inimaginável beleza que assinalavam sua intenção de atribuir a ele, em troca de nada, para sempre, por olhar apenas, a beleza, mais beleza! Lágrimas corriam por seu rosto.

Era *toffee*; estavam anunciando caramelos, uma enfermeira disse a Rezia. Juntas, começaram a soletrar *t... o... f...*

– K... R... – disse a enfermeira, e Septimus a ouviu dizer "Cá, Erre" junto ao seu ouvido, profundamente, macio, como um órgão delicado, mas com uma aspereza na voz como a de um grilo, que raspava deliciosamente a espinha e emitia para o cérebro dele ondas de som que, ao se chocar, rompiam-se. Uma descoberta maravilhosa de fato: que a voz humana em certas condições atmosféricas (porque é preciso ser científico, acima de tudo científico) pode despertar árvores para a vida! Alegre, Rezia pôs a mão com um peso tremendo no joelho dele de forma que ele ficou pesado, transido, ou a excitação dos olmos que subiam e baixavam, subiam e baixavam com todas as folhas acesas e a cor que enfraquecia e engrossava de azul para verde como uma onda oca, como plumas em cabeças de cavalos, em chapéus de mulher, tão orgulhosos se erguiam e baixavam, tão soberbos, o levariam à loucura. Mas ele não ia enlouquecer. Ele ia fechar os olhos; não ia olhar mais.

Mas elas chamavam; as folhas estavam vivas; as árvores estavam vivas. E as folhas conectadas por milhões de fibras a seu próprio corpo, ali no banco, abanavam para cima e para baixo; quando o galho se esticava, ele também fazia a mesma coisa. Os pardais trinavam, subiam e desciam em fontes irregulares como parte do padrão; o branco e azul riscado por galhos negros. Sons faziam harmonias premeditadas; os espaços entre eles tão significativos quanto os sons. Uma criança gritou. Ao longe, soou devidamente uma buzina. Tudo junto era o nascimento de uma nova religião...

— Septimus! — disse Rezia. Ele teve um violento sobressalto. As pessoas devem ter notado. — Vou até a fonte e já volto — ela disse.

Porque não aguentava mais. O Dr. Holmes podia dizer que não era nada. Ela preferia mil vezes que ele morresse! Não podia ficar ao lado dele quando começava e não a via, tornava tudo terrível; céu e árvores, crianças que brincavam, puxavam carrinhos, apitavam, caíam; era tudo terrível. E ele não ia se matar; ela não podia contar a ninguém. "Septimus tem trabalhado demais", só podia dizer isso à sua própria mãe. Amar torna a pessoa solitária, ela achava. Não podia contar a ninguém, nem a Septimus agora, e olhou para trás, viu-o sentado sozinho com o sobretudo surrado, curvado, olhar vago. Era covardia um homem dizer que ia se matar, mas Septimus tinha batalhado; era valente; não era o Septimus de agora. Ela punha a gola de renda. Punha o chapéu novo e ele nem notava; estava contente sem ela. Nada a faria feliz sem ele! Nada! Ele era egoísta. Os homens são. Porque ele não estava doente. O Dr. Holmes disse que não havia nada de errado com ele. Ela estendeu a mão para a frente. Olhe! A aliança de casamento deslizou, ela havia emagrecido tanto. Era ela que sofria, mas não tinha para quem contar.

   Longe estava a Itália, as casas brancas, a sala onde suas irmãs faziam chapéus, as ruas lotadas toda noite com gente que conversava, ria alto, não semivivas como as pessoas aqui, encolhidas em cadeiras de rodas, olhando umas poucas flores feias enfiadas em vasos!

   — Você tinha de ver os jardins de Milão — ela disse em voz alta. Mas para quem?

   Não havia ninguém. Suas palavras sumiram. Como some um foguete. Suas fagulhas, depois de abrir caminho na noite, se rendem a ela, a escuridão baixa, despeja-se sobre o contorno de casas e torres; colinas desoladas amaciam e se encolhem. Mas, embora desapareçam, a noite está cheia delas; privadas de cor, desprovidas de janelas, existem de um jeito mais consistente, emanam o que a franca luz do dia não consegue transmitir: a confusão e o suspense de coisas conglomeradas no escuro; encolhidas no escuro; privadas do alívio que a manhã lhes traz quando, ao lavar as paredes brancas e cinza, ao pintar cada vidraça, erguer a bruma dos campos, revelando o marrom avermelhado das vacas que pastam calmamente, tudo se engalana para o olhar e existe de novo. Estou sozinha; estou sozinha!, ela exclamou junto à fonte em Regent's Park (olhando o Indiano com sua cruz), como talvez à meia-noite, quando se perdem todas as fronteiras, o país reverta à sua antiga forma, como os romanos o viram, enevoado, ao aportar, os morros não tinham nome e rios corriam não se sabe onde, tal era a sua escuridão; quando de repente, como se uma plataforma se projetasse com ela em cima, ela disse que era esposa dele, casada anos atrás em Milão, esposa dele e nunca, nunca diria que ele era louco! Ao se voltar, a plataforma caiu; ela despencou fundo, fundo. Porque ele tinha sumido, ela pensou, sumido, como ameaçara se matar, para se jogar debaixo de um carro! Mas não; lá estava ele; ainda sentado sozinho no banco, com o sobretudo surrado, as pernas cruzadas, o olhar vago, falando alto.

    Homens não devem cortar árvores. Existe um Deus. (Ele anotava essas revelações no verso de envelopes.) Mudar o mundo. Ninguém mata por ódio. Tornar isso sabido (ele anotou). Ele esperou. Escutou. Um pardal empoleirado no cercado em frente trinou Septimus, Septimus, quatro ou cinco vezes e continuou, desenhava suas notas, cantava de novo, penetrante, em palavras gregas, que não havia crime e, acompanhado por outro pardal, cantaram em vozes prolongadas e penetrantes em palavras gregas, das árvores no prado da vida além de um rio onde andavam os mortos, que não existia morte.

    Havia a mão dele; havia os mortos. Coisas brancas se reuniam atrás do cercado em frente. Mas ele não se deu ao trabalho de olhar. Evans estava do outro lado do cercado!

– O que você disse? – Rezia perguntou de repente ao sentar ao seu lado.

Interrompido de novo! Ela sempre interrompia.

Longe dos outros, tinham de se afastar dos outros, ele disse (e pulou do banco), para lá, onde havia cadeiras debaixo de uma árvore e o longo declive do parque mergulhava como um pedaço de pano verde com um teto de pano de fumaça azul e rosa no alto, e havia uma muralha de casas irregulares lá longe, nubladas pela fumaça, o tráfego zunia em um círculo, à direita animais fulvos esticavam longos pescoços sobre as cercas do zoológico, latiam, uivavam. Eles se sentaram debaixo de uma árvore.

– Olhe – ela implorou e apontou para uma pequena tropa de meninos com tacos de críquete, um deles girou nos calcanhares e arrastou os pés como se estivesse representando um palhaço no teatro de variedades. – Olhe – ela implorou, porque o Dr. Holmes tinha dito para fazê-lo observar coisas reais, ir a um teatro de variedades, jogar críquete, esse era o jogo, dissera o Dr. Holmes, um bom jogo ao ar livre, esse era o jogo para seu marido. – Olhe – ela repetiu,

Olhe, clamava o invisível, a voz que agora se comunicava com ele que era o maior dos seres humanos, Septimus, há pouco removido da vida para a morte, o Senhor que tinha vindo para renovar a sociedade, estendido como uma colcha, um cobertor de neve tocado apenas pelo sol, para sempre intocado, sofrendo para sempre, o bode expiatório, o eterno sofredor, mas ele não queria isso, gemeu, e afastou com um gesto da mão aquele sofrimento eterno, aquela eterna solidão.

– Olhe – ela repetiu, porque ele não devia falar em voz alta consigo mesmo em público. – Ah, olhe – ela implorou. Mas o que havia para olhar? Uns poucos carneiros. Só isso.

– Como chego à estação de metrô de Regent's Park? – Poderiam dizer onde ficava a estação de metrô de Regent's Park, Maisie Johnson queria saber. Tinha acabado de chegar de Edimburgo dois dias antes.

– Não é por aqui. É lá! – Rezia exclamou, com o gesto, para que ela não visse Septimus. Os dois pareciam estranhos, Maisie Johnson pensou. Tudo parecia muito estranho. Em Londres pela primeira vez, para assumir um posto com seu tio na Leadenhall Street, ao caminhar agora de manhã por Regent's Park, aquele casal nas cadeiras a intrigou; a moça parecia estrangeira, o homem parecia estranho; de forma que, quando fosse muito velha, ainda se lembraria e faria ressoar de novo entre suas lembranças como tinha atravessado Regent's Park numa linda manhã de verão cinquenta anos antes. Porque tinha apenas dezenove anos e conseguira, finalmente, vir para Londres; mas que estranho era, aquele casal a quem tinha pedido informações, a moça sobressaltou-se, agitou a mão, e o homem, ele parecia muito estranho; brigavam, talvez; se separavam para sempre, talvez; alguma coisa acontecia ali, ela sabia; e agora toda aquela gente (porque ela voltou à Broad Walk), os tanques de pedra, as flores mimosas, os velhos e velhas, inválidos quase todos em cadeiras de rodas, tudo, depois de Edimburgo, parecia muito estranho. E Maisie Johnson, ao se juntar àquele grupo que caminhava devagar, olhares vagos, tocada pela brisa, esquilos empoleirados alisando o pelo, pardais nas fontes a catar migalhas, cachorros ocupados com os cercados, ocupados uns com os outros, enquanto o ar suave e cálido os banhava e emprestava ao olhar vago e sem surpresa com que recebiam a vida algo estranho e brando, Maisie Johnson sentiu definitivamente que devia gritar "Oh!". (Porque aquele jovem no banco a perturbara bastante. Alguma coisa estava por acontecer, ela sabia.)

Horror! horror!, ela queria gritar. (Tinha deixado sua família; eles a tinham alertado do que aconteceria.)

Por que não ficou em casa?, exclamou, ao girar o trinco da cerca de ferro. Essa moça, pensou a Sra. Dempster (que guardava migalhas para os esquilos e sempre almoçava no Regent's Park), ainda não sabe de nada; e realmente para ela era melhor ser um pouco gordinha, um pouco relaxada, um pouco moderada nas expectativas. Percy bebia. Bom, era melhor ter um filho, pensou a Sra. Dempster. Ela passara um mau bocado, mas não podia deixar de sorrir de uma moça como aquela. Você vai casar, porque é bem bonitinha, pensou a Sra. Dempster. Case, ela pensou, e aí você vai ver. Ah, as cozinheiras e tudo mais. Todo homem tem suas manias. Mas se eu pudesse ter escolhido daquele jeito mesmo, se eu soubesse, pensou a Sra. Dempster, e não conseguiu deixar de querer trocar uma palavrinha com Maisie Johnson; para sentir na bolsa enrugada de seu velho rosto o beijo de compaixão. Porque tinha sido uma vida dura, pensou a Sra. Dempster. O que ela não daria por isso? Rosas; imagine; e seus pés também. (Ela escondeu debaixo da saia os pés inchados, nodosos.)

Rosas, pensou, ironicamente. Tudo lixo, meu bem. Porque na realidade, porque com comida, bebida e acasalamento, os dias ruins e os bons, sua vida não tinha sido só uma questão de rosas, e o que é mais, escute bem, Carrie Dumpster não tinha nenhuma vontade de trocar sua vida com a de mulher nenhuma de Kentish Town! Mas, ela implorou, tenha dó. Dó, pelo desperdício de rosas. Dó, pediu a Maisie Johnson, parada junto aos canteiros de jacintos.

Ah, mas aquele aeroplano! A Sra. Dempster não desejara sempre conhecer o estrangeiro? Tinha um sobrinho, um missionário. Subia e baixava. Ela sempre entrava no mar em Margate, sem perder a terra de vista, mas não tinha paciência para mulheres que tinham medo de água. Subia e baixava. O estômago na boca. Subiu de novo. Tem um jovem excelente a bordo, a Sra. Dempster podia apostar, e mais e mais longe ia ele, depressa, desaparecendo, mais e mais longe o aeroplano; sobrevoou Greenwich e todos os mastros, a pequena ilha de igrejas cinzentas, a de St. Paul e o resto até, do outro lado de Londres, espalharem-se campos e flores de um marrom profundo onde tordos aventureiros saltavam, ousados, olhavam depressa, pegavam o caracol e batiam numa pedra uma vez, duas, três.

Mais e mais longe ia o aeroplano, até não ser mais que uma fagulha brilhante; uma aspiração; uma concentração; um símbolo (assim pensava o Sr. Bentley cortando vigorosamente seu trecho de gramado em Greenwich) da alma do homem; de sua determinação, pensou o Sr. Bentley enquanto varria em torno do cedro, para sair de seu corpo, além de sua casa, por meio do pensamento, Einstein, da especulação, da matemática, da teoria de Mendel... longe ia o aeroplano.

Então, enquanto um homem miserável e insignificante com uma bolsa de couro parava na escadaria da catedral de St. Paul e hesitava, porque lá havia tamanho bálsamo, tamanho acolhimento, quantos túmulos com estandartes voejando acima deles, troféus de vitórias não sobre exércitos, mas sobre, pensava ele, aquele pestilento espírito de verdade em busca daquilo que me deixa no momento sem um posto, e mais que isso, a catedral oferece companhia, ele pensou, convida a ser membro de uma sociedade; grandes homens pertencem a ela; mártires morreram por ela; por que não entrar, pensou ele, colocar sua bolsa de couro recheada de panfletos diante de um altar, uma cruz, o símbolo de algo que voou para além de buscas, de questionamentos, derrubando as palavras, e se tornou todo espírito, desencarnado, fantasmagórico, por que não entrar?, pensou ele, e, enquanto hesitava, o aeroplano voou sobre Ludgate Circus.

Era estranho; silencioso. Não se ouvia nenhum som acima do tráfego. Parecia não pilotado; voando por vontade própria. E então, uma curva para cima, para cima, sempre para cima, como algo que cresce em êxtase, em puro deleite, soltava por trás fumaça branca em curvas, escrevia um T, um O, um F.

– O que estão olhando? – perguntou Clarissa Dalloway à empregada que abriu a porta.

O hall da casa era fresco como uma cripta. A Sra. Dalloway protegeu os olhos com a mão e, quando a empregada fechou a porta, ouviu o farfalhar das saias de Lucy e sentiu-se como uma freira que deixou o mundo e sente-se envolta em véus conhecidos e no responsório de velhas devoções. A cozinheira assobiava na cozinha. Ela ouviu o clique da máquina de escrever. Era sua vida, e baixou a cabeça sobre a mesa do hall, curvou-se àquela influência, sentiu-se abençoada, purificada, e disse a si mesma, ao pegar o bloco com a mensagem de telefone, como momentos iguais a esse eram botões da árvore da vida, flores de escuridão, pensou (como se alguma rosa adorável tivesse desabrochado só para os seus olhos); nem por um momento ela acreditava em Deus; mas mesmo assim, pensou ao pegar o bloco, é preciso retribuir na vida diária aos criados, sim, aos cachorros e canários, acima de tudo a Richard, seu marido, que era o alicerce de tudo, pelos sons alegres, pelas luzes verdes, pela cozinheira que ainda assobiava, porque a Sra. Walker era irlandesa e assobiava o dia inteiro, era preciso retribuir esse depósito secreto de momentos refinados, ela pensou ao erguer o bloco, enquanto Lucy, parada ao seu lado, tentava explicar como...

– O Sr. Dalloway...

Clarissa leu no bloco do telefone: "Lady Bruton quer saber se o Sr. Dalloway vai almoçar com ela hoje".

– O Sr. Dalloway, minha senhora, mandou dizer que vai almoçar fora.

– Nossa! – Clarissa falou, e Lucy sentiu, como era a intenção, que manifestava a ela sua decepção (mas não a dor); sentiu a identidade entre elas; pegou a deixa; pensou como os ricos amam; douram o próprio futuro com calma; pegou o guarda-sol da Sra. Dalloway como se fosse uma arma sagrada que uma deusa baixava, tendo vencido com honra no campo de batalha, e colocou no lugar dos guarda-chuvas.

– Não ter mais medo – Clarissa falou. Não ter mais medo do calor do sol; porque o choque de Lady Bruton ter convidado Richard para almoçar sem ela fez o momento em que estava estremecer, como uma planta aquática sente o choque de um remo que passa e estremece: assim ela se abalou: assim estremeceu.

Millicent Bruton, cujos almoços festivos diziam ser excepcionalmente divertidos, não a tinha convidado. Nenhum ciúme vulgar podia separá-la de Richard. Mas ela temia o tempo em si e leu no rosto de Lady Bruton, como se fosse um relógio de sol cortado em pedra impassível, o escoar da vida; que ano após ano o seu quinhão se fragmentava; que a margem que restava era tão pouco capaz de se expandir, de absorver, como nos anos de juventude, as cores, sais e tons da existência, da forma como ela enchia a sala em que entrava e sentia muitas vezes ao hesitar um momento na porta de sua sala de estar, um estranho suspense, como deve sentir um mergulhador antes de saltar quando o mar escurece e clareia abaixo dele, e as ondas que ameaçam quebrar, mas apenas rompem suavemente a superfície, rolam, escondem-se, e ao rolar sobre as algas as encrustam com pérolas.

Deixou o bloco na mesa do hall. Começou a subir a escada devagar, a mão no corrimão, como se saísse de uma festa, onde ora este amigo, ora aquele refletisse seu rosto, sua voz; como se tivesse fechado uma porta e saído, parada sozinha, um vulto apenas contra a noite horrenda, ou melhor, para ser exata, contra o olhar dessa franca manhã de junho; suave com a luz de pétalas de rosa para alguns, ela sabia, e sentiu, parada diante da janela aberta da escada que inflava as cortinas, os cachorros latindo, que deixava entrar, pensou ela, sentindo-se de repente murcha, velha, sem busto, o movimento, o sopro, o florescer do dia no exterior, fora da janela, fora de seu corpo e cérebro que falhava agora, porque Lady Bruton, cujos almoços festivos diziam ser excepcionalmente divertidos, não a tinha convidado.

Como uma freira que se retira, ou uma criança que explora uma torre, ela subiu, parou à janela, foi ao banheiro. Havia um linóleo verde e uma torneira pingando. Havia um vazio no coração da vida; no sótão. Mulheres deviam despir suas ricas vestes. Ao meio-dia, deviam se despir. Espetou o alfinete na almofada de alfinetes e pôs o chapéu amarelo de plumas em cima da cama. Os lençóis estavam limpos, bem esticados numa larga dobra branca de lado a lado. Mais e mais estreita seria a sua cama. A vela estava queimada até a metade e ela havia lido profundamente as *Memórias* do Barão Marbot. Lera até tarde da noite sobre a retirada de Moscou. Como o Parlamento ia até tarde, Richard insistira que, depois de sua doença, ela dormisse sem ser perturbada. E realmente ela preferia ler sobre a retirada de Moscou. Ele sabia disso. Então o quarto ficava no sótão; a cama estreita; e deitada ali a ler, porque dormia mal, ela não conseguia livrar-se de uma virgindade preservada durante o parto que se colava a ela como um lençol. Linda na juventude, de repente chegou um momento, por exemplo, no rio dentro da floresta em Clieveden, quando, através da contração desse espírito frio, ela falhou com ele. E depois em Constantinopla, e de novo e de novo. Ela sabia o que lhe faltava. Não era beleza; não era inteligência. Era algo central que permeava tudo; algo cálido que rompia superfícies e fazia ondular o contato frio de homem e mulher, ou de mulheres juntas. Porque isso ela conseguia perceber vagamente. Ressentia-se disso, tinha um escrúpulo, adquirido sabe Deus onde, ou, como ela sentia, enviado pela Natureza (que é invariavelmente sábia); no entanto, ela não conseguia resistir, às vezes, ao encanto de uma mulher, não uma garota, de uma mulher a confessar, como sempre faziam com ela, algum deslize, alguma loucura. E quer fosse pena, ou a beleza delas, ou por ela ser mais velha, ou por algum acidente, como um tênue odor, ou um violino soando no vizinho (tão estranho o poder dos sons em certos momentos), ela, sem dúvida, sentia então o que os homens sentiam. Só por um momento; mas era o que bastava. Era uma súbita revelação, um tom como um ruborizar que se tenta esconder, e então, ao se espalhar, faz ceder à sua expansão e corre ao limiar mais distante, lá estremece e sente o mundo vir mais perto, inchado com alguma incrível significação, alguma pressão de arrebatamento, que rompe sua fina pele e jorra e se despeja com um alívio extraordinário pelas fendas e feridas!

Então, por esse momento, ela tinha visto uma iluminação; um fósforo queimando numa flor; um sentido interno quase manifesto. Mas o que era próximo se retirava; o duro se abrandava. Passava – o momento. Momentos como esses (com mulheres também) contrastavam (ela largara o chapéu) com a cama, com o Barão Marbot, com a vela queimada pela metade. Deitada acordada, o piso rangia; a casa acesa de repente escurecia, e, se ela levantasse a cabeça, podia ouvir o clique da maçaneta aberta com a maior suavidade possível por Richard, que deslizava escada acima de meias e então, no mais das vezes, derrubava a bolsa de água quente e xingava! Como ela ria!

Mas essa questão de amor (ela pensou, ao guardar o casaco), esse apaixonar-se por mulheres. Veja Sally Seton; sua relação dos velhos tempos com Sally Seton. Aquilo, afinal, não tinha sido amor?

Ela sentada no chão (era a sua primeira impressão de Sally), ela sentada no chão com os braços em torno dos joelhos, fumando um cigarro. Onde podia ter sido? Nos Manning? Nos Kinloch- -Jones? Em alguma festa (onde, ela não tinha certeza), porque tinha a nítida lembrança de perguntar ao homem com quem estava "Quem é aquela?". E ele contara, e dissera que os pais de Sally não se davam (como isso a chocou, que os pais de alguém brigassem!). Mas durante toda a noite não conseguiu tirar os olhos de Sally. Era uma beleza extraordinária, do tipo que ela mais admirava, morena, olhos grandes, com aquela qualidade que, uma vez que ela própria não tinha, sempre invejara: uma espécie de abandono, como se ela pudesse dizer qualquer coisa, fazer qualquer coisa; uma qualidade muito mais comum em estrangeiras do que em mulheres inglesas. Sally sempre dissera que tinha sangue francês nas veias, um ancestral estivera com Maria Antonieta, teve a cabeça cortada, deixou um anel de rubi. Talvez naquele verão ela tenha se hospedado em Bourton, entrara bem inesperadamente sem um tostão no bolso, uma noite depois do jantar, e perturbou tia Helena a tal ponto que ela nunca a perdoou. Tinha havido uma briga em casa. Ela literalmente não tinha um tostão na noite em que viera até eles, empenhara um broche para chegar. Fugira numa paixão. Ficaram acordadas conversando até altas horas. Sally foi quem a fez sentir, pela primeira vez, como a vida em Bourton era protegida. Ela não sabia nada de sexo, nada de problemas sociais. Uma vez, vira um velho cair morto num campo, tinha visto vacas logo depois de seus bezerros nascerem. Mas tia Helena não gostava de discutir nada (quando Sally lhe deu William Morris, teve de ser embrulhado em papel pardo). Lá ficavam, horas e horas, conversando no quarto dela no alto da casa, falavam da vida, de como iam reformar o mundo. Queriam fundar uma sociedade para abolir a propriedade privada, e de fato escreveram uma carta, embora não fosse enviada. As ideias eram de Sally, claro, mas logo ela se animava também; leu Platão na cama antes do café da manhã; leu Morris; lia Shelley toda hora.

A força de Sally era incrível, seus dons, sua personalidade. Tinha jeito com flores, por exemplo. Em Bourton, sempre usavam vasinhos duros em toda a mesa. Sally saía, colhia malva-rosa, dálias, todo tipo de flor que nunca tinham visto juntas, cortava as coroas e punha boiando na água em tigelas. O efeito era extraordinário ao se entrar para o jantar, ao pôr do sol. (Claro que tia Helena achava maldade tratar as flores daquele jeito.) Depois, ela esquecia a esponja e corria pelo corredor, nua. A velha criada severa, Ellen Atkins, resmungava: "Imagine se algum cavalheiro visse?". De fato, ela chocava as pessoas. Era desmazelada, disse papai.

O estranho, olhando em retrospecto, era a pureza, a integridade de seu sentimento por Sally. Não era como o sentimento por um homem. Era completamente desinteressado e, além disso, tinha uma qualidade que só podia existir entre mulheres, entre mulheres que acabaram de ficar adultas. Protetor, da parte dela; brotava da sensação de estarem ligadas, um pressentimento de algo que acabaria por separá-las (falavam de casamento sempre como uma catástrofe), que levava a esse cavalheirismo, a essa sensação protetora que havia muito mais do lado dela que de Sally. Porque naquele tempo ela era completamente inconsequente; fazia as coisas mais idiotas por bravata; andava de bicicleta em torno do parapeito no terraço; fumava charutos. Absurdo, ela era... muito absurda. Mas seu charme era irresistível, ao menos para ela, de forma que se lembrava de estar parada em seu quarto, no alto da casa, com a bolsa de água quente na mão e dizer em voz alta: "Ela está debaixo deste teto... Ela está debaixo deste teto!". Não, as palavras agora não significavam nada para ela. Ela não conseguia ouvir nem um eco da velha emoção. Mas lembrava-se de ficar fria de excitação, de pentear o cabelo dela numa espécie de êxtase (então a velha sensação começou a lhe voltar, enquanto tirava os grampos, colocava em cima da penteadeira, começava a cuidar do cabelo), com as gralhas subindo e descendo na luz rosada do anoitecer, vestiu-se, desceu e sentiu ao atravessar o hall: "se tiver de morrer agora, seria agora muito feliz".

Shakespeare fez Otelo sentir isso, só porque ela estava descendo para jantar com um vestido branco para encontrar Sally Seton!

Ela estava vestida de gaze rosa, seria possível? No entanto, parecia toda luz, brilhava, como um pássaro ou uma bolha de sabão que entrou e grudou por um momento no espinheiro. Mas nada é tão alheio quando se está apaixonada (e o que era isso senão estar apaixonada?) como a completa indiferença dos outros. Tia Helena se retirou depois do jantar, papai lia o jornal. Peter Walsh podia estar lá e a velha Srta. Cummings; Joseph Breitkopf estava, por certo, porque vinha todo verão, coitado do velho, passar semanas e semanas, fingir que lia alemão com ela, mas na realidade tocava piano e cantava Brahms sem voz nenhuma.

Tudo isso era apenas o pano de fundo para Sally. Ela parada diante da lareira, falando, naquela linda voz que transformava tudo o que dizia numa carícia, com papai que tinha começado a ficar atraído por ela bem contra a vontade (ele nunca superou ter emprestado a ela um livro que encontrou encharcado no terraço), quando de repente ela disse: "Que desperdício estarmos todos dentro de casa!", e foram todos para o terraço, andaram para lá e para cá. Peter Walsh e Joseph Breitkopf falando de Wagner. Ela e Sally um pouco atrás. Então ocorreu o momento mais precioso de toda sua vida ao passarem diante de uma urna de pedra com flores. Sally parou; pegou uma flor; e beijou-a nos lábios. O mundo inteiro deve ter virado de cabeça para baixo! Os outros desapareceram; ali estava ela sozinha com Sally. E sentiu que tinha recebido um presente, embrulhado, e que ela disse para guardar, não para olhar, um diamante, algo infinitamente precioso, embrulhado, que, ao caminharem (de lá para cá, de lá para cá), ela desembrulhou, ou o brilho atravessou o embrulho, a revelação, a sensação religiosa!, quando o velho Joseph e Peter pararam diante delas:

– Olhando estrelas? – Peter perguntou.

Foi como bater de cara numa parede de granito no escuro! Foi chocante; foi horrível!

Não por ela. Já estava sentindo que Sally era atacada, maltratada; sentiu a hostilidade dele; seu ciúme; sua determinação de meter-se no companheirismo delas. Tudo isso ela viu como se vê uma paisagem com o clarão do raio, e Sally (ela nunca a admirou tanto!) reagiu galantemente, indômita. Ela riu. Fez o velho Joseph contar os nomes das estrelas, o que ele gostou de fazer, muito sério. Ela ficou ali parada: ouviu. Ouviu os nomes das estrelas.

– Ah, que horror! – ela disse a si mesma, como se soubesse o tempo todo que algo iria irromper, iria amargar seu momento de felicidade.

Porém quanto veio a dever a ele depois. Sempre que pensava nele, pensava em suas brigas, por alguma razão; talvez porque quisesse tanto ser bem vista por ele. Devia a ele algumas palavras: "sentimental", "civilizada"; elas apareciam todos os dias de sua vida, como se ele a protegesse. Um livro era sentimental; uma atitude de vida sentimental. "Sentimental" talvez ela pensar no passado. O que ele pensaria, ela perguntou a si mesma, quando voltasse? Que ela havia envelhecido? Ele diria isso, ou ela veria que ele pensava, ao voltar, que ela havia envelhecido? Era verdade. Desde a doença, tinha ficado quase grisalha.

Ao deixar o broche na mesa, teve um espasmo repentino, como se, enquanto divagava, as garras geladas tivessem tido a chance de se fixar nela. Ainda não estava velha. Tinha apenas começado seus 52 anos. Meses e meses ainda intocados. Junho, julho, agosto! Cada um permanecia ainda quase inteiro, e, como se para aparar a gota que caía, Clarissa (indo até a penteadeira) mergulhou no próprio coração do momento, trespassou-o, ali, o momento daquela manhã de junho no qual havia a pressão de todas as outras manhãs, olhou o espelho, a penteadeira, e todos os frascos de novo, juntou o todo dela em um ponto (ao olhar no espelho), viu o delicado rosto rosado da mulher que nessa mesma noite ia dar uma festa; de Clarissa Dalloway; dela própria.

Quantos milhões de vezes tinha visto seu rosto, e sempre com a mesma contração imperceptível! Franziu os lábios ao olhar no espelho. Para marcar um ponto em seu rosto. Essa era ela: pontiaguda; afiada; definida. Essa era ela quando algum esforço, alguma exigência pedia que fosse ela mesma, juntasse as partes, só ela sabia como era diferente, como era incompatível e construída só para o mundo em um centro, um diamante, uma mulher que sentava em uma sala e criava um ponto de encontro, um brilho sem dúvida em algumas vidas sem graça, um refúgio para acolher os solitários, talvez; tinha ajudado jovens, que eram gratos a ela; tinha tentado ser sempre a mesma, sem nunca dar nem um sinal de todos os outros lados dela: defeitos, ciúmes, vaidades, suspeitas, como essa de Lady Bruton não convidá-la para almoçar; o que, pensava ela (penteando o cabelo afinal) era absolutamente ultrajante! Agora, cadê seu vestido?

Seus vestidos de noite ficavam pendurados no armário. Clarissa mergulhou a mão naquela maciez, delicadamente retirou o vestido verde e o levou até a janela. Tinha rasgado. Alguém tinha pisado na saia. Ela sentira quando ele cedeu na festa da Embaixada, no alto, entre as pregas. À luz artificial, o verde brilhava, mas perdia a cor agora, ao sol. Ela ia levar suas linhas, tesoura, o que mais?, o dedal, claro, para a sala de estar, porque tinha de escrever também e ver se as coisas estavam no geral mais ou menos em ordem.

Estranho, pensou, parada no patamar, arranjando aquela forma de diamante, aquela pessoa única, estranho como a dona da casa sabe o momento, o humor de sua casa! Sons tênues subiam em espirais pelo poço da escada; o chiar de um esfregão; batendo, se chocando; um barulho quando a porta da rua se abriu; uma voz que repetia uma mensagem no porão, o tilintar de prataria numa bandeja; prataria limpa para a festa. Era tudo para a festa.

(E Lucy entrou na sala com a bandeja no alto, colocou os castiçais no aparador da lareira, a caixa de prata no centro, virou o golfinho de cristal na direção do relógio. Eles viriam; ficariam em pé; conversariam nos tons afetados que ela sabia imitar, damas e cavalheiros. De todos, a senhora da casa era a mais bonita, senhora de prata, de porcelana, do sol, da prata, portas retiradas das dobradiças, os homens da Rumpelmayer, davam-lhe uma sensação, ao pousar o abridor de cartas na mesa marchetada, de alguma coisa conquistada. Olhem! Olhem!, ela disse, falando com suas velhas amigas na padaria, seu primeiro trabalho em Caterham, e ao espiar no espelho ela era Lady Angela, acompanhando a Princesa Mary, quando entrou a Sra. Dalloway.)

– Ah, Lucy – disse ela –, a prata está bonita mesmo!

– E ontem à noite – disse ela, girando o golfinho de cristal para a posição correta –, você gostou da peça?

– Ah, eles tiveram de ir embora antes de acabar! – disse ela. – Tinham de voltar às dez! – disse. – Então não sabem o que aconteceu – disse ela. – Parece uma pena – disse (porque seus empregados podiam voltar tarde, se pedissem). – Uma pena mesmo – disse ela, então pegou a velha almofada meio gasta do meio do sofá, pôs nos braços de Lucy, deu um empurrãozinho e exclamou:
– Leve isso daqui! Dê para a Sra. Walker com meus cumprimentos! Leve embora! – exclamou.

Lucy parou na porta da sala, com a almofada na mão, e disse, muito tímida, ruborizando um pouco, se podia ajudar a remendar o vestido.

Mas, disse a Sra. Dalloway, ela já tinha muita coisa a fazer, muitos afazeres sem aquilo ali.

– Mas obrigada, Lucy, ah, obrigada – disse a Sra. Dalloway, e obrigada, obrigada, continuou dizendo (sentada no sofá com o vestido no colo, a tesoura, as linhas), obrigada, obrigada, continuou dizendo em gratidão por seus criados geralmente a ajudarem a ser assim, a ser o que ela queria, delicada, generosa. Os empregados gostavam dela. E depois aquele vestido... onde estava o rasgo? E agora a agulha para enfiar a linha. Era o seu vestido favorito, de Sally Parker, quase o último que ela fez, pena, porque Sally tinha se aposentado agora, morava em Ealing, e se um dia tivesse um momento iria vê-la em Ealing. Porque ela era uma figura, Clarissa pensou, uma artista de verdade. Pensava em pequenas coisas fora do usual; no entanto, seus vestidos nunca eram estranhos. Dava para usar em Hatfield; no palácio de Buckingham. Ela havia usado em Hatfield; no palácio de Buckingham.

Uma quietude baixou sobre ela, calma, contente, quando a agulha conduziu a seda suavemente a uma pausa, e ela juntou as pregas e prendeu, muito de leve, no cinto. É assim que num dia de verão as ondas crescem, oscilam e caem; crescem e caem; e o mundo inteiro parece dizer "é só isso" mais e mais ponderado, até o coração dentro do corpo, deitado na praia ao sol, dizer também, é só isso. Não tema, diz o coração. Não tema, diz o coração e entrega o seu fardo a algum mar, que suspira coletivamente por todas as tristezas, e renova, começa, cresce, deixa cair. E só o corpo escuta a abelha que passa; a onda que quebra; o cachorro que late, ao longe, late, late.

– Nossa, a campainha! – Clarissa exclamou, prendendo a agulha. Alerta, ficou ouvindo.

– A Sra. Dalloway vai me receber – disse o homem de certa idade no hall. – Ah, vai, sim, vai me receber – repetiu, empurrou Lucy com muita benevolência e correu depressa para cima. – Vai, sim, vai, vai – murmurava ao subir a escada. – Ela vai me ver. Depois de cinco anos na Índia, Clarissa vai me ver.

– Quem pode... o que pode... – a Sra. Dalloway perguntou (pensando que era revoltante ser interrompida às onze da manhã do dia em que ia dar uma festa), ao ouvir passos na escada. Ouviu uma mão na porta. Tentou esconder o vestido, como uma virgem protege a castidade, em respeito à privacidade. A maçaneta de latão girou. A porta se abriu e entrou... por um segundo apenas, ela não conseguiu lembrar como ele se chamava!, tão surpresa por vê-lo, tão contente, tão tímida, tão absolutamente surpresa de Peter Walsh vir a ela inesperadamente na manhã! (Ela não tinha lido sua carta.)

– E como você está? – Peter Walsh perguntou, definitivamente trêmulo; e pegou as duas mãos dela; beijou as duas mãos. Ela envelheceu, ele pensou ao se sentar. Não vou dizer nada a esse respeito, ele pensou, porque ela envelheceu. Está olhando para mim, ele pensou, e um súbito embaraço o dominou, embora tivesse beijado as mãos dela. Pôs a mão no bolso, tirou um grande canivete e abriu a lâmina pela metade.

Exatamente o mesmo, Clarissa pensou; o mesmo ar estranho; o mesmo terno xadrez; um pouco desalinhado o rosto dele, um pouco mais magro, mais seco, talvez, mas parece muito bem, e exatamente o mesmo.

– Que maravilha ver você de novo! – ela exclamou. Ele abriu a lâmina. Isso é tão ele, ela pensou.

Tinha acabado de chegar à cidade na noite anterior, disse; teria de ir para o campo imediatamente e como estava tudo, como estavam todos – Richard? Elizabeth?

– E o que é tudo isso? – perguntou e apontou com a lâmina o vestido verde.

Ele está muito bem-vestido, Clarissa pensou; no entanto, sempre me critica.

Aí está ela consertando o vestido; consertando o vestido como sempre, ele pensou; aí está ela sentada todo o tempo que estive na Índia; consertando o vestido; se divertindo; indo a festas, correndo à Câmara e voltando, e tudo mais, pensou ele, mais e mais irritado, mais e mais agitado, porque não há nada no mundo pior para algumas mulheres do que o casamento, ele pensou; e a política; e ter um marido conservador, como o admirável Richard. É isso, é isso, ele pensou, e fechou a lâmina com um estalo.

– Richard está muito bem. Richard está num comitê – disse Clarissa.

Ela abriu a tesoura e perguntou se ele se importava que ela terminasse o que estava fazendo com o vestido, porque haveria uma festa essa noite.

– Para a qual não vou convidar você – disse ela. – Meu querido Peter! – disse.

Mas era uma delícia ouvi-la dizer isso: meu querido Peter! De fato, era tudo tão delicioso; a prataria, as poltronas; tudo tão delicioso!

Por que não ia convidá-lo para a festa?, ele perguntou.

Agora, claro, Clarissa pensou, ele é encantador!, totalmente encantador! Agora me lembro como era impossível me decidir, e por que decidi não casar com ele, ela pensou, naquele verão horrível?

– Mas é tão incrível que você tenha aparecido agora de manhã! – ela exclamou, e pôs as mãos uma sobre a outra em cima do vestido. – Você se lembra – ela perguntou – como as persianas batiam em Bourton?

– Batiam – disse ele; e se lembrou de ter tomado café da manhã sozinho, muito desajeitado, com o pai dela; que já tinha morrido; e ele não tinha escrito a Clarissa. Mas nunca se dera bem com o velho Parry, aquele velho rabugento de pernas fracas, o pai de Clarissa, Justin Parry.

– Sempre quis me dar melhor com seu pai – disse ele.

– Mas ele nunca gostou de ninguém que... de nossos amigos – disse Clarissa.

E podia morder a língua por ter assim lembrado a Peter que ele quis casar com ela.

Claro que quis, Peter pensou; e quase me partiu o coração, pensou; e foi tomado pela própria dor que subiu como uma lua vista de um terraço, horrivelmente bela com a luz do dia que findara. Fiquei mais infeliz do que nunca desde então, ele pensou. E como se de fato estivesse sentado naquele terraço, inclinou-se um pouco para Clarissa; estendeu e ergueu a mão; deixou-a cair. Ali, acima deles, pairava aquela lua. Também a ela parecia estar sentada com ele no terraço ao luar.

– Pertence a Herbert agora – disse ela. – Eu nunca vou lá – disse ela.*

Então, do mesmo jeito que acontece num terraço ao luar, quando uma pessoa começa a sentir vergonha porque já está entediado, e no entanto o outro se mantém silencioso, muito quieto, olhando tristemente a lua, não quer falar, mexe o pé, pigarreia, nota um adorno de ferro na perna de uma mesa, mexe numa folha, mas não diz nada, assim ficou Peter Walsh. Por que

---

* Tais repetições ("disse ela"), tanto aqui como em outras ocasiões ao longo da obra, não são erros da edição brasileira, mas fazem parte do estilo de escrita da autora e constam no texto original, ao qual optamos por manter a máxima fidelidade. (N.E.)

voltar assim ao passado?, ele pensou. Por que fazê-lo pensar nisso de novo? Por que fazê-lo sofrer, quando ela o havia torturado tão infernalmente? Por quê?

– Lembra do lago? – ela perguntou, numa voz abrupta, sob o peso de uma emoção que tomou conta de seu coração, fez os músculos de sua garganta enrijecerem e contraiu seus lábios num espasmo quando ela disse "lago". Porque era uma criança que atirava pão para os patos, entre seus pais, e ao mesmo tempo uma mulher adulta que ia até os pais parados junto ao lago, com a própria vida nos braços que, ao se aproximar deles, ficava maior e maior em seus braços, até se tornar sua vida inteira, uma vida completa, que ela pôs diante deles e disse: "Foi isto o que eu fiz da vida! Isto!". E o que ela tinha feito da vida? O que, de fato?, sentada ali costurando essa manhã com Peter.

Olhou para Peter Walsh; seu olhar atravessou todo aquele tempo e aquela emoção e o atingiu, hesitante; assentou nele, choroso; ergueu-se e voejou embora, como um pássaro toca um galho, se ergue e voa embora. Com toda a simplicidade, ela enxugou os olhos.

– Sim – disse Peter. – Sim, sim, sim – ele disse, como se ela fizesse emergir algo que definitivamente o machucava ao vir à tona. Pare! Pare!, ele queria gritar. Porque não era velho; sua vida não tinha acabado; de maneira nenhuma. Tinha apenas passado dos cinquenta. Devo falar com ela, pensou, ou não? Ele gostaria de um claro recomeço de tudo aquilo. Mas ela estava muito fria, pensou; costurando, com a tesoura; Daisy pareceria comum ao lado de Clarissa. E ela me consideraria um fracasso, que eu sou, em certo sentido, pensou; no sentido dos Dalloway. Ah, sim, ele não tinha nenhuma dúvida; ele era um fracasso, comparado a tudo aquilo: a mesa marchetada, o cortador de papel encrustado, o golfinho e os castiçais, o estofamento das poltronas e as valiosas gravuras inglesas aquareladas, antigas, ele era um fracasso! Detesto a pompa disso tudo, ele pensou; obra de Richard, não de Clarissa; só que ela havia casado com ele.

(Então, Lucy entrou na sala, trazendo prataria, mais prataria, mas era simpática, esguia, graciosa, ele pensou, quando ela se curvou para pôr as coisas no lugar.) E tem sido assim o tempo todo!, ele pensou; semana após semana; a vida de Clarissa; enquanto eu... ele pensou e imediatamente tudo pareceu se irradiar dele; viagens; cavalgadas; brigas; aventuras; partidas de bridge; casos amorosos; trabalho; trabalho, trabalho!, e ele tirou o canivete sem disfarçar, o velho canivete de cabo de osso que Clarissa podia jurar que ele possuía durante esses trinta anos, e fechou na mão.

Que costume incrível esse, Clarissa pensou; sempre brincar com um canivete. Sempre fazer o outro se sentir frívolo; vazio; um mero tagarela tolo, como ele costumava fazer. Mas eu também, pensou ela, pegou a agulha, invocou, como uma rainha cujos guardas adormeceram e a deixaram desprotegida (ela sentiu-se bem perplexa com essa visita: a tinha perturbado), de forma que qualquer um podia entrar e olhar para ela onde estava, debaixo dos espinheiros, invocou em sua ajuda as coisas que fazia; as coisas de que gostava; seu marido; Elizabeth; ela própria, em resumo, que Peter mal conhecia agora, tudo à sua volta para combater o inimigo.

– Bom, e o que aconteceu com você? – ela perguntou. Assim como antes de a batalha começar, os cavalos batem os cascos no chão; agitam as cabeças; a luz rebrilha em seus flancos; os pescoços se curvam. Assim Peter Walsh e Clarissa, sentados lado a lado no sofá azul, se desafiavam. As forças se exasperavam e se agitavam dentro dele. Ele evocava de locais diferentes todo tipo de coisas; seus sucessos; sua carreira em Oxford; seu casamento, sobre o qual ela não sabia absolutamente nada; como ele tinha amado; e cumprido as duas funções.

– Milhões de coisas! – ele exclamou e, levado pelo conjunto de forças que agora atacavam de um lado e outro, dando-lhe a sensação ao mesmo tempo assustadora e extremamente excitante de ser levado no ar em ombros de gente que não conseguia mais ver, ele levou as mãos à testa.

Clarissa, sentada muito ereta, prendeu a respiração.

– Estou apaixonado – disse, mas não para ela e sim para alguém que se ergueu no escuro, de um jeito que não podia ser tocado e tinha de deixar a guirlanda sobre o gramado no escuro. – Apaixonado – ele repetiu, agora em tom bem seco para Clarissa Dalloway. – Apaixonado por uma moça na Índia. – Ele havia pousado sua guirlanda. Clarissa podia fazer com ela o que quisesse.

– Apaixonado! – ela disse. Que ele, na idade dele, debaixo de sua gravata-borboleta, pudesse ser sugado por aquele monstro! E seu pescoço é descarnado; as mãos vermelhas, e ele é seis meses mais velho que eu! O olhar dela voltou-se para si mesma; mas em seu coração ela sentiu, mesmo assim, ele está apaixonado. Ele tem isso, ela sentiu; ele está apaixonado.

Mas o indomável egoísmo que para sempre derruba as hostes que a ele se opõem, o rio que diz avante, avante, avante; mesmo admitindo que pode não haver para nós nenhum propósito, sempre avante, avante; esse indomável egoísmo coloriu as faces dela, fez com que parecesse muito jovem; muito rosada; de olhos muito brilhantes sentada com o vestido no colo, a agulha entre os dedos na ponta da linha verde, tremendo um pouco. Ele estava apaixonado! Não por ela. Por alguma jovem, claro.

– E quem é ela? – perguntou.

Agora era preciso baixar essa estátua de seu pedestal e instalar entre eles.

– Uma mulher casada, infelizmente – ele disse –, esposa de um major do exército indiano.

E com uma curiosa doce ironia, ele sorriu ao colocá-la dessa forma ridícula diante de Clarissa.

(De qualquer forma, ele está apaixonado, Clarissa pensou.)

– Ela tem dois filhos pequenos – ele continuou, muito razoável –, um menino e uma menina; e vim para cá para consultar meus advogados sobre o divórcio.

Aí está!, ele pensou. Faça com eles o que quiser, Clarissa! Aí estão eles!, E segundo a segundo parecia-lhe que a esposa do major do exército indiano (a sua Daisy) e seus dois filhinhos ficavam mais e mais adoráveis, com o olhar de Clarissa para eles; como se ele tivesse lançado luz sobre uma semente cinzenta numa bandeja e dela brotasse uma árvore adorável no fresco ar salgado da intimidade deles (porque, de certa maneira, ninguém o entendia, ninguém sentia junto com ele, como Clarissa), dessa especial intimidade.

Ela o elogiava; ela o enganava, Clarissa pensou; esculpindo a mulher, a esposa do major do exército indiano, com três golpes de uma faca. Que desperdício! Que loucura! A vida inteira Peter tinha sido enganado assim; primeiro, ao ser afastado de Oxford; depois, ao se casar com a garota no navio que partia para a Índia; agora, a esposa de um major do exército indiano; graças a Deus não tinha se casado com ele! Mas ele estava apaixonado; seu velho amigo; seu querido Peter, ele estava apaixonado.

– Mas o que você vai fazer? – ela perguntou. Ah, os advogados e procuradores, os Srs. Hooper e Grateley de Lincoln's Inn, eles vão cuidar disso, ele falou. E se pôs a cortar as unhas com o canivete.

Pelo amor de Deus, deixe esse canivete!, ela exclamou para si mesma com incontrolável irritação; era o seu tolo anticonvencionalismo, sua fraqueza; sua ausência de uma sombra de noção do que os outros estavam sentindo que a incomodava, sempre a incomodara; e agora, nessa idade, que bobagem!

Eu sei disso tudo, Peter pensou; sei o que vou enfrentar, pensou, passando o dedo pela lâmina, com Clarissa, Dalloway e todo o resto; mas vou mostrar a Clarissa... e então, para sua absoluta surpresa, empurrado de repente por aquelas forças incontroláveis, empurrado no ar, ele caiu em prantos; chorou; chorou sem a menor vergonha, sentado no sofá, as lágrimas correndo pelo rosto.

E Clarissa inclinou-se para a frente, pegou a mão dele, puxou-o para perto, beijou-o; na verdade, sentira o rosto dele junto ao seu antes que pudesse aquietar o lampejo de plumas prateadas, como mato dos pampas num vento tropical em seu peito que, ao cessar, deixou-a com a mão dele na sua, e deu-lhe tapinhas no joelho, recostou-se extraordinariamente à vontade com ele, de coração leve, e lhe veio num repente que, se tivesse casado com ele, esta alegria seria minha todo dia! Para ela, estava tudo acabado. O lençol esticado e a cama era estreita. Ela subira sozinha para a torre e os deixara a colher amoras ao sol. A porta estava fechada e ali, entre a poeira do reboco caído e os detritos de ninhos de pássaros, como parecera distante a vista, e os sons chegavam tênues e frios (uma vez em Leith Hill, ela lembrou) e Richard, Richard!, ela exclamou, como alguém que se sobressalta no sono e estende a mão no escuro em busca de socorro. Almoço com Lady Bruton, ela lembrou. Ele me deixou; estou sozinha para sempre, pensou, as mãos dobradas sobre o joelho.

Peter Walsh tinha se levantado e ido à janela, estava de costas para ela, abanando um lenço estampado de um lado para outro. Parecia senhorial, seco, desolado, as escápulas finas erguiam ligeiramente o casaco. Assoou o nariz violentamente. Me leve com você, Clarissa pensou, impulsiva, como se ele estivesse começando imediatamente alguma grande viagem; então, no momento seguinte, era como se os cinco atos de uma peça muito excitante, emocionante, tivessem terminado e ela tivesse vivido neles uma vida inteira e fugido, tinha vivido com Peter, e agora terminara.

Era hora de se mexer, e, como uma mulher que junta suas coisas, a capa, as luvas, o binóculo de ópera e se levanta para sair do teatro para a rua, ela se levantou do sofá e foi até Peter.

Incrivelmente estranho, ele pensou, como ela ainda tem o poder, enquanto ela vinha tilintando, farfalhando, ainda tinha o poder ao atravessar a sala, de fazer a lua, que ele detestava, se erguer em Bourton, no terraço, num dia de verão.

– Me diga – ele perguntou, segurando os ombros dela. – Você é feliz, Clarissa? O Richard...

A porta se abriu.
— Esta é a minha Elizabeth — disse Clarissa, emocionada, histriônica, talvez.
— Como vai? — disse Elizabeth ao se aproximar.

O som do Big Ben que batia a meia hora vibrou entre eles com extraordinário vigor, como se um rapaz, forte, indiferente, desconsiderado, balançasse seus halteres para cá e para lá.
— Olá, Elizabeth! — Peter exclamou, enfiou o lenço no bolso, foi diretamente até ela e disse: — Até logo, Clarissa. — Sem olhar para ela, saiu da sala depressa, desceu correndo a escada e abriu a porta do hall.
— Peter! Peter! — Clarissa exclamou e foi atrás dele no patamar. — Minha festa hoje à noite! Não esqueça da minha festa hoje à noite! — ela exclamou e teve de erguer a voz contra o ruído do ar externo e, dominada pelo tráfego e pelo som de todos os relógios tocando, a voz dela ao gritar "Não esqueça da minha festa hoje à noite!" soou frágil, débil e muito distante quando Peter Walsh fechou a porta.

* * *

Não esqueça da minha festa, não esqueça da minha festa, disse Peter Walsh ao sair para a rua, falando consigo mesmo ritmadamente, acompanhando o fluxo do som, o som firme do Big Ben que tocava a meia. (Os círculos metálicos se dissolviam no ar.) Ah, essas festas, ele pensou; as festas de Clarissa. Por que ela dá essas festas?, ele pensou. Não que a censurasse ou à efígie daquele homem de casaca com um cravo na lapela que vinha em sua direção. Só uma pessoa no mundo podia estar como ele estava, apaixonado. E ali estava ele, esse homem afortunado, ele mesmo, refletido na vitrine de um fabricante de automóveis em Victoria Street. Toda a Índia estava para trás; planícies, montanhas; epidemias de cólera; um distrito duas vezes maior que a Irlanda; decisões que tinha tomado sozinho, ele, Peter Walsh; que agora estava, pela primeira vez na vida, apaixonado. Clarissa tinha ficado dura, ele pensou; e um pouco sentimental para compensar, desconfiava ele, enquanto olhava os grandes automóveis capazes de fazer... quantos quilômetros com quantos litros? Porque tinha um pendor para a mecânica; tinha inventado um arado em seu distrito, encomendara carrinhos de mão na Inglaterra, mas os culis se recusavam a usá-los, tudo isso Clarissa não sabia.

O jeito como ela dissera "Esta é a minha Elizabeth!" o incomodara. Por que não simplesmente "Está é Elizabeth!"? Era insincero. E Elizabeth não gostou também. (Os últimos tremores da grande voz ressonante ainda sacudiam o ar em torno dele; a meia hora; cedo ainda; apenas onze e meia.) Porque ele entendia os jovens; gostava deles. Sempre houve alguma coisa fria em Clarissa, ele pensou. Ela sempre teve, desde mocinha, uma espécie de timidez, que na meia-idade se transformara em convencionalismo e então acabou tudo, acabou, pensou, olhando um tanto desolado as profundezas vítreas, a se perguntar se ao aparecer àquela hora a teria incomodado; tomado de repente pela vergonha de ter sido um tolo; chorado; sido emocional; contado tudo a ela, como sempre, como sempre.

Quando uma nuvem encobre o sol, o silêncio baixa sobre Londres, baixa sobre a mente. O esforço cessa. O tempo se agita no mastro. Assim paramos; ficamos. Rígidos, apenas o esqueleto do hábito sustenta a figura humana. Onde não há nada, Peter Walsh disse a si mesmo; sentia-se esvaziado, absolutamente oco. Clarissa me recusou, refletiu. Parou ali, pensando, Clarissa me recusou.

Ah, disseram os sinos de St. Margaret, como uma anfitriã que entra na sala pontualmente e descobre que os convidados já chegaram. Não estou atrasada. Não, é precisamente onze e meia, diz ela. No entanto, embora esteja absolutamente certa, sua voz, sendo a voz da anfitriã, reluta em impor sua individualidade. Alguma mágoa do passado a detém; alguma preocupação com o presente. Onze e meia, diz ela, e o som de St. Margaret paira nos recessos do coração e se enterra toque após toque, como uma coisa viva que quer confidenciar, se dispersar, e estar, com um tremor de prazer, em repouso; como a própria Clarissa, Peter Walsh pensou, descendo a escada no toque da hora, toda de branco. É a própria Clarissa, pensou, com uma profunda emoção e uma lembrança incrivelmente clara dela, embora intrigante, como se aquele sino tivesse entrado na sala anos antes, onde estavam sentados em algum momento de grande intimidade, e passara de um para o outro e partira, como uma abelha com mel, carregada com o momento. Mas qual sala? Qual momento? E por que tinha ficado tão profundamente feliz quando o relógio deu as horas? Ela esteve doente e o som expressava langor e sofrimento. Era o coração dela, ele lembrou; e a repentina sonoridade do toque final soou como morte que surpreende no meio da vida, Clarissa caída onde estava, na sala. Não! Não!, ele exclamou. Ela não está morta! Eu não estou velho, ele exclamou, e marchou por Whitehall, como se viesse rolando para ele, vigoroso, sem fim, o seu futuro.

    Ele não estava velho, nem enrijecido, nem nada seco. Quanto a se importar com o que diziam dele, os Dalloway, os Whitbread e sua turma, ele não ligava a mínima, a mínima (embora fosse verdade que teria, em algum momento, de ver se Richard poderia ajudá-lo a arrumar um emprego). Caminhava, olhava, viu a estátua do duque de Cambridge. Tinha sido afastado de Oxford: verdade. Tinha sido socialista, em certo sentido um fracasso: verdade. Porém o futuro da civilização está, pensou, nas mãos de jovens como aqueles; de jovens como ele foi, trinta anos antes; com seu amor por princípios abstratos; recebendo livros enviados de Londres para eles no pico do Himalaia; lendo ciência; lendo filosofia. O futuro está nas mãos de jovens assim, pensou.

    Passos como um caminhar sobre folhas numa floresta vieram de trás e, com um ruído farfalhante, surdo, que, ao atingi-lo, ressoou em seus pensamentos, cadenciado independente dele mesmo, ao longo de Whitehall. Rapazes fardados, portando armas, marchavam com o olhar fixo à frente, marchavam, os braços rígidos, e no rosto uma expressão como as letras de uma legenda escrita na base de uma estátua, louvando o dever, a gratidão, a fidelidade, o amor pela Inglaterra.

É um treino muito bom, pensou Peter Walsh ao acertar o passo com eles. Mas eles não pareciam robustos. Na maioria eram franzinos, rapazes de dezesseis anos, que poderiam, amanhã, estar atrás de tigelas de arroz, de barras de sabão sobre balcões. Agora traziam neles, alheios ao prazer sensual ou às preocupações diárias, a solenidade dos louros que tinham levado de Finsbury Pavement ao túmulo vazio. Tinham feito seus votos. O tráfego respeitava isso; os carros paravam.

Não consigo acompanhá-los, Peter Walsh pensou, enquanto eles marchavam por Whitehall, e é claro que continuaram marchando, passaram por ele, passaram por todos, à sua maneira regular, como se uma única vontade controlasse pernas e braços com uniformidade, e a vida com suas variedades, suas reticências, estivesse debaixo de um pavimento de monumentos e louros, drogando com disciplina um corpo rígido, mas de olhos ainda abertos. Era preciso respeitar; podia-se rir; mas era preciso respeitar, ele pensou. Lá vão eles, pensou Peter Walsh e parou na calçada; e todas as estátuas exaltadas, Nelson, Gordon, Havelock, as imagens negras e espetaculares de grandes soldados olhando fixamente à frente, como se eles também fizessem a mesma renúncia (Peter Walsh sentia que ele também a havia feito, a grande renúncia), pisoteavam as mesmas tentações e acabavam conseguindo um olhar de mármore. Mas um olhar que Peter Walsh não queria absolutamente para si mesmo; embora ele pudesse respeitar em outros. Podia respeitar em rapazes. Eles ainda não conhecem os problemas da carne, ele pensou, enquanto os rapazes desapareciam marchando na direção do Strand, tudo o que eu passei, pensou ele ao atravessar a rua e parar debaixo da estátua de Gordon, Gordon que em criança ele havia venerado; Gordon parado sozinho com uma perna erguida e os braços cruzados; pobre Gordon, ele pensou.

E como ninguém mais sabia que ele estava em Londres, a não ser Clarissa, e o país, depois da viagem, ainda lhe parecesse uma ilha, viu-se dominado pela estranheza de estar parado, sozinho, vivo e desconhecido às onze e meia em Trafalgar Square. O que é isto? Onde estou? E por que, afinal, a gente faz isso?, pensou, e o divórcio parecia apenas devaneio. E sua mente ficou plana como um pântano, com três emoções rolando sobre ele; entendimento; uma vasta filantropia; e, por fim, como resultado das outras duas, um incontrolável, especial prazer; como se dentro de seu cérebro uma outra mão puxasse os cordões, janelas se movessem e ele, sem ter nada a ver com aquilo, ali ficasse na abertura de avenidas sem fim, pelas quais, se quisesse, ele podia vagar. Não se sentia tão jovem há anos.

Tinha escapado! Estava absolutamente livre, como acontece ao nos livrarmos do hábito, quando a mente, como uma chama não protegida, se curva, se dobra e parece a ponto de escapar de sua base. Não me sinto tão jovem há anos!, pensou Peter, e escapou (claro que apenas por uma hora e tanto) de ser precisamente o que ele era, sentindo-se como uma criança que corre para fora e vê, ao correr, a velha babá acenando para a janela errada. Mas ela é extremamente atraente, pensou, quando, ao atravessar Trafalgar Square na direção de Haymarket, veio uma jovem que, ao passar pela estátua de Gordon, pareceu, Peter Walsh pensou (suscetível como estava), despir véu após véu, até se tornar a mulher que ele sempre teve em mente; jovem, mas altiva; alegre, mas discreta; negra, mas encantadora.

Endireitou o corpo e, manipulando furtivamente o canivete, seguiu atrás dela para acompanhar essa mulher, essa excitação, que parecia, mesmo de costas, emanar uma luz que os conectava, que o escolhera, como se o fortuito ruído do tráfego sussurrasse com as mãos em concha o seu nome, não Peter, mas o novo, privado, que ele usava para si mesmo em seus pensamentos. "Você", ela disse, apenas, "você", com suas luvas brancas e seus ombros. Então o casaco longo e fino que o vento agitava enquanto ela passava na frente da loja Dent e entrava na Cockspur Street, soprou com uma envolvente suavidade, uma lamentosa ternura, como braços que se abriam para receber os fatigados...

Mas ela não é casada; ela é jovem; bem jovem, Peter pensou, o cravo vermelho que ele tinha visto que ela usava ao atravessar Trafalgar Square queimou de novo em seus olhos, tornou seus lábios vermelhos. Mas ela esperou na calçada. Havia nela uma dignidade. Não era uma mulher do mundo, como Clarissa; não rica, como Clarissa. Seria, ele perguntou a si mesmo quando ela caminhou de novo, respeitável? Esperta, com a língua agitada de um lagarto, ele pensou (porque era preciso inventar, permitir-se um pouco de diversão), uma esperteza fria, penetrante; não ruidosa.

Ela seguiu em frente; atravessou; ele a seguiu. Embaraçá-la era a última coisa que ele queria. No entanto, se ela parasse, ele diria: "Venha, vamos tomar um sorvete", ele diria, e ela responderia com perfeita simplicidade: "Vamos, sim".

Mas outras pessoas se puseram entre eles na rua, impediram a passagem dele, a fizeram sumir. Ele insistiu; ela mudou. Havia um rubor em suas faces; riso nos olhos; ele era um aventureiro, imprudente, pensou, rápido, ousado, de fato (tinha chegado noite passada da Índia), um pirata romântico, indiferente a todas aquelas propriedades malditas, roupões amarelos, cachimbos, varas de pescar, nas vitrines das lojas; e respeitabilidade, festas vespertinas, jovens com coletes brancos debaixo das casacas. Ele era um pirata. Ela seguia sempre em frente, atravessou Piccadilly, seguiu pela Regent Street, à frente dele, a capa, as luvas, os ombros combinando com as franjas, as rendas, os boás de plumas das vitrines para criar um espírito de elegância e fantasia que deslizava das lojas para a calçada, como a luz de um poste paira à noite sobre cercas vivas no escuro.

Rindo, deliciada, ela havia atravessado a Oxford Street e a Great Portland Street e virou numa daquelas ruazinhas, e agora, agora, chegava o grande momento, porque ela diminuiu o passo, abriu a bolsa, com um olhar na direção dele, mas não a ele, um olhar que se despedia, que resumia toda a situação e a descartava, triunfante, para sempre, ela ergueu a chave, abriu a porta e sumiu! A voz de Clarissa dizendo "Não esqueça minha festa. Não esqueça minha festa" ressoou no ouvido dele. A casa era uma daquelas casas vermelhas comuns, com cestos de flores pendurados, vagamente inadequados. Acabou-se.

Bem, eu me diverti; me diverti, ele pensou, olhando os cestos oscilantes de pálidos gerânios. E reduzida a átomos, a sua diversão, porque era meio inventada, como ele sabia muito bem; inventada, essa perseguição com a moça; inventada como se inventa a melhor parte da vida, ele pensou, inventar a si mesmo; inventar a ela; criar uma diversão requintada e às vezes mais. Mas era estranho, e bem verdadeiro; tudo aquilo que alguém não pode nunca revelar, reduzido a átomos.

Ele virou; voltou pela rua, pensando encontrar um lugar para sentar, até chegar a hora de Lincoln's Inn, dos Srs. Hooper e Grateley. Onde iria agora? Não importa. Seguir a rua, então, na direção de Regent's Park. Suas botas na calçada diziam "não importa"; porque era cedo, ainda muito cedo.

Mas era uma manhã esplêndida. Como o pulsar de um coração perfeito, a vida pulsava pelas ruas. Não havia agitação, nem hesitação. Rodando e virando, acuradamente, pontualmente, silenciosamente, ali, naquele instante exato, o automóvel parou na porta. A moça, meias de seda, plumas, evanescente, mas não particularmente atraente para ele (pois já tivera sua aventura), desceu. Mordomos admiráveis, cachorros *chow-chow* cor de caramelo, corredores de quadrados pretos e brancos com cortinas brancas esvoaçantes, Peter viu pela porta aberta e aprovou. Uma esplêndida realização à sua maneira, afinal, Londres; a temporada; civilização. Vindo, como vinha, de uma respeitável família anglo-indiana que durante ao menos três gerações administrara os negócios de um continente (estranho, pensou ele, o sentimento que tenho a esse respeito, uma vez que não gosto da Índia, do império, do exército), havia momentos em que a civilização, mesmo daquele tipo, era-lhe querida como algo que lhe pertencia; momentos de orgulho pela Inglaterra; por mordomos; cachorros *chow-chow*; moças seguras. Por ridículo que fosse, assim era, pensou. E os médicos, os homens de negócios, as mulheres capazes, todos cuidando de seus assuntos, pontuais, alertas, robustos, lhe pareciam totalmente admiráveis, bons sujeitos, a quem se podia confiar a vida, companheiros na arte de viver, que nunca o abandonariam. Pois com uma coisa e outra, o show era realmente bem tolerável e ele ia se sentar à sombra e fumar.

Ali estava Regent's Park. Sim. Em criança ele havia caminhado por Regent's Park, estranho, pensou, como a ideia da infância fica me voltando, resultado de ter visto Clarissa, talvez; porque as mulheres vivem muito mais no passado do que nós, pensou. Elas se vinculam a lugares; e a seus pais, uma mulher sempre tem orgulho do pai. Bourton era um bom lugar, um lugar muito bom, mas eu nunca consegui me dar bem com o velho, pensou. Houve uma cena e tanto uma noite, uma discussão sobre uma coisa ou outra, ele não lembrava. Política, provavelmente.

É, mas lembrava-se de Regent's Park; o longo caminho reto; a casinha onde se comprava balões de ar à esquerda; uma estátua absurda com uma inscrição aqui ou ali. Ele procurou um banco vazio. Não queria ser incomodado (estava um pouco alheio) por gente que pergunta as horas. Uma babá de cinza com um bebê que dormia no carrinho; era o melhor que podia fazer para si mesmo; sentar-se na ponta do banco daquela babá.

Era uma garota estranha, pensou, lembrando de repente de Elizabeth quando entrou na sala e parou ao lado da mãe. Crescida; bem crescida, não exatamente linda; mas bonita; e não pode ter mais que dezoito anos. Talvez não se dê bem com Clarissa. "Esta é a minha Elizabeth", coisas desse tipo. Por que não "Esta é Elizabeth" simplesmente? – tentar fingir, como a maioria das mães, que as coisas não são como são. Ela confia demais no próprio charme, ele pensou. Ela exagera.

A rica e benigna fumaça do charuto rolou garganta abaixo; ele soprou de novo em anéis que desafiaram bravamente o ar por um momento; azulados, circulares; vou tentar trocar uma palavra a sós com Elizabeth hoje à noite, pensou; depois começou a soprar formas de ampulheta e a afunilar; assume formas estranhas, pensou. De repente, fechou os olhos, ergueu a mão com esforço e atirou o pesado toco do charuto.

Um grande arbusto roçou, macio, por sua mente, movendo ramos devagar, vozes de crianças, o arrastar de pés, pessoas passando, o rumor do tráfego, tráfego subindo e descendo. Mais e mais fundo ele mergulhou nas plumas e penas do sono, afundou e abafou-se.

A babá cinza retomou o tricô enquanto Peter Walsh, a seu lado no banco quente, começou a roncar. Em seu uniforme cinza, as mãos se movendo infatigáveis, mas silenciosas, ela parecia a defensora dos direitos dos adormecidos, como uma daquelas presenças espectrais que emergem ao anoitecer em florestas feitas de céu e galhos. O viajante solitário assombra as trilhas, perturba as samambaias, o devastador de grandes pés de cicuta, ergue os olhos, vê de repente o vulto gigantesco no fim do passeio.

Ateu talvez por convicção, ele é tomado de surpresa por momentos de excepcional exaltação. Nada existe fora de nós a não ser um estado de espírito, ele pensa; um desejo de consolação, de alívio, por algo alheio a esses miseráveis pigmeus, esses fracos, feios, covardes homens e mulheres. Mas, se ele consegue concebê-la, então de alguma forma ela existe, ele pensa, e avança pelo caminho com os olhos no céu e ramos que ele depressa dota de feminilidade; vê com surpresa como se tornam graves; com que majestade, ao se moverem no vento, as folhas distribuem caridade, compreensão, absolvição e, em seguida, lançando-se de repente para o alto, confundem a piedade de seu aspecto com uma louca embriaguez.

Tais são as visões que oferecem grandes cornucópias cheias de frutos ao viajante solitário, ou murmuram em seu ouvido como sereias oscilando nas ondas verdes do mar, ou se lançam em seu rosto como feixes de rosas, ou sobem à superfície como rostos pálidos que pescadores se debatem para abraçar nas inundações. São essas as visões que emergem incessantemente, andam ao lado da coisa em si, com ela se defrontam; muitas vezes dominando o viajante solitário e tirando dele o sentido da terra, o desejo de voltar, e lhe dão em troca uma paz geral (assim pensa ele ao avançar no passeio pela floresta), como se toda essa febre de viver fosse a simplicidade em si; e miríades de coisas se fundem numa coisa só; e essa figura, que é feita de céu e galhos, emergiu do mar agitado (ele está na meia-idade, mais de cinquenta anos agora) como uma forma que pode ser sugada das ondas para banhar com suas mãos magníficas compaixão, compreensão, absolvição. Então, pensa ele, posso nunca voltar à luz do abajur; à sala de estar, nunca terminar meu livro; nunca esvaziar meu cachimbo; nunca chamar a Sra. Turner para retirar a louça; que, em vez disso, eu marche diretamente para essa grande figura que, com um aceno de cabeça, me emoldurará com suas flâmulas e deixará que eu me desmanche em nada com todo o resto.

Essas são as visões. O viajante solitário logo está além da floresta; e lá, ao chegar à porta, sombreando os olhos, possivelmente para procurar seu entorno, com as mãos erguidas, com avental branco voando ao vento, está uma velha que parece (tão poderosa é essa enfermidade) procurar, num deserto, o seu filho perdido; procurar um cavaleiro aniquilado; ser a figura da mãe cujos filhos foram mortos nas batalhas do mundo. Então, o viajante solitário avança pela rua da aldeia onde as mulheres tricotam e os homens cavoucam o jardim, a noite parece cheia de presságios; os vultos parados; como se algum destino augusto, desconhecido por eles, esperasse sem medo, a ponto de levá-los à completa aniquilação.

Do lado de dentro, entre coisas comuns, o armário, a mesa, o batente da janela com gerânios, de repente a silhueta da dona da estalagem, curvada para tirar a tolha, se abranda com luz, um emblema adorável que só a lembrança de nossos frios contatos humanos nos proíbe de abraçar. Ela pega a geleia; guarda no armário.
– Mais nada hoje, meu senhor?
Mas a quem o viajante solitário responde?

* * *

Então a babá idosa tricota junto ao bebê que dorme em Regent's Park. Então Peter Walsh ronca.
Ele acorda muito repentinamente, ao dizer a si mesmo: "A morte da alma".
– Meu Deus, meu Deus! – ele diz a si mesmo em voz alta, se espreguiça, abre os olhos. – A morte da alma. – As palavras vinham ligadas a alguma cena, alguma sala, algum passado com o qual sonhara. Ficou tudo mais claro; a cena, a sala, o passado com que sonhara.
Foi em Bourton, naquele verão, começo dos anos 1900, quando ele estava tão apaixonado por Clarissa. Havia muita gente lá, que ria e conversava, sentados em torno de uma mesa, depois do chá, a sala banhada em luz amarela e cheia de fumaça de cigarros. Conversavam sobre um homem que tinha se casado com a empregada, um dos cavalheiros da vizinhança, ele não lembrava o nome. Tinha se casado com a governanta e ela havia sido levada a Bourton para uma visita, uma visita horrível. Ela estava vestida com absurdo excesso, "como uma cacatua", Clarissa dissera, a imitá-la, e não parava de falar. Falava e falava, falava e falava. Clarissa a imitava. Então alguém perguntou, foi Sally Seton, se faria alguma diferença para os sentimentos de uma pessoa saber que antes de casar ela tivera um filho. (Naquele tempo, em companhia de ambos os sexos, era uma coisa ousada de perguntar.) Ele ainda se lembrava de Clarissa enrubescida, um tanto contraída, dizer: "Ah, nunca mais vou conseguir falar com ela!". Diante do

que todo o grupo em torno da mesa de chá pareceu abalado. Foi muito incômodo.

Ele não a censurava por se incomodar com o fato, uma vez que, naquela época, uma moça criada como ele havia sido não sabia de nada, mas foi a sua maneira que o incomodou; tímida; dura; algo arrogante; sem imaginação; pudica. "A morte da alma", ele disse instintivamente, e carimbou o momento como costumava fazer: a morte da alma dela.

Todos se mexeram; todos pareceram baixar a cabeça quando ela falou, depois erguer de um jeito diferente. Ele podia ver Sally Seton, como uma criança que foi pega em flagrante, inclinada para a frente, bem aflita, queria falar, mas tinha medo, porque Clarissa realmente assustava as pessoas. (Ela era a maior amiga de Clarissa, sempre por ali, completamente diferente dela, uma criatura atraente, bonita, morena, com a reputação, naquela época, de ser muito ousada, e ele lhe dava charutos que ela fumava em seu quarto. Tinha sido noiva de alguém ou brigara com a família, o velho Parry não gostava de ambos, o que aproximava muito os dois.) Então Clarissa, com um ar de ter sido ofendida por todos eles, levantou-se, deu alguma desculpa e saiu, sozinha. Ao abrir a porta, entrou aquele grande cachorro peludo que corria atrás das ovelhas. Ela se jogou em cima dele, enlevada. Era como se dissesse a Peter (era tudo dirigido a ele, ele sabia). "Sei que você acha que fui absurda com aquela mulher agora; mas veja como eu sou absolutamente afetuosa; veja como adoro o meu Rob!".

Eles sempre tiveram essa estranha capacidade de se comunicar sem palavras. Ela sabia de imediato que ele a criticava. Então ela fazia alguma coisa bem óbvia para se defender, como esse exagero com o cachorro, mas nunca o enganava, ele sempre enxergava dentro de Clarissa. Não que dissesse alguma coisa, claro; apenas ficava sentado, parecendo abatido. Era sempre assim que começavam suas brigas.

Ela fechou a porta. Imediatamente ele ficou extremamente deprimido. Parecia totalmente inútil, continuar apaixonado, continuar brigando, continuar inventando; e ele saiu sozinho, entre os barracões, os estábulos, olhou os cavalos. (O lugar era bem humilde; os Parry nunca foram abastados; mas havia sempre tratadores e cavalariços; Clarissa adorava montar; e um velho cocheiro; como era o nome dele?; uma velha babá, a velha Moody, velha Goody, a chamavam de alguma coisa assim e levavam a pessoa a visitá-la num quartinho com uma porção de fotografias, uma porção de gaiolas de passarinhos.)

Foi uma noite horrível! Ele ficou cada vez mais melancólico, não sobre aquilo apenas; sobre tudo. E não podia vê-la; não podia explicar a ela; não conseguia pôr para fora. Havia sempre gente em volta, ela ia em frente como se nada acontecesse. Essa era a sua parte diabólica, sua frieza, sua dureza, algo muito profundo nela, que ele tinha sentido de novo essa manhã ao falar com ela; sua impenetrabilidade. Mas Deus sabia que a tinha amado. Ela tinha alguma estranha capacidade de mexer com os nervos dos outros, de transformar os nervos da pessoa em cordas de violino, sim.

Ele fora para o jantar bem tarde, com a ideia idiota de se fazer notar, e sentara-se ao lado da velha Srta. Parry, a tia Helena, irmã do Sr. Parry, que iria dominar a mesa. Ali estava ela com seu xale de caxemira branco, a cabeça silhuetada pela janela, uma velha notável, mas gentil com ele, porque ele havia encontrado para ela alguma flor rara e ela era uma grande botanista, que saía com botas grossas e uma caixa de coleta preta pendurada entre os ombros. Ele sentou-se ao lado dela e não conseguia falar. Tudo parecia passar correndo por ele; ele apenas ficou ali sentado e comeu. E então, na metade do jantar, ele se obrigou a olhar pela primeira vez para Clarissa, do lado oposto da mesa. Ela estava conversando com um rapaz à sua direita. Ele teve uma súbita revelação. "Ela vai casar com esse homem", disse a si mesmo. Não sabia nem o nome dele.

Porque, é claro, naquela tarde, naquela tarde exatamente, Dalloway tinha vindo; e Clarissa o chamara de "Wickham"; foi o começo de tudo. Alguém o trouxera; e Clarissa entendeu errado seu nome. Ela o apresentou a todos como Wickham. Por fim, ele disse: "Meu nome é Dalloway!". Sally se apossou daquilo; a partir daí o chamava de "Meu nome é Dalloway!" Naquela época, ele era dado a revelações. Essa, de que ela ia casar com Dalloway, era ofuscante, esmagadora naquele momento. Havia uma espécie de... como dizer?, uma espécie de soltura nas maneiras dela com ele; algo maternal; algo delicado. Estavam falando de política. Durante todo o jantar, ele tentou ouvir o que diziam.

Depois, ele se lembrava de ter ficado ao lado da velha Srta. Parry na sala. Clarissa foi até ele, com suas maneiras perfeitas, como uma verdadeira anfitriã, e queria apresentá-lo para alguém, falava como se não se conhecessem, o que o deixou furioso. Mas mesmo assim ele a admirava por isso. Admirava sua coragem; seu instinto social; admirava-a por sua capacidade de conduzir as coisas. "A perfeita anfitriã", ele disse a ela, e ela se retraiu toda. Mas ele queria que ela sentisse. Faria qualquer coisa para magoá-la depois de vê-la com Dalloway. Então, ela saiu do lado dele. E ele teve a sensação de que estavam todos reunidos numa conspiração contra ele, rindo e conversando por suas costas. Ali ficou ao lado da poltrona da Srta. Parry, como se fosse recortado em madeira, falando de flores silvestres. Nunca, nunca tinha sofrido tão infernalmente! Deve ter esquecido até de fingir que escutava; por fim, despertou; viu que a Srta. Parry parecia bastante perturbada, bastante indignada, fixando nele os olhos salientes. Ele quase gritou que não podia prestar atenção porque estava no inferno! As pessoas começaram a sair da sala. E as ouvia falando de pegar capas; que estaria frio na água, e tal. Iam sair de barco no lago, ao luar, uma das ideias malucas de Sally. Ele a ouvia descrevendo a lua. E saíram todos. Foi deixado sozinho.

– Não quer ir com eles? – tia Helena perguntou, a velha Srta. Parry! Ela havia adivinhado. Ele se virou e ali estava Clarissa outra vez. Tinha voltado para buscá-lo. Ele ficou deslumbrado com a generosidade, com a bondade dela.

– Vamos – disse ela. – Estão esperando. – Ele nunca se sentira tão contente em toda a sua vida! Sem dizer uma palavra, seguiram em frente. Caminharam até o lago. Ele teve vinte minutos de perfeita felicidade. A voz dela, o riso, o vestido (algo esvoaçante, branco, carmesim), seu humor, seu espírito aventureiro; ela fez todos desembarcarem e explorarem a ilha; ela assustou uma galinha; ela riu; ela cantou. E o tempo todo ele sabia perfeitamente bem, Dalloway estava se apaixonando por ela; ela se apaixonando por Dalloway; mas isso parecia não importar. Nada importava. Sentaram-se no chão e conversaram, ele e Clarissa. Entravam e saíam das mentes um do outro sem qualquer esforço. E então, em um segundo, tudo acabou. Ele disse a si mesmo, quando subiam no barco: "Ela vai casar com esse homem", direto, sem nenhum ressentimento; mas era uma coisa óbvia. Dalloway ia se casar com Clarissa.

Dalloway remou de volta. Ele não disse nada. Mas de alguma forma, quando o viram partir, montar na bicicleta para rodar mais de trinta quilômetros pela floresta, sacolejando pelo caminho, até acenar com a mão e desaparecer, ele obviamente sentiu, instintivamente, tremendamente, com toda força, aquilo tudo; a noite; o romance; Clarissa. Ele merecia ficar com ela.

Para ele, ele próprio era absurdo. Suas exigências com Clarissa (ele entendia agora) eram absurdas. Ele pedia coisas impossíveis. Ele fazia cenas terríveis. Ela o teria aceitado mesmo assim, talvez, se ele tivesse sido menos absurdo. Sally também achava isso. Durante todo esse verão, escreveu longas cartas a ele; que tinham falado dele; que ela o elogiara, que Clarissa caíra em prantos! Foi um verão excepcional, todo cartas, cenas, telegramas, chegava-se a Bourton de manhã cedinho, esperava-se os criados se levantarem; horrendos *tête-à-tête* com o velho Sr. Parry no café da manhã; tia

Helena impressionante, mas gentil; Sally, que o levava a passeios pela horta; Clarissa na cama com dor de cabeça.

A cena final, a cena terrível que ele acreditava ser sido mais importante que qualquer coisa em toda a sua vida (podia ser um exagero, mas era assim que parecia agora) aconteceu às três horas de uma tarde muito quente. Provocada por uma bobagem: durante o almoço, Sally disse alguma coisa a respeito de Dalloway e chamou-o de "Meu nome é Dalloway"; o que fez Clarissa de repente endurecer, ruborizar do jeito dela e revidar duramente. "Já basta dessa piada sem graça." Foi só isso; mas para ele foi precisamente como se ela tivesse dito: "Eu só me divirto com você; com Richard Dalloway eu me entendo". Foi assim que ele sentiu. Ficou noites sem dormir. "Tinha de acabar de um jeito ou de outro", disse a si mesmo. Através de Sally, mandou a ela um recado para encontrar-se com ele na fonte, às três horas. "Algo muito importante aconteceu", escreveu no final.

A fonte ficava no meio de um pequeno bosque, longe da casa, com arbustos e árvores em toda a volta. Lá veio ela, antes mesmo da hora, e ficaram com a fonte entre eles, o repuxo (quebrado) escorria água sem parar. Como as imagens se fixam na mente! Por exemplo, o musgo verde vivo.

Ela não se mexia. "Me diga a verdade, me diga a verdade", ele insistia. Ele sentia que a testa ia explodir. Ela parecia contraída, petrificada. Ela não se mexia. "Me diga a verdade", ele repetiu, quando de repente apareceu a cabeça do velho Breitkopf, *Times* na mão; olhou para eles; abriu a boca; e foi embora. Nenhum dos dois se mexeu. "Me diga a verdade", ele repetiu. Sentia estar roçando contra algo fisicamente duro; ela impassível. Era como ferro, como pederneira, coluna rígida. E quando ela disse "Não adianta. Não adianta. Está acabado", depois de ele falar durante horas, aparentemente, com lágrimas correndo, foi como se ela o esbofeteasse. Ela se virou, deixou-o, foi embora.

– Clarissa! – ele gritou. – Clarissa! – Mas ela não voltou. Estava terminado. Ele foi embora essa noite. Nunca mais a viu.

Foi horrível, ele exclamou, horrível, horrível!
Porém, o sol estava quente. Porém, a gente supera as coisas. Porém, a vida tinha um jeito de somar dia após dia. Porém, ele pensou, bocejou e começou a perceber o entorno: Regent's Park tinha mudado muito pouco desde que ele era menino, a não ser pelos esquilos, porém, era de se supor que havia compensações, quando a pequena Elise Mitchell, que estivera recolhendo seixos para a coleção de seixos que ela e o irmão estavam fazendo no aparador da lareira do quarto de brincar, despejou o punhado no colo da babá e correu de novo, chocando-se com toda a força contra as pernas de uma mulher. Peter Walsh riu alto.

Mas Lucrezia Warren Smith dizia a si mesma: "É maldade; por que eu tenho de sofrer?", ela perguntava caminhando pelo largo passeio. "Não; eu não aguento mais", disse a si mesma, tendo deixado Septimus, que não era mais Septimus, dizia coisas duras, cruéis, perversas, falava consigo mesmo, falava com um morto, sentado no banco; quando a criança se chocou com toda força com ela, caiu e começou a chorar.

Isso era quase reconfortante. Ela ergueu a menina, limpou sua roupa, deu-lhe um beijo.

Quanto a ela própria, não tinha feito nada errado; amara Septimus; tinha sido feliz; tivera uma bela família e suas irmãs ainda moravam lá, fabricavam chapéus. Por que deveria sofrer?

A criança correu para a babá, Rezia viu quando ela foi censurada, consolada, carregada no colo da babá que deixou de lado o tricô, e o homem de aparência bondosa deu o relógio de bolso para ela abrir a tampa e se consolar; mas por que ela deveria estar exposta àquilo? Por que não a deixaram em Milão? Por que a tortura? Por quê?

Ligeiramente ondulados por lágrimas, o largo passeio, a babá, o homem de cinza, o carrinho de bebê, subiam e desciam diante de seus olhos. Ser embalada por esse maligno torturador era o seu fado. Mas por quê? Ela era como um pássaro que se protege debaixo do oco fino de uma folha, que pisca ao sol e quando a folha se mexe, se sobressalta com o estalar de um graveto. Ela estava exposta; estava cercada por árvores enormes, vastas nuvens de um mundo indiferente, exposta; torturada; e por que deveria sofrer? Por quê? Ela franziu a testa; bateu o pé. Tinha de voltar para Septimus, já estava quase na hora de irem para Sir William Bradshaw. Tinha de voltar e dizer a ele, sentado lá na cadeira verde debaixo da árvore, falando sozinho, ou com o morto Evans, que ela tinha visto uma vez por um momento na loja. Tinha sido um homem tranquilo; grande amigo de Septimus que morrera na Guerra. Mas essas coisas acontecem com todo mundo. Todo mundo tem amigos que foram mortos na Guerra. Todo mundo desiste de alguma coisa quando se casa. Ela havia desistido de sua família. Tinha vindo morar aqui, nesta cidade horrível. Mas Septimus se permitia pensar coisas horríveis, como ela também, se tentasse. Ele tinha ficado cada vez mais estranho. Dizia que havia gente falando atrás das paredes do quarto. A Sra. Filmer achava estranho. Ele via coisas também; tinha visto uma cabeça de mulher no meio de uma samambaia. No entanto, conseguia ser feliz, quando queria. Foram a Hampton Court no andar de cima do ônibus e estavam perfeitamente felizes. Todas as florezinhas vermelhas e amarelas na grama, como luzes flutuantes, ele disse, e falaram, conversaram, riram, inventaram histórias. De repente, ele disse: "Agora nós vamos nos matar", quando estavam parados junto ao rio e ele olhou a água com aquele olhar que ela tinha visto em seus olhos quando um trem passava, ou um ônibus, um olhar como se algo o fascinasse; e ela sentiu que ele estava escapando dela e segurou-o pelo braço. Mas a caminho de casa, ele estava absolutamente calmo, absolutamente razoável. Discutia com ela sobre se matarem; e explicava que as pessoas eram perversas; que ele via quando elas inventavam mentiras ao passarem na rua. Ele sabia tudo o que pensavam, disse; sabia tudo. Sabia o sentido do mundo, disse.

Então, quando voltaram, ele mal podia andar. Deitou-se no sofá e fez que ela segurasse sua mão para impedi-lo de cair, cair, exclamou, nas chamas!, e via rostos saindo das paredes, rindo dele, chamando-o por nomes horríveis, repulsivos, e mãos apontando das venezianas. No entanto, estavam sozinhos. Mas ele começou a falar alto, a responder pessoas, a discutir, rir, chorar, foi ficando muito excitado e a fez anotar coisas. Absolutamente sem sentido; sobre morte; sobre a Srta. Isabel Pole. Ela não conseguia aguentar mais. Ela ia voltar.

Estava junto dele agora, podia vê-lo, olhos fixos no céu, resmungando, as mãos contraídas. No entanto, o Dr. Holmes disse que não havia nada errado com ele. Então o que tinha acontecido, por que ele reagia, então, por que, quando ela sentava a seu lado, ele se sobressaltava, franzia a testa para ela, se afastava e apontava a mão dela, afastava-a, parecia apavorado?

Será porque ela havia tirado a aliança de casamento? "Minha mão ficou tão magra", ela disse. "Tive de guardar a aliança na bolsa", ela disse a ele.

Ele largou sua mão. O casamento deles tinha acabado, ele pensou, com agonia, com alívio. A corda estava cortada; ele se erguia; estava livre, como estava determinado que ele, Septimus, o senhor dos homens, se libertasse; sozinho (visto que sua esposa tinha jogado fora a aliança de casamento; uma vez que o deixara), ele, Septimus, estava sozinho, convocado antes da massa de humanos para ouvir a verdade, para aprender o sentido, que agora finalmente, depois de todos os empenhos da civilização, gregos, romanos, Shakespeare, Darwin e agora ele, devia ser totalmente entregue a... "A quem?", perguntou em voz alta. "Ao primeiro-ministro", responderam as vozes que sussurravam acima de sua cabeça. O segredo supremo deve ser revelado ao Gabinete; primeiro, que as árvores são vivas; depois, que não existe crime; depois o amor, o amor universal, ele murmurou, engasgado, tremendo, puxando dolorosamente essas verdades profundas que, tão profundas eram, tão difíceis, que exigiam um imenso esforço para serem ditas, mas o mundo estava totalmente mudado por elas, para sempre.

Sem crime; amor; ele repetiu, procurando o cartão e o lápis, quando um *terrier skye* farejou sua calça e ele se assustou, agoniado de medo. O cachorro estava se transformando em homem! Ele não suportava ver isso acontecer! Era horrível, terrível ver um cachorro se tornar homem! Imediatamente o cachorro trotou embora. O céu era divinamente misericordioso, infinitamente benigno. Poupava-o, perdoava sua fraqueza. Mas qual seria a explicação científica? (Porque é preciso ser científico acima de todas as coisas.) Por que ele conseguia enxergar através de corpos, ver o futuro, quando cachorros se tornarão homens? Provavelmente era efeito da onda de calor agindo sobre um cérebro sensibilizado por eons de evolução. Cientificamente, a carne era dissolvida do mundo. Seu corpo, macerado até restarem apenas as fibras nervosas. Estava estendido como um véu sobre uma pedra.

Ele recostou na cadeira, exausto, mas sustentado. Ficou descansando, à espera, antes de fazer de novo a interpretação para a humanidade, com esforço, com agonia. Estava muito no alto, nas costas do mundo. A terra vibrava abaixo dele. Flores vermelhas cresciam através de sua pele; as folhas duras roçavam sua cabeça. Começou a ressoar música contra as pedras ali. É a buzina de um carro na rua, ele murmurou; mas ali em cima ela troava de pedra em pedra, dividia-se, juntava-se em choques de som que subiam como colunas lisas (era uma descoberta, saber que aquela música era visível) e se transformou em um hino, um hino entrelaçado agora pela flauta de um pastor menino (é um velho tocando gaita por um tostão diante do pub, ele murmurou), que quando o menino parava continuava borbulhando de sua flauta e então, enquanto ele subia mais alto, soava, requintado, enquanto o tráfego passava embaixo. A elegia desse menino tocada no meio do tráfego, Septimus pensou. Então ele se retira para as neves e em torno dele pendem rosas, as grandes rosas que crescem nas paredes do meu quarto, ele lembrou. A música parou. Ele ganhou seu tostão, ele pensou em voz alta, e foi para o próximo pub.

Mas ele próprio continuava em cima de sua pedra, como um marinheiro naufragado sobre uma rocha. Inclinei-me da beira do barco e caí, ele pensou. Afundei no mar. Morri e, no entanto, estou vivo agora, mas me deixem sossegado, ele implorou (estava falando sozinho outra vez, era horrível, horrível!); e assim como, antes de acordar, as vozes dos passarinhos, o som das rodas soa e ressoa em uma estranha harmonia, fica mais e mais alto e a pessoa que dorme se sente puxada para as margens da vida, assim também ele se sentia puxado para a vida, o sol ficava mais quente, gritos soavam mais altos, algo tremendo a ponto de acontecer.

Ele tinha apenas de abrir os olhos; mas havia um peso neles; um medo. Ele fez um esforço; tentou; olhou; viu Regent's Park na sua frente. Longas manchas de sol fulvas a seus pés. As árvores ondulavam, meneavam. Damos as boas-vindas, o mundo parecia dizer; nós aceitamos; nós criamos. Beleza, o mundo parece dizer. E como se para provar isso (cientificamente), para onde quer que olhasse, as casas, a cerca, os antílopes espiando por cima da cerca, a beleza se espalhava instantaneamente. Olhar uma folha tremer numa brisa era um imenso prazer. Alto, no céu, andorinhas mergulhavam, subiam, desviavam para dentro e para fora, circulavam, circulavam, no entanto sempre com perfeito controle como se presas por elásticos; as moscas subiam e desciam; o sol tocava ora esta folha, ora aquela, brincando, dando-lhes o brilho macio de ouro com total bom humor; e de quando em quando algum som (podia ser a buzina de um automóvel) tilintava divinamente nas hastes de grama; isso tudo, calmo e razoável assim, feito de coisas comuns assim, era a verdade agora; a beleza que era a verdade agora. A beleza estava em toda parte.

– Não temos mais tempo – disse Rezia.

A palavra "tempo" rompeu sua casca, despejou sobre ele seus tesouros e de seus lábios caíram conchas, como aparas de

uma plaina, sem que ele quisesse, palavras duras, brancas, imperecíveis, que voaram para se encaixar em seus lugares em uma ode ao Tempo; uma ode imortal ao Tempo. Ele cantou. Evans responde de trás da árvore. Os mortos estavam em Tessália, Evans cantou, entre as orquídeas. E lá esperaram até a Guerra acabar e agora os mortos, agora o próprio Evans...
– Pelo amor de Deus, não venha! – Septimus gritou. Porque não podia olhar os mortos.
Mas os ramos se abriram. Um homem de cinza caminhava agora para eles. Era Evans! Mas não havia lama nele; nem feridas; ele não estava mudado. Tenho de contar a todo mundo, Septimus exclamou, erguendo a mão (enquanto o homem de terno cinza se aproximava), ergueu a mão como alguma figura colossal que lamentou o destino do homem durante eras no deserto sozinho, com as mãos na testa, vincos de desespero nas faces, e então vê luz na borda do deserto que se amplia e cai sobre a figura negra como ferro (e Septimus quase se levantou da cadeira), e com legiões de homens prostrados atrás dele, o enlutado gigante, recebe por um momento no rosto todo o...
– Mas estou tão infeliz, Septimus – disse Rezia, tentando fazê-lo se sentar.
Os milhões lamentaram; durante eras eles choraram. Ele ia fazê-los virar, dentro de alguns momentos ia contar a eles, só mais alguns momentos, desse alívio, dessa alegria, dessa incrível revelação...
– Não temos tempo, Septimus – Rezia repetiu. – Que horas são?
Ele estava falando, estava começando, aquele homem tinha de notá-lo. Estava olhando para eles.
– Vou te dizer a hora – disse Septimus, muito devagar, muito tonto, com um sorriso misterioso. Estava sentado a sorrir para o morto de terno cinza, quando o relógio tocou quinze para meio-dia.

E isso é ser muito jovem, Peter Walsh pensou ao passar por eles. Fazer uma cena horrível, a pobre moça parecia absolutamente desesperada, no meio da manhã. Mas do que se tratava, ele se perguntou, o que o jovem de sobretudo estivera dizendo para fazê-la ficar daquele jeito; em que terrível situação se colocaram para ambos estarem assim tão desesperados numa manhã tão bonita? O engraçado de voltar para a Inglaterra depois de cinco anos era como as coisas se destacavam, ao menos nos primeiros dias, como se a pessoa nunca as tivesse visto antes; um casal brigando debaixo de uma árvore; a vida doméstica dos parques. Nunca ele tinha visto Londres tão encantadora: a maciez das distâncias; a riqueza; o verde; a civilização, depois da Índia, pensou, passeando na grama.

Essa suscetibilidade a impressões era o seu ponto fraco, sem dúvida. Na sua idade, ele ainda tinha, como um menino, ou mesmo uma menina, essas alternâncias de humor; dias bons, dias ruins, sem absolutamente nenhuma razão, felicidade diante de um rosto bonito, desgraça total diante do desleixo. Depois da Índia, claro, a gente se apaixona por toda mulher que vê. Havia nelas um frescor; mesmo as mais pobres se vestiam melhor do que cinco anos antes, com certeza; e aos seus olhos a moda nunca tinha sido tão adequada; as longas capas negras; a esbeltez; a elegância; e depois o delicioso e aparentemente universal costume de se maquiar. Toda mulher, mesmo as mais respeitáveis, tinham rosas cultivadas em estufa; lábios cortados a faca; cachos de tinta nanquim; havia modelagem, arte, por toda parte; tinha ocorrido algum tipo de mudança. O que os moços achavam disso? Peter Walsh perguntou a si mesmo.

Esses cinco anos, de 1918 a 1923, tinham sido, ele suspeitava, muito importantes de alguma forma. As pessoas estavam diferentes. Os jornais estavam diferentes. Agora, por exemplo, um homem escrevia abertamente sobre privadas em um dos semanários mais respeitáveis. Isso não se podia fazer dez anos antes, escrever abertamente sobre privadas em um semanário respeitável.

E depois pegar um batom, ou uma esponja de pó e maquiar-se em público. A bordo do navio de volta para casa, havia uma porção de rapazes e moças, ele se lembrava particularmente de Betty e Bertie, se acariciando bem abertamente; a velha mãe sentada a tricotar, olhando os dois, absolutamente tranquila. A garota parava e empoava o nariz na frente de todo mundo. E não eram noivos; estavam só se divertindo; nenhum sentimento ferido de parte e parte. Dura como aço era ela, Betty Algumacoisa, mas de um jeito bom. Ia dar uma boa esposa aos trinta anos... ia se casar quando quisesse; casaria com algum homem rico e iria morar numa casa grande perto de Manchester.

Quem é que tinha feito isso? Peter Walsh se perguntou, ao virar na Broad Walk, casou-se com um homem rico e morava numa casa grande perto de Manchester? Alguém que tinha lhe escrito recentemente uma carta longa e afetuosa sobre "hortênsias azuis". Foram as hortênsias azuis que a fizeram pensar nele e nos velhos tempos... Sally Seton, claro! Foi Sally Seton, a última pessoa no mundo que se podia esperar que fosse casar com um homem rico e morar numa casa grande perto de Manchester, a rebelde, a ousada, a romântica Sally!

Mas de todo aquele antigo grupo de amigos de Clarissa, os Whitbread, os Kinderley, os Cunningham, os Kinloch-Jones, Sally era provavelmente a melhor. Ela tentava, de qualquer modo, enxergar as coisas pelo lado certo. De qualquer modo, ela entendeu muito bem quem era Hugh Whitbread, o admirável Hugh, quando Clarissa e todos os outros estavam aos pés dele.

– Os Whitbread? – Ele ainda a ouvia dizer. – Quem são os Whitbread? Vendedores de carvão. Comerciantes respeitáveis.

Por alguma razão, ela detestava Hugh. Ele só pensava na própria aparência, dizia ela. Devia ter sido duque. Com certeza teria se casado com uma das princesas reais. E claro que Hugh tinha o mais excepcional, o mais natural, o mais sublime respeito pela aristocracia britânica, mais do que qualquer ser humano que ele conhecia. Até Clarissa tinha de admitir isso. Ah, mas ele era tão querido, tão generoso, abandonou o tiro ao alvo para agradar a velha mãe, lembrava do aniversário das tias e tudo.

Justiça seja feita, Sally enxergou através de tudo isso. Uma das coisas de que ele mais se lembrava era uma discussão sobre direitos femininos (esse tópico antediluviano) em Bourton, um domingo de manhã, quando Sally, de repente, perdeu as estribeiras, explodiu e disse a Hugh que ele representava tudo o que havia de mais detestável na classe média britânica. Disse que o considerava responsável pelo estado daquelas "pobres moças em Piccadilly", e Hugh, o perfeito cavalheiro, o pobre Hugh!, nunca se viu um homem mais horrorizado! Ela fez de propósito, contou depois (pois costumavam se encontrar na horta e comparar observações). "Ele não leu nada, não pensou nada, não sentiu nada", ele ainda ouvia naquela voz dela muito enfática que ressoava muito mais longe do que ela imaginava. Os cavalariços do estábulo tinham mais vitalidade do que Hugh, ela disse. Ele era o espécime perfeito do tipo escola púbica, ela disse. Nenhum país conseguiria produzi-lo, senão a Inglaterra. Ela estava realmente rancorosa, por algum motivo; tinha algum ressentimento contra ele. Alguma coisa tinha acontecido, ele esquecera o que, na sala de fumar. Ele a tinha insultado... a beijado? Incrível! Claro que ninguém acreditava em uma só palavra contra Hugh. Quem poderia? Beijar Sally na sala de fumar! Se fosse alguma honorável Edith ou Lady Violet, talvez; mas não uma pé--rapado como Sally sem um tostão de família, e um pai ou mãe que jogasse em Monte Carlo. De todas as pessoas que ele conhecera, Hugh era o mais esnobe, o mais obsequioso, não, ele não se curvava exatamente. Era arrogante demais para isso. A comparação óbvia era com um criado de primeira classe: alguém que andava atrás carregando as malas; em quem se podia confiar para mandar telegramas, indispensável para damas de sociedade. E ele encontrou o seu emprego: casou-se com a honorável Evelyn; conseguiu um pequeno posto na Corte, cuidava da adega do Rei, polia as fivelas dos sapatos imperiais, andava de culote e babados de renda. Como a vida era impiedosa! Um pequeno emprego na Corte!

Ele se casara com essa Lady, a honorável Evelyn, e moravam por ali, ele achava (olhando as casas pomposas que davam para o Park), porque tinha almoçado na casa que possuía, como tudo o que era de Hugh, algo que nenhuma outra casa teria: armários de lençóis. Você tinha de ir olhar, tinha de passar um bom tempo admirando fosse o que fosse: armários de lençóis, fronhas, móveis de carvalho antigos, quadros, que Hugh havia comprado a preço de banana. Mas a Sra. Hugh às vezes entregava a encenação. Era uma dessas mulherzinhas iguais a camundongos que admiram grandes homens. Era quase negligenciável. Então, de repente, dizia alguma coisa muito inesperada, algo cortante. Tinha as relíquias das maneiras grandiosas, talvez. O carvão era um pouco forte demais para ela, deixava a atmosfera carregada.

E assim viviam eles, com armários de lençóis, seus grandes mestres, suas fronhas debruadas de renda de verdade ao custo de cinco ou dez mil libras por ano, era de se supor, enquanto ele, dois anos mais velho que Hugh, batalhava por um emprego.

Aos 53 anos, ele teve de pedir que o encaixassem no escritório de algum secretariado, que lhe encontrassem algum emprego de instrutor para ensinar latim a meninos pequenos, à disposição de algum mandarim em um departamento, algo que lhe trouxesse quinhentas libras por ano; porque se se casasse com Daisy, mesmo com sua pensão, não poderiam viver com menos. Whitbread poderia conseguir isso, talvez; ou Dalloway. Ele não se importava com o que pedira a Dalloway. Ele era totalmente boa gente; um tanto limitado; um pouco duro de cabeça; é, mas totalmente boa gente. O que ele fizesse seria da mesma maneira direta e sensata; sem um toque de imaginação, sem uma fagulha de brilho, mas com a inexplicável bondade de seu tipo. Ele devia ter sido um cavalheiro do campo, era um desperdício na política. Seu melhor aparecia ao ar livre, com cavalos e cachorros; como ele tinha sido ótimo, por exemplo, quando aquele grande cachorro peludo de Clarissa ficou preso numa armadilha e perdeu quase metade da pata, Clarissa quase desmaiou e Dalloway cuidou de tudo; enfaixou, pôs talas; disse para Clarissa deixar de ser boba. Talvez fosse isso que ela gostava nele, que ele fosse o que ela precisava. "Agora, meu bem, não seja boba. Segure aqui, pegue aquilo", e o tempo todo falando com o cachorro como se fosse um ser humano. Mas como ela podia engolir toda aquela história sobre poesia? Como podia permitir que ele falasse de Shakespeare? Sério e solene, Richard Dalloway empinava nas patas traseiras e dizia que nenhum homem decente devia ler os sonetos de Shakespeare porque era como escutar atrás da porta (além disso, não era o tipo de relação que ele aprovava). Nenhum homem decente devia permitir que sua esposa visitasse a irmã de uma esposa falecida. Incrível! A única coisa a fazer era amansá-lo com amêndoas confeitadas; isso foi no jantar. Mas Clarissa engolia tudo; achava que era tão franco da parte dele; tão independente; Deus sabe se ela não o considerava a mente mais original que conhecera!

Esse era um dos laços entre ele e Sally. Havia um jardim onde passeavam, um lugar murado, com arbustos de rosas e couves-flor gigantes; ele se lembrava que Sally colheu uma rosa, parou para elogiar a beleza das folhas da couve-flor ao luar (era incrível como tudo voltava a ele vividamente, coisas em que não pensava há anos), enquanto implorava a ele, meio de brincadeira, claro, que levasse Clarissa embora, que a salvasse dos Hughs e Dalloways e de todos os outros "perfeitos cavalheiros" que podiam "sufocar a alma dela" (ela escrevia pilhas de poesia nessa época), transformá-la numa mera anfitriã, encorajar sua frivolidade. Mas era preciso fazer justiça a Clarissa. De alguma forma, ela não ia se casar com Hugh. Estava perfeitamente consciente do que queria. Suas emoções estavam todas à flor da pele. Por baixo, ela era perspicaz, capaz de julgar um caráter muito melhor que Sally, por exemplo, e apesar de tudo, puramente feminina; com aquele dom extraordinário, aquele dom feminino de construir um mundo próprio onde quer que estivesse. Ela entrava numa sala; parava na porta, como ele a tinha visto fazer, com uma porção de gente à sua volta. Mas era de Clarissa que as pessoas lembravam. Não que ela fosse marcante; não era nada bonita; não havia nada pitoresco nela; ela nunca dizia nada especialmente inteligente; lá estava ela, porém; lá estava ela. Não, não, não! Ele não estava mais apaixonado por ela! Ao vê-la naquela manhã, entre linhas e tesoura, preparando-se para a festa, ele sentia apenas que não conseguia deixar de pensar nela; ela ficava voltando a ele como se alguém dormindo caísse em seu ombro no balanço de um trem; o que não significava estar apaixonado, claro; era pensar nela, criticá-la de novo, começar de novo, depois de trinta anos, tentar explicá-la. O mais óbvio a dizer sobre ela é que era frívola; dava muita importância a classe, a sociedade, a se dar bem no mundo, o que era verdade em certo sentido; ela admitira a ele. (Era sempre possível fazê-la admitir se a pessoa se dava ao trabalho; ela era sincera.) O que ela diria era que detestava desleixados, desatualizados, derrotados, como ele, possivelmente; achava que as pessoas não tinham o direito de vagabundear com as mãos nos bolsos; tinham de fazer alguma coisa, ser alguma coisa; e esses grandes pomposos, essas duquesas, essas velhas condessas grisalhas que encontramos nos salões, indizivelmente distantes daquilo que ele considerava ter um mínimo de valor, significavam algo para ela. Uma vez, ela disse que Lady Bexborough estava sempre ereta (como a própria Clarissa; ela nunca relaxava em qualquer sentido da palavra; era reta como um dardo, um pouco rígida, na verdade). Dizia que tinham uma espécie de coragem, que, quanto mais velha ficava, mais ela respeitava. Claro que em tudo isso havia uma boa dose de Dalloway; uma boa dose de espírito público, de Império britânico, de reforma tarifária, de espírito da classe dominante, que crescera dentro dela, como tende a acontecer. Duas vezes mais inteligente que ele, tinha de ver as coisas pelos olhos dele: uma das tragédias da vida de casado. Com ideias próprias, ela precisava sempre citar Richard, como se não desse para saber até mesmo o título do que Richard pensava por ler o *Morning Post* de manhã! Essas festas, por exemplo, eram todas para ele, ou para a ideia que ela fazia dele (para ser justo com Richard, ele ficaria mais feliz no campo em Norfolk). Ela fazia de sua sala de estar uma espécie de sala de reuniões; tinha um talento para isso. Muitas e muitas vezes, ele vira quando ela pegou algum jovem cru e o torceu, revirou, despertou; o pôs em movimento. Um número infinito de pessoas sem graça se aglomerava em torno dela, claro. Mas uma ou outra pessoa inesperada aparecia; às vezes um pintor; às vezes um escritor; peixes fora d'água naquela atmosfera. E por trás disso tudo estava aquela rede de visitas, de deixar cartões, de ser gentil com as pessoas, de acorrer com buquês de flores, pequenos presentes; alguém está indo para a França, precisa de um travesseiro inflável; um verdadeiro sorvedouro de sua energia; todo aquele tráfego interminável que mulheres do tipo dela mantinham; mas ela o fazia genuinamente, por um instinto natural.

 Estranhamente, ela era uma das céticas mais absolutas que ele já vira e, talvez (essa era uma teoria que ele usava para entendê-la, tão transparente sob certos aspectos, tão inescrutável em outros), talvez ela dissesse a si mesma: como somos uma espécie condenada, acorrentada a um navio que afunda (sua leitura favorita em menina eram Huxley e Tyndall, e eles gostavam dessas metáforas náuticas), como tudo não passa de uma piada de mau gosto, vamos, de qualquer modo, fazer a nossa parte; mitigar o sofrimento de nossos colegas de prisão (Huxley de novo), decorar as masmorras com flores e almofadas; ser tão honestos quanto possível. Aqueles rufiões, os deuses, não iam conseguir tudo do jeito deles, uma vez que a sua ideia de deuses, que nunca deixavam passar uma chance de machucar, torcer e estragar vidas humanas, acabavam desistindo disso tudo, se você se comportasse como uma lady. Essa fase veio diretamente depois da morte de

Sylvia, esse fato terrível. Ver sua própria irmã ser morta por uma árvore que cai (culpa de Justin Parry, de seu descuido) diante dos seus olhos, uma menina começando a vida, a mais dotada deles, Clarissa sempre dizia, era o que bastava para deixar uma pessoa amarga. Depois, ela talvez não tenha sido tão assertiva; achava que não existiam deuses; não era culpa de ninguém; e assim desenvolveu essa religião ateísta de fazer o bem pelo bem. E evidentemente ela gostava imensamente da vida. Era de sua natureza gostar (embora só Deus saiba, ela tinha suas reservas; ele sempre sentia que isso era um mero esboço, que mesmo ele, depois de todos esses anos, era capaz de fazer de Clarissa). De qualquer forma, não havia nela nenhuma amargura; nada daquele senso de virtude moral tão repulsivo em mulheres boas. Ela gostava praticamente de tudo. Se você caminhava com ela pelo Hyde Park, ora era um canteiro de tulipas, ora um bebê num carrinho, ora algum pequeno drama absurdo que ela inventava de momento. (Muito provavelmente ela teria falado com aquele casal, se achasse que estavam infelizes.) Ela possuía um senso de comédia que era realmente especial, mas precisava de gente, sempre gente, para trazê-lo à tona, com o resultado inevitável de que ela desperdiçava o tempo com almoços, jantares, dando essas suas festas incessantes, falando bobagens, dizendo coisas que não tencionava, embotando o alcance de sua mente, perdendo o discernimento. E lá estava ela sentada à cabeceira da mesa, fazendo um imenso esforço com algum velho mediador que poderia ser útil para Dalloway (eles conheciam a maioria dos mais horrendos chatos da Europa), ou então Elizabeth entrava e tudo tinha de abrir espaço a ela. Estava num colégio, naquele estágio desarticulado, da última vez que a vira, uma garota de olhos redondos, rosto pálido, sem nada da mãe, uma criatura silenciosa e apática, que aceitava tudo como natural, deixava sua mãe fazer um estardalhaço em torno dela e depois perguntava: "Posso ir agora?", como uma criança de quatro anos, que saía para jogar hóquei, conforme Clarissa explicava com aquela mistura de diversão e orgulho que o próprio Dalloway parecia despertar nela. E agora, era de se supor que Elizabeth tivesse se distanciado, achasse que ele era um velho convencional, caçoasse dos amigos da mãe. Ah, bem, que assim seja. A compensação de envelhecer, Peter Walsh pensou, ao sair do Regent's Park com o chapéu na mão, era simplesmente que as paixões permanecem fortes como sempre, mas a pessoa conquista, finalmente!, a capacidade que acrescenta o supremo sabor à existência: a capacidade de dominar a experiência, de voltá-la, lentamente, para a luz.

Era uma confissão terrível (ele pôs o chapéu na cabeça de novo), mas agora, aos 53 anos, praticamente não precisava mais de pessoas. A vida em si, cada momento dela, cada gota dela, este instante, agora, ao sol, em Regent's Park, era o que bastava. Era demais, na verdade. Uma vida inteira, agora que se tinha a capacidade, era curta demais para experimentar o sabor total; para extrair cada grama de prazer, cada nuance de sentido; agora que ambos eram muito mais sólidos que antes, muito menos pessoais. Era impossível que ele viesse a sofrer de novo como Clarissa o fizera sofrer. Durante horas inteiras (Deus permita que se possa dizer uma coisa dessas sem que ninguém ouça!), horas e dias, ele não pensou em Daisy.

Seria possível que ele estivesse apaixonado por ela então, ao lembrar da desgraça, da tortura, da paixão extraordinária daqueles dias? Era uma coisa totalmente diferente, uma coisa muito mais agradável, e a verdade, claro, é que ela agora estava apaixonada por ele. E talvez fosse essa a razão porque, quando o navio realmente partiu, ele sentiu um alívio extraordinário, não queria nada além de ficar sozinho, incomodado por encontrar em sua cabine todas as pequenas atenções dela: charutos, recados, um tapete para a viagem. Todos diriam a mesma coisa se fossem sinceros; ninguém precisa de gente depois dos cinquenta anos; não é preciso continuar dizendo às mulheres que elas são lindas; isso é o que a maioria dos homens de cinquenta anos diria, Peter Walsh pensou, se fossem sinceros.

Mas depois aqueles inacreditáveis acessos de emoção; cair em prantos essa manhã, o que era aquilo? O que Clarissa devia ter pensado dele? Provavelmente que era um idiota, e não pela primeira vez. E o ciúme que estava no fundo de tudo aquilo, ciúme que sobrevive a todas as outras paixões da humanidade, Peter Walsh pensou, com o canivete na mão estendida. Ela estava se encontrando com o major Ode, Daisy disse em sua última carta; disse com uma intenção que ele sabia; para deixá-lo com ciúme; ele podia vê-la com a testa franzida ao escrever, se perguntando o que iria dizer para magoá-lo; e, no entanto, não fazia a menor diferença; ele estava furioso! Toda essa história de vir à Inglaterra e consultar advogados não era para casar com ela, mas para impedir que ela casasse com qualquer outra pessoa. Era isso que o torturava, isso que tomou conta dele quando viu Clarissa tão calma, tão fria, tão atenta a seu vestido ou fosse lá o que fosse; ao se dar conta de que ela podia tê-lo poupado, de que ela o reduzira a um... velho idiota choroso, resmungão. Mas as mulheres, pensou ele ao fechar o canivete, não sabem o que é paixão. Não o sentido disso para os homens. Clarissa era fria como um pingente de gelo. Ali sentada ao lado dele no sofá, deixando que pegasse sua mão, que lhe desse um beijo... Ele estava no cruzamento.

Um som o interrompeu; um frágil som trêmulo, uma voz que resmungava sem direção, sem vigor, começo ou fim, rolando fraca e estridente, com uma total ausência de sentido humano

i am fa am so
fu suí tu im u

a voz sem idade nem sexo, a voz de uma antiga fonte que brota da terra; que, na frente da estação de metrô de Regent's Park, vem de uma forma alta e trêmula, como um funil, como uma bomba enferrujada, como uma árvore batida pelo vento, para sempre despida de folhas, que deixa o vento percorrer seus galhos de um lado para outro, a cantar

i am fa am so
fu suí tu im u

e oscila, range e geme na brisa eterna. Através de todas as idades, quando a calçada ainda era mato, quando era pântano, através da idade de presas e mamutes, através da idade do amanhecer silencioso, a mulher esfarrapada, pois usava saia, com a mão direita exposta, a esquerda apertando a anca, ali parada, ela cantava o amor, o amor que resistira um milhão de anos, ela cantava, amor que resiste, e milhões de anos atrás seu amante, que está morto há todos esses séculos, passeara, ela cantava, a seu lado, em maio; mas no correr das idades, longas como dias de verão, e ardentes, ela se lembrava, com nada além de ásteres vermelhos, ele desaparecera; a enorme foice da morte varrera aquelas colinas tremendas, e quando ela pousou na terra sua cabeça grisalha e imensamente velha, agora transformada em uma mera cinza de gelo, ela implorou aos deuses para deixarem a seu lado um feixe de urzes roxas, ali em seu alto túmulo que os últimos raios do último sol acariciavam, porque então o cortejo do universo estaria terminado.

A antiga canção borbulhava na frente da estação de metrô de Regent's Park, mas a terra ainda parecia verde e florida; ainda, embora saísse de boca tão rude, um mero buraco na terra, lamacenta, misturada a fibras de raízes e mato emaranhado, ainda a canção borbulhante, sussurrante, a encharcar as raízes nodosas de eras infinitas, esqueletos e tesouros, corria pela calçada e ao longo de toda a Marylebone Road, na direção de Euston, fertilizando, deixando uma mancha de umidade.

Ainda a relembrar como, uma vez, em algum maio primordial, ela caminhara com seu amante, essa bomba d'água enferrujada, essa velha maltrapilha com uma mão estendida às esmolas e a outra apertando a ilharga, ainda estaria ali dentro de dez milhões de anos, lembrando que um dia caminhara em maio, onde o mar flui agora, não importa com quem, era um homem, ah, sim, um homem que a amara. Mas a passagem das eras havia borrado a claridade daquele antigo dia de maio; as flores de pétalas coloridas estavam queimadas de gelo, prateadas, e ela não enxergava mais, quando implorava a ele (como enxergava claramente agora): olhe em meus olhos com teus doces olhos intensos; ela não via mais olhos castanhos, barba negra ou rosto queimado de sol, mas apenas um vulto a pairar, um vulto de sombra, para o qual, com o frescor de pássaro dos muito velhos ela ainda trinava: me dê sua mão, deixe que eu aperte de leve (ao entrar no táxi, Peter Walsh não conseguiu evitar dar uma moeda à pobre criatura), e se alguém olhar, que importa?, ela perguntou; e seu punho fechou-se na cintura, ela sorriu, embolsou a moeda e todos os olhos inquisitivos pareceram se apagar, e as gerações que passavam, a calçada estava cheia de gente de classe média ocupada, desapareceram, como folhas, para serem pisadas, encharcadas, amontoadas para formar montes naquela eterna primavera...

i am fa am so
fu suí tu im u

– Pobre velha – disse Rezia Warren Smith, que esperava para atravessar.
Ah, pobre coitada!
Imagine se fosse uma noite chuvosa? Imagine se fosse o pai de alguém, ou uma pessoa que se conheceu em melhores dias passando por acaso, ver uma pessoa parada ali na sarjeta? E onde ela dormia à noite?
Animada, quase alegre, a invencível linha de som subiu no ar como a fumaça da chaminé de um chalé, serpenteando por

limpas faias e soltando um tufo de fumaça azul entre as folhas superiores. "E se alguém visse, que importância tinha?".

Como estava muito infeliz há semanas e semanas, Rezia atribuía sentido a coisas que aconteciam, quase sentia as vezes que tinha de parar as pessoas na rua, se pareciam gente boa, gentil, só para dizer a elas "Eu sou infeliz"; e essa velha cantando na rua (e se alguém visse, que importância tinha?) de repente a fez sentir certeza de que ia ficar tudo bem. Iriam ver Sir William Bradshaw; ela pensou que o nome dele soava bem; ele ia curar Septimus imediatamente. E então havia uma carroça de cerveja, os cavalos cinzentos com hastes de palha espetadas nas caudas; havia os painéis de jornais. Era um sonho muito, muito tolo, ser infeliz.

Então atravessaram, o Sr. e a Sra. Septimus Warren Smith, e haveria, afinal, algo para chamar a atenção para eles, alguma coisa que fizesse um transeunte suspeitar que ali estava um jovem que levava dentro dele a maior mensagem do mundo e, além disso, era o homem mais feliz do mundo, e o mais desgraçado? Talvez andassem mais devagar que os outros e houvesse algo hesitante, arrastado, no andar do homem, mas o que podia ser mais natural para um funcionário de escritório que há anos não passava pelo West End num dia de semana a essa hora do que ficar olhando o céu, olhando isto, aquilo e mais aquilo, como se Portland Place fosse uma sala em que entrara quando a família estava fora, os lustres protegidos com tecido, e a zeladora, ao deixar entrar longos fachos de luz empoeirada sobre poltronas estranhas, desertas, ao erguer uma ponta das longas persianas, explica aos visitantes como é maravilhoso o lugar; que maravilhoso, mas ao mesmo tempo, pensa ele ao olhar as cadeiras e mesas, que estranho.

Pelo aspecto, ele podia ser um funcionário burocrático, mas do tipo melhor; pois usava botas marrons; suas mãos eram educadas; assim como seu perfil, o perfil anguloso, de nariz grande, inteligente, sensível; mas não totalmente os seus lábios, porque eram moles; e os olhos (como tendem a ser os olhos), olhos apenas; castanho claros, grandes; de forma que ele era, no geral, um caso limítrofe, nem uma coisa, nem outra, podia terminar com uma casa em Purley e um automóvel, ou continuar em apartamentos alugados em ruazinhas estreitas a vida toda; um daqueles homens semieducados, autodidatas, cuja educação vem toda de livros emprestados de bibliotecas públicas, lidos à noite depois do dia de trabalho, a conselho de autores consultados por carta.

Quanto às outras experiências, as experiências solitárias que as pessoas têm sozinhas, em seus quartos, em seus escritórios, caminhando pelos campos e ruas de Londres, ele as tinha; saíra de casa ainda menino, por causa de sua mãe; ela mentia; porque ele descera para o chá sem lavar as mãos pela quinquagésima vez; porque ele não via nenhum futuro para um poeta em Stroud; e assim, fez de confidente a irmãzinha e foi para Londres, deixando para trás um recado absurdo, como os que grandes homens escrevem e o mundo lê depois, quando a história de suas batalhas se torna famosa.

Londres tinha engolido muitos milhões de jovens chamados Smith; porém nenhum com nomes de batismo fantásticos como Septimus, com o qual os pais pensaram distingui-lo. Instalou-se perto da Euston Road, onde houve experiências e experiências de novo, tais como uma mudança de cara em dois anos, de um rosto oval, rosado e inocente para um rosto magro, contraído, hostil. Mas, de tudo isso, o que pode o mais observador dos amigos ter dito a não ser o que o jardineiro diz quando abre a porta da estufa de manhã e encontra um novo botão em sua planta: "Ela floriu"; floriu por vaidade, ambição, idealismo, paixão, solidão, coragem, preguiça, as sementes de sempre, que, misturadas (num quarto na Euston Road), o tornaram tímido, gago, o deixaram ansioso por melhorar, o fizeram se apaixonar pela Srta. Isabel Pole, que dava aulas sobre Shakespeare na Waterloo Road.

Ele não era como Keats?, ela perguntou; e pensou como poderia lhe dar um gostinho de *Antônio e Cleópatra* e do resto; emprestou-lhe livros; escreveu-lhe retalhos de cartas; e acendeu nele um fogo que só brilha uma vez na vida, sem calor, tremulando sobre a Srta. Pole uma chama vermelho-dourada, infinitamente etérea e insubstancial; Antônio e Cleópatra; e a Waterloo Road. Ele a achava linda, acreditava que era impecavelmente sábia; sonhava com ela, escrevia poemas para ela, os quais, ignorando a quem se dirigiam, ela corrigia com tinta vermelha; ele a viu, uma noite de verão, caminhando com um vestido verde por uma praça. "Floriu", o jardineiro poderia dizer, se abrisse a porta; e entrasse, digamos, em qualquer noite por volta dessa época, e o encontrasse escrevendo; o encontraria rasgando o que escrevera; o encontraria terminando uma obra-prima às três da manhã e saindo para andar pelas ruas, e visitar igrejas, jejuar por um dia, beber no outro, devorando Shakespeare, Darwin, *A História da Civilização* e Bernard Shaw.

O Sr. Brewer sabia que algo estava para acontecer; o Sr. Brewer, gerente de pessoal da Sibleys e Arrowsmiths, leiloeiros, avaliadores e agentes imobiliários; algo estava para acontecer, ele pensou, e, como era paternal com seus jovens funcionários, tinha em alta conta as habilidades de Smith e previa que em dez ou quinze anos o sucederia na cadeira de couro da sala dos fundos, debaixo da claraboia, cercado com as caixas de escrituras: "Se cuidar da saúde", dizia o Sr. Brewer, e esse era o perigo: ele parecia fraco; aconselhou futebol, convidou-o para jantar e estava procurando um meio de recomendar um aumento de salário, quando aconteceu uma coisa que jogou por terra muitas das expectativas do Sr. Brewer, que levou embora seus jovens mais capazes e, tão invasivos e insidiosos foram os dedos da Guerra Europeia, que acabaram por estilhaçar um busto de gesso de Ceres, abrir um buraco no canteiro de gerânios e abalar definitivamente os nervos da cozinheira no estabelecimento do Sr. Brewer, em Muswell Hill.

Septimus foi um dos primeiros a se alistar voluntariamente. Ele foi para a França salvar a Inglaterra, que consistia quase totalmente de peças de Shakespeare e da Srta. Isabel Pole caminhando numa praça com um vestido verde. Nas trincheiras, a mudança que o Sr. Brewer desejava quando aconselhou futebol se produziu instantaneamente; ele desenvolveu virilidade; foi promovido, chamou atenção, na verdade, o afeto de seu oficial, chamado Evans. Eram como dois cachorros brincando num tapete diante da lareira; um, preocupado com um clipe de papel, rosnava, saltava, de vez em quando dava uma beliscada na orelha do cachorro velho; o outro, deitado, sonolento, piscava para o fogo, erguia uma pata, virava e grunhia, bem-humorado. Tinham de estar juntos, compartilhar entre eles, lutar um com o outro, discutir um com o outro. Mas quando Evans (Rezia, que o vira apenas uma vez, o chamava de "caladão", um homem ruivo e forte, reservado na companhia de mulheres), quando Evans foi morto, pouco antes do Armistício, na Itália, Septimus, longe de demonstrar qualquer emoção ou de admitir que a amizade terminava ali, congratulou-se por sentir muito pouco e ser muito razoável. A Guerra o tinha ensinado. Era sublime. Ele tinha passado pela coisa toda, amizade, Guerra Europeia, morte, fora promovido, ainda não tinha trinta anos e estava destinado a sobreviver. Ele tinha razão. As últimas bombas não o atingiram. Ele as via explodir com indiferença. Quando veio a paz, ele estava em Milão, aquartelado na casa de um estalajadeiro com um pátio, flores em vasos, pequenas mesas ao ar livre, filhas que faziam chapéus e Lucrezia, a filha mais nova, de quem ficou noivo uma noite, quando entrou em pânico; pânico de não conseguir sentir.

Porque agora que estava tudo acabado, a paz assinada e os mortos enterrados, ele tinha, principalmente à noite, essas repentinas trovoadas de medo. Ele não conseguia sentir. Ao abrir a porta da sala onde as moças italianas faziam chapéus, ele as via; as ouvia; elas enfiavam arames nas contas coloridas em pires; torciam formas de entretela para cá e para lá; a mesa toda cheia de penas, lantejoulas, sedas, fitas; tesouras ressoavam na mesa; mas alguma coisa lhe escapava; ele não conseguia sentir. Mesmo assim, o som das tesouras, o riso das moças, os chapéus sendo feitos o protegiam; lhe garantiam a segurança; ele tinha um refúgio. Mas não podia ficar ali sentado a noite inteira. Havia momentos de caminhadas de manhã cedinho. A cama estava caindo; ele estava caindo. Ah, as tesouras, a luz da lâmpada, as formas de entretela! Ele pediu Lucrezia em casamento, a mais nova das duas, a alegre, frívola, com aqueles dedinhos de artista que erguia e dizia: "Está tudo neles". Seda, penas, tudo, vivo neles.

– O chapéu é o mais importante – ela disse quando caminhavam juntos. Ela examinava todo chapéu que passava, a capa, o vestido, o porte da mulher. Malvestida, caprichada demais, ela estigmatizava, não selvagemente, e sim com movimentos impacientes das mãos, como os de um pintor que afasta de si alguma impostura berrante, obviamente bem-intencionada; e então, generosa, mas sempre crítica, ela elogiava uma balconista que usara galantemente o pouco que tinha, ou, totalmente, com entendimento entusiasmado e profissional, a dama francesa que descia de seu carro usando chinchila, capa, pérolas.

– Linda! – ela murmurava, cutucando Septimus para ele olhar. Mas a beleza estava atrás de um vidro. Mesmo sabores (Rezia gostava de sorvete, chocolate, doces) não lhe davam prazer. Ele pousava sua xícara na mesinha de mármore. Olhava as pessoas ali fora; pareciam felizes, reunidas no meio da rua, gritando, rindo, discutindo sobre nada. Mas não sentia gosto, não conseguia sentir. Na casa de chá, entre as mesas e os garçons falantes vinha-lhe o medo horrendo: ele não conseguia sentir. Conseguia raciocinar; conseguia ler, Dante, por exemplo, com bastante facilidade ("Septimus, largue esse livro", Rezia dizia e fechava o Inferno delicadamente), conseguia fazer uma conta;

seu cérebro estava perfeito; devia ser um problema do mundo então, ele não ser capaz de sentir.

— Os ingleses são tão calados — disse Rezia. Ela gostava disso, falou. Respeitava esses ingleses e queria conhecer Londres, os cavalos ingleses, os ternos de alfaiataria, lembrava de ter ouvido que as lojas eram maravilhosas, da parte de uma tia que se casara e morava em Soho.

É possível, Septimus pensou, olhando a Inglaterra pela janela do trem, quando saíam de Newhaven; é possível que o mundo em si não tenha sentido.

No escritório, deram-lhe um posto de considerável responsabilidade. Tinham orgulho dele; ganhara medalhas. "Você cumpriu seu dever; agora depende de nós...", o Sr. Brewer começou a dizer; e não conseguiu terminar, tão agradável era sua emoção. Alugaram um lugar admirável perto da Tottenham Court Road.

Ali, ele abriu seu Shakespeare outra vez. Aquela infantil intoxicação com a linguagem, *Antônio e Cleópatra*, tinha desaparecido totalmente. Como Shakespeare abominava a humanidade: vestir roupas, ter filhos, a sordidez da boca e da barriga! Isso agora se revelava a Septimus; a mensagem escondida na beleza das palavras. O sinal secreto que uma geração passa, disfarçada, para a outra é abominação, ódio, desespero. Dante é a mesma coisa. Ésquilo (traduzido) a mesma coisa. Rezia ali sentada, cuidando de chapéus. Ela cuidava dos chapéus das amigas da Sra. Filmer; cuidava de chapéus por hora. Parecia pálida, misteriosa, como um lírio, afogada, debaixo d'água, ele pensou.

— Os ingleses são tão sérios — ela dizia, abraçada a Septimus, o rosto contra o dele.

O amor entre homem e mulher era repulsivo para Shakespeare. A questão de copular era imunda para ele, antes do final. Mas Rezia dizia que precisava ter filhos. Estavam casados fazia cinco anos.

Foram juntos à Torre; ao museu Victoria and Albert; juntaram-se à multidão para ver o Rei abrir o Parlamento. E havia as lojas: lojas de chapéus, lojas de vestidos, lojas com bolsas de couro na vitrine, onde ela parava para olhar. Mas precisava ter um menino.

Ela precisava ter um filho como Septimus, ela disse. Mas ninguém seria como Septimus; tão delicado; tão sério; tão inteligente. Será que ela conseguia ler Shakespeare também? Shakespeare era um autor difícil?, ela perguntou.

Não se pode trazer filhos a um mundo como este. Não se pode perpetuar o sofrimento, ou aumentar a espécie desses animais luxuriosos, que não têm emoções duradouras, mas apenas caprichos e vaidades, que os leva ora para cá, ora para lá.

Ele olhava enquanto ela cortava, moldava, como se observa um passarinho saltar, voejar na grama, sem ousar mexer um dedo. Porque a verdade é que (deixe que ela ignore isso) seres humanos não têm nem bondade, nem fé, nem caridade além daquilo que serve para aumentar o prazer do momento. Caçam em grupo. Seus grupos vasculham o deserto e desaparecem gritando no sertão. Abandonam os caídos. Usam máscaras de caretas. Como Brewer no escritório, com seu bigode encerado, prendedor de gravata de coral, colete branco e emoções agradáveis (todo frieza, pegajoso por dentro), seus gerânios estragados na Guerra, os nervos da cozinheira abalados; ou Amelia Nãoseiquê, entregando xícaras de chá pontualmente às cinco da tarde, uma pequena harpia sorrateira e sarcástica; e os Toms e Berties, com seus peitilhos de camisa engomados, exsudando grossas gotas de vício. Eles nunca viram que ele desenhava em seu caderno imagens deles nus em suas palhaçadas. Na rua, furgões passavam por ele roncando; a brutalidade gritava nos cartazes; homens ficavam presos em minas; mulheres eram queimadas vivas; e uma vez um bando de loucos mutilados a fazer exercícios ou expostos para a diversão do populacho (que ria alto) passou por ele na Tottenham Court Road, meneando a cabeça e rindo,

meio pedindo desculpas, mas triunfantes, impondo a ele seu sofrimento sem esperança. E ele é que ia ficar louco?
Na hora do chá, Rezia contou que a filha da Sra. Filmer estava esperando bebê. Ela não podia ficar velha sem ter filhos! Estava muito solitária, estava muito infeliz! Chorou pela primeira vez desde que se casaram. De longe, ele ouvia seus soluços; ouvia perfeitamente, notou-os nitidamente; comparou-os ao bater de um pistão. Mas não sentiu nada.
Sua esposa estava chorando e ele não sentia nada; só que a cada vez que ela chorava desse jeito silencioso, sem esperanças, ele descia mais um degrau no fosso.
Por fim, com um gesto melodramático que ele assumiu mecanicamente e com total consciência de sua insinceridade, ele baixou a cabeça nas mãos. Agora havia se rendido; agora outras pessoas teriam de ajudá-lo. Tinham de chamar ajuda. Ele se rendia.
Nada conseguia animá-lo. Rezia o pôs na cama. Mandou chamar o médico, o Dr. Holmes, da Sra. Filmer. O Dr. Holmes o examinou. Não, absolutamente nada de errado, disse o Dr. Holmes. Ah, que alívio! Que homem delicado, que homem bom!, Rezia pensou. Quando se sentia assim, ele ia ao teatro de variedades, disse o Dr. Holmes. Tirava um dia livre com a esposa e jogava golfe. Por que não experimentar dois comprimidos de brometo dissolvidos em um copo de água na hora de dormir? Essas casas de Bloomsbury, disse o Dr. Holmes, e bateu na parede, são quase sempre cheias de painéis de madeira muito boa que os proprietários fazem a loucura de empapelar. Outro dia mesmo, ao visitar um paciente, Sir Fulano de Tal, em Bedford Square...
Então não havia desculpa; absolutamente nenhum problema, a não ser o pecado pelo qual a natureza humana o tinha condenado à morte; que ele não sentia nada. Não deu importância quando Evans foi morto; isso foi o pior, mas nas primeiras horas da manhã todos os outros crimes ergueram a cabeça por cima dos pés da cama, sacudiram o dedo, caçoaram, escarneceram do corpo prostrado que ali jazia a se dar conta da própria

degradação; que tinha casado com sua esposa sem amá-la; que mentira para ela; a seduzira; ultrajara a Srta. Isabel Pole e estava tão manchado e marcado pelo vício que as mulheres estremeciam quando o viam na rua. O veredito da natureza humana para um tal miserável era a morte.

O Dr. Holmes veio de novo. Grande, corado, bonito, as botas cintilantes, olhou-se no espelho, descartou tudo, dores de cabeça, insônia, medos, sonhos, sintomas nervosos, nada mais, disse ele. Se o Dr. Holmes se visse pesando 250 gramas abaixo dos 75 quilos que pesava, pedia a sua esposa mais um prato de mingau de aveia de manhã (Rezia ia aprender a fazer mingau de aveia). Mas, continuou ele, a saúde é em grande parte uma questão de controle pessoal. Mergulhe em interesses externos; pratique algum hobby. Ele abriu o Shakespeare, *Antônio e Cleópatra*; e afastou Shakespeare. Algum hobby, disse o Dr. Holmes, pois ele não devia então sua saúde excelente (e trabalhava tão duro quanto qualquer homem em Londres) ao fato de poder sempre passar de seus pacientes para mobiliário antigo? E que belo pente a Sra. Warren Smith está usando, se me permite dizer!

Quando o maldito idiota voltou mais uma vez, Septimus se recusou a vê-lo. É mesmo?, perguntou o Dr. Holmes com um sorriso agradável. Realmente, teve de dar um empurrão delicado naquela encantadora senhorinha, a Sra. Smith, antes de conseguir passar para o quarto de seu marido.

– Então, o senhor está em pânico – disse em tom agradável e sentou-se ao lado do paciente. Ele havia falado em se matar à sua esposa, uma moça e tanto, estrangeira, não era? Isso não ia dar a ela uma ideia errada dos maridos ingleses? Será que não temos um dever com nossa esposa? Não seria melhor fazer alguma coisa em vez de ficar na cama? Porque ele tinha quarenta anos de experiência; e Septimus podia acreditar em sua palavra: não havia absolutamente nada de errado com ele. E da próxima vez que viesse, o Dr. Holmes esperava ver Smith fora da cama e não deixando ansiosa aquela encantadora senhorinha, sua esposa.

Em resumo, a natureza humana caíra em cima dele, o animal asqueroso com narinas vermelhas como sangue. Holmes caíra em cima dele. O Dr. Holmes vinha todos os dias, regularmente. Se você tropeça, Septimus escreveu no verso de um cartão postal, a natureza humana cai em cima de você. Holmes cai em cima de você. A única chance era escapar, sem que Holmes soubesse; para a Itália... para qualquer lugar, para longe do Dr. Holmes. Mas Rezia não conseguia entendê-lo. O Dr. Holmes era um homem tão bom. Estava tão interessado em Septimus. Só queria ajudá-los, disse ele. Tinha quatro filhos pequenos e a convidara para tomar chá, ela contou a Septimus.

Então, tinha sido desertado. O mundo inteiro clamava: mate--se, mate-se, por nós. Mas por que deveria se matar por eles? A comida era agradável; o sol, quente; e esse matar-se, como proceder, com uma faca de mesa, feiamente, poças de sangue... sugar o bico de gás? Estava muito fraco; mal conseguia levantar a mão. Além disso, agora que estava sozinho, condenado, desertado, como aqueles que estão condenados a morrer sozinhos, havia nisso um luxo, um isolamento cheio de transcendência; uma liberdade que os apegados jamais conheceriam. Holmes tinha vencido, claro; o animal com narinas vermelhas tinha vencido. Mas mesmo o próprio Holmes não conseguiria tocar essa última relíquia perdida no fim do mundo, esse renegado, que olhava para trás, para as regiões habitadas, que jazia como um marinheiro afogado na praia do mundo.

Foi nesse momento (Rezia tinha ido fazer compras) que ocorreu a grande revelação. Uma voz falou de dentro da cortina. Evans estava falando. O morto estava com ele.

– Evans, Evans! – ele exclamou.

O Sr. Smith estava falando sozinho, Agnes, a empregada, exclamou para a Sra. Filmer na cozinha: "Evans, Evans", ele dissera quando ela entrou com a bandeja. Ela deu um pulo, ela deu. Correu escada abaixo.

E Rezia entrou, com suas flores, atravessou a sala, pôs as rosas num vaso sobre o qual o sol brilhava diretamente e ria e pulava pela sala.

Ela tivera de comprar as rosas, Rezia disse, de um pobre homem na rua. Mas já estavam quase mortas, ela disse, arranjando as rosas.

Então havia um homem lá fora; Evans provavelmente; e as rosas, que Rezia dizia estarem meio mortas, tinham sido colhidas para ele nos campos da Grécia.

– Comunicação é saúde; comunicação é felicidade; comunicação... – ele murmurou.

– O que está falando, Septimus? – Rezia perguntou, louca de terror, porque ele estava falando sozinho.

Mandou Agnes correndo procurar o Dr. Holmes. Seu marido, disse ela, estava louco. Mal a reconhecia.

– Animal! Animal! – Septimus gritou ao ver a natureza humana, isto é, o Dr. Holmes, entrar no quarto.

– O que é isso agora? – disse o Dr. Holmes do jeito mais afável do mundo. – Falando bobagem para assustar sua esposa? – Mas ia lhe dar alguma coisa para dormir. E se fossem ricos, disse o doutor com um olhar irônico em torno do quarto, por favor, que vão para Harley Street; se não tinham confiança nele, disse o Dr. Holmes, parecendo não tão bondoso.

Era exatamente meio-dia; doze horas segundo o Big Ben; cujo toque pairou por toda a parte norte de Londres; fundiu-se ao de outros relógios, misturou-se suave, etéreo, com as nuvens e fiapos de fumaça e morreu lá no alto entre as gaivotas; meio-dia soou quando Clarissa estendeu o vestido verde sobre a cama e os Warren Smith seguiram pela Harley Street. Meio-dia era a hora da consulta deles. Rezia pensou que provavelmente era aquela a casa de Sir William Bradshaw, com o automóvel cinza parado na frente. Os círculos metálicos se dissolveram no ar.

Era, de fato, o automóvel de Sir William Bradshaw; baixo, sólido, cinza, com iniciais simples entrelaçadas no painel, como se as pompas da heráldica fossem incongruentes, sendo esse homem um fantasmagórico protetor, o sacerdote da ciência; e como o automóvel era cinza, para combinar com sua sóbria suavidade, dentro se amontoavam peles cinzentas, cobertores cinza prata, para manter a Lady aquecida enquanto esperava. Porque muitas vezes Sir William viajava cem quilômetros ou mais pelo campo para visitar os aflitos, os ricos que podiam pagar a soma muito alta que Sir William muito adequadamente cobrava por seu conselho. A Lady esperava com o cobertor nos joelhos durante uma hora ou mais, reclinada, e pensava às vezes no paciente, às vezes, compreensivelmente, na montanha de ouro que crescia minuto a minuto enquanto ela esperava; a montanha de ouro que crescia entre eles e todas as incertezas e ansiedades (ela as tinha suportado bravamente; tiveram seus maus momentos) até sentir-se flutuar num mar calmo onde só sopravam ventos perfumados; respeitada, admirada, invejada, não tinha praticamente nada a desejar, embora lamentasse sua gordura; grandes jantares às quintas-feiras para os colegas de profissão; uma ocasional abertura de bazar; saudar a realeza; muito pouco tempo com seu marido, cujo trabalho só aumentava; um rapaz, bom aluno em Eton; ela teria gostado de uma filha também; interesses ela tinha, porém, muitos; bem-estar infantil; cuidados com epilépticos pós-crise e fotografia, de forma que, se havia uma igreja em construção, ou uma igreja em decadência enquanto esperava, ela subornava o sacristão, conseguia a chave e tirava fotografias que mal se distinguiam do trabalho de profissionais.

O próprio Sir William já não era moço. Tinha trabalhado muito duro; conquistara sua posição por pura habilidade (uma vez que era filho de um comerciante); amava sua profissão; fazia uma bela figura em cerimônias e falava bem, tudo isso havia lhe dado, no momento em que recebeu o título de sir, um aspecto pesado, um aspecto cansado (o fluxo de pacientes era tão incessante, as responsabilidades e privilégios da profissão tão onerosos, cansaço esse que, ao lado do cabelo grisalho, aumentava a extraordinária distinção de sua presença e lhe dava a reputação – absolutamente importante ao tratar de casos nervosos – não só de capacidade de alívio e acuidade quase infalível no diagnóstico, mas também compaixão; tato; entendimento da alma humana). Ele viu no primeiro momento em que entraram na sala (os Warren Smith, como eram chamados); teve certeza imediatamente ao ver o homem; era um caso de extrema gravidade. Era um caso de esgotamento completo, total esgotamento físico e nervoso, com todos os sintomas em estágio avançado, ele garantiu em dois ou três minutos (enquanto anotava num cartão rosa respostas a perguntas murmuradas discretamente).

Há quanto tempo o Dr. Holmes tratava dele?

Seis semanas.

Receitou um pouco de brometo? Disse que não havia nenhum problema? Ah, sim (esses clínicos gerais!, pensou Sir William. Os erros deles ocupavam metade de seu tempo. Alguns irreparáveis).

– O senhor serviu na guerra com grande distinção?

O paciente repetiu a palavra "guerra" interrogativamente.

Ele estava atribuindo sentidos simbólicos às palavras. Um sintoma sério, a ser anotado no cartão.

– A Guerra? – o paciente perguntou. A Guerra Europeia, aquela confusãozinha de colegiais com pólvora? Ele tinha servido com distinção? Não se lembrava de fato. Na Guerra em si ele tinha fracassado.

– Ele serviu, sim, com a maior distinção – Rezia garantiu ao médico –, foi promovido.

– E eles têm você na mais alta conta em seu trabalho? – Sir William murmurou com um olhar para a carta cheia de palavras generosas do Sr. Brewer. – Então você não tem nada com que se preocupar, nenhuma ansiedade financeira, nada?

Ele havia cometido um crime horrendo e sido condenado à morte pela natureza humana. – Eu... – ele hesitou –, eu cometi um crime... – Ele não fez absolutamente nada errado – Rezia garantiu ao médico. Se o Sr. Smith pudesse esperar, disse Sir William, ele ia conversar com a Sra. Smith na sala. O marido dela estava seriamente doente, disse Sir William. Ele ameaçou se matar? Ah, ameaçou, sim, ela exclamou. Mas não estava falando sério, ela disse. Claro que não. Era apenas uma questão de descanso, disse Sir William; de repouso, repouso, repouso; um longo repouso na cama. Havia uma clínica deliciosa no campo onde seu marido seria muito bem cuidado. Longe dela?, perguntou. Infelizmente, sim; as pessoas de que a gente mais gosta não fazem bem para a gente quando estamos doentes. Mas ele não está louco, está? Sir William disse que nunca falava de "loucura"; chamava de falta de senso de proporção. Mas seu marido não gosta de médicos. Ele vai se recusar a ir para lá. Em breves palavras, com delicadeza, Sir William explicou a ela o estado do caso. Ele tinha ameaçado se matar. Não havia alternativa. Era uma questão legal. Ele ia ficar de cama em uma bela casa no campo. As enfermeiras são admiráveis. Sir William iria visitá-lo dentro de uma semana. Se a Sra. Warren Smith tinha certeza de que não queria fazer mais nenhuma pergunta, ele nunca apressava os pacientes, iam voltar para o lado de seu marido. Ela não tinha mais nenhuma pergunta, não para Sir William.

Então voltaram àquele que era o mais sublime da humanidade; o criminoso que enfrentava seus juízes; a vítima exposta nas alturas; o fugitivo; o marinheiro afogado; o poeta da ode imortal; o Senhor que tinha passado da vida para a morte; a Septimus Warren Smith, sentado numa poltrona debaixo de uma claraboia a olhar uma fotografia de Lady Bradshaw com roupa de Corte, murmurando mensagens sobre a beleza.

– Terminamos a nossa conversinha – disse Sir William.

– Ele disse que você está muito, muito doente – Rezia exclamou.

– Estamos providenciando para o senhor ir para uma clínica – disse Sir William.

– Uma das clínicas de Holmes? – Septimus vociferou.

O sujeito dava uma impressão desagradável. Porque Sir William, cujo pai havia sido comerciante, tinha um respeito natural por berço e boa apresentação, cujo descuido o feria; e, mais profundamente, Sir William, que nunca tivera tempo para ler, tinha mágoa, escondida bem no fundo, das pessoas cultivadas que entravam em seu consultório e insinuavam que médicos, cuja profissão é um esforço constante de todas as faculdades superiores, não eram homens cultos.

– Uma das minhas clínicas, Sr. Warren Smith – disse ele –, onde vamos ensinar o senhor a descansar.

E havia só uma coisa mais.

Ele tinha certeza de que, quando o Sr. Warren Smith estivesse bem, seria o último homem no mundo a assustar sua esposa. Mas tinha falado em se matar.

– Nós todos temos nossos momentos de depressão – disse Sir William.

Quando você cai, Septimus repetiu para si mesmo, a natureza humana cai em cima de você. Holmes e Bradshaw caem em cima de você. Vasculham o deserto. Voam aos gritos pelo sertão. Aplicam a tortura da roda e o anjinho. A natureza humana é impiedosa.

– Ele é tomado por impulsos às vezes? – Sir William perguntou, com o lápis no cartão rosa.

Isso só dizia respeito a ele mesmo, disse Septimus.

– Ninguém vive só para si – disse Sir William e olhou a fotografia de sua esposa em roupa de Corte. – E você tem uma brilhante carreira pela frente – disse Sir William. Ali estava a carta do Sr. Brewer na mesa. – Uma carreira excepcionalmente brilhante.

Mas se ele confessasse? Se se comunicasse? Iam deixá-lo em paz, seus torturadores?
– Eu... eu... – ele gaguejou.
Mas qual era o seu crime? Não conseguia se lembrar.
– Então? – Sir William o estimulou. (Mas estava ficando tarde.) Amor, árvores, não são crime – qual era a sua mensagem? Ele não conseguia se lembrar.
– Eu... eu... – Septimus gaguejou.
– Tente pensar em si mesmo o mínimo possível – disse Sir William delicadamente. De fato, ele não estava em condições de ficar livre.
Queriam perguntar mais alguma coisa? Sir William ia cuidar de todas as providências (ele murmurou a Rezia) e comunicaria a ela entre cinco e seis dessa tarde, murmurou.
– Deixe tudo por minha conta – disse, e despediu-se dos dois.
Nunca, nunca Rezia sentira tamanha agonia em toda sua vida! Tinha pedido socorro e sido abandonada! Ele falhara com os dois. Sir William Bradshaw não era um bom homem.
Só a manutenção daquele automóvel devia lhe custar muito dinheiro, disse Septimus, quando saíram para a rua.
Ela se pendurou no braço dele. Tinham sido abandonados.
Mas o que mais ela queria?
Aos seus pacientes, ele dedicava três quartos de hora; e se nessa ciência exigente que tem a ver, afinal, com algo de que não sabemos nada – o sistema nervoso, o cérebro humano –, um médico perde o senso de proporção, e como médico, falha. Temos de ter saúde; e saúde é proporção; de forma que, quando um homem entra no seu quarto e diz que é Cristo (uma ilusão comum), que tem uma mensagem, como a maioria tem, e ameaça, como fazem sempre, se matar, invoca-se proporção; recomenda-se repouso na cama; descanso em solidão; silêncio e descanso; descanso sem amigos, sem livros, sem mensagens; seis meses de repouso; até um homem que deu entrada pesando cinquenta quilos sai pesando setenta e cinco.

Proporção, divina proporção, a deusa de Sir William, adquirida por Sir William em visitas a hospitais, pesca do salmão, gerando um filho com Lady Bradshaw em Harley Street, que também pescava salmão e tirava fotografias que nada ficavam a dever ao trabalho de profissionais. Ao adorar a proporção, Sir William não só prosperava, como fazia a Inglaterra prosperar, isolava seus lunáticos, proibia-os de ter filhos, penalizava o desespero, tornava impossível para os incapacitados propagar suas ideias até eles também adotarem o seu senso de proporção; dele, se eram homens, de Lady Bradshaw, se eram mulheres (ela bordava, tricotava, passava quatro noites da semana em casa com seu filho), de forma que não só os seus colegas o respeitavam, seus subordinados o temiam, como os amigos e parentes de seus pacientes sentiam por ele a mais absoluta gratidão por insistir que esses proféticos Cristos e Cristas, que profetizavam o fim do mundo, ou o advento de Deus, deviam tomar leite na cama, como Sir William determinava; Sir William, com seus trinta anos de experiência com casos desse tipo e seu infalível instinto, isto é loucura, isto é sensatez; de fato, seu senso de proporção.

    Mas a proporção tem uma irmã, menos sorridente, menos impressionante, uma deusa ocupada agora mesmo, no calor e nas areias da Índia, na lama e nos pântanos da África, nos arredores de Londres, em resumo, onde quer que o clima ou o diabo tentem os homens a abandonar a fé verdadeira que é a fé nela, agora mesmo ocupada em derrubar altares, destruir ídolos e instalar no lugar deles seu próprio semblante severo. Conversão é seu nome e se alimenta da vontade dos fracos, adora impressionar, impor, adorar os próprios traços estampados na cara do populacho. Em Hyde Park, ela prega de cima de um barril; amortalhada em branco ela caminha, penitente, disfarçada de amor fraternal por fábricas e parlamentos; oferece ajuda, mas deseja poder; rudemente elimina de seu caminho os dissidentes ou insatisfeitos; prodigaliza suas bênçãos àqueles que olham para cima e de seus olhos captam, submissos, a sua própria luz. Essa senhora também (Rezia Warren Smith adivinhou) tem sua morada no coração de Sir William, embora escondida, como quase sempre está, debaixo de alguma desculpa plausível; algum nome venerável; amor, dever, abnegação. Como ele trabalha, batalha para levantar fundos, propagar reformas, criar instituições! Mas a conversão, a deusa meticulosa, ama o sangue mais que o tijolo, e se banqueteia mais sutilmente com a vontade humana. Por exemplo, Lady Bradshaw. Quinze anos atrás ela se rendera. Nada que se pudesse identificar; não houve cena, nem rompimento; apenas um lento naufragar de sua vontade, inundada, na dele. Doce era seu sorriso, rápida sua submissão; o jantar em Harley Street, com oito ou nove pratos, para dez ou quinze convidados das classes profissionais, era tranquilo e civilizado. Só com o fim da noite em um ligeiro enfado, ou inquietação talvez, um tique nervoso, um gaguejar, um tropeço e confusão indicavam, o que era realmente doloroso de acreditar, que a pobre Lady mentia. Uma vez, ela pescara salmão com liberdade; agora, pronta a atender a ferocidade que acendia o olhar de seu marido, tão ávido por domínio, poder, ela se contraía, apertava, cortava, podava, recuava, espiava; de forma que sem saber precisamente o que tornava a noite desagradável e provocava aquela pressão no alto da cabeça (que podia ser facilmente imputada à conversa profissional, ou ao cansaço do grande médico cuja vida, dizia Lady Bradshaw, "não pertence a ele, mas a seus pacientes") que era bem desagradável; de forma que os convidados, quando soavam dez horas, respiravam o ar de Harley Street com enlevo até; alívio esse, porém, que era negado a seus pacientes.

Ali, na sala cinza, com quadros nas paredes e móveis valiosos, debaixo da claraboia de vidro fosco, eles aprendiam a dimensão de suas transgressões; encolhidos em poltronas, assistiam enquanto ele demonstrava, para o bem deles, um curioso exercício com os braços, que lançava para os lados, puxava bruscamente para o quadril, para provar (se o paciente resistia) que Sir William era senhor de suas próprias ações e o paciente não. Ali, alguns, fracos, se rendiam; soluçavam, submissos; outros, inspirados por Deus a sabe qual destemperada loucura, diziam na cara que Sir William era um charlatão danado; questionavam, ainda mais impiamente, a própria vida. Por que viver?, perguntavam. Sir William respondia que a vida era boa. Certamente para Lady Bradshaw, com penas de avestruz penduradas acima do aparador da lareira e, quanto à renda dele, era quase doze mil por ano. Mas para nós, eles protestavam, a vida não é tão generosa. Ele aquiescia. Faltava a eles o senso de proporção. E talvez, afinal, Deus não exista? Ele encolhia os ombros. Em resumo, essa história de viver ou não viver tem a ver conosco? Mas aí é que eles estavam enganados. Sir William tinha um amigo em Surrey, onde ensinavam senso de proporção, que Sir William admitia francamente ser uma arte difícil. Além disso, havia afeto familiar; honra; coragem; e uma carreira brilhante. Tudo isso tinha em Sir William um campeão resoluto. Se não se submetessem a ele, ele teria que apoiar a polícia e o bem da sociedade, que, ele observava com toda calma, em Surrey cuidariam para que esses impulsos antissociais, alimentados sobretudo pela ausência de bom sangue, fossem mantidos sob controle. E então saía de seu esconderijo e subia ao trono aquela deusa cujo prazer é vencer a oposição, para imprimir indelevelmente nos santuários dos outros a imagem de si mesma. Nus, indefesos, os exaustos, os sem amigos recebiam o selo da vontade de Sir William. Ele avançava; devorava. Calava as pessoas. Era essa combinação de determinação e humanidade que tornava Sir William tão querido para os parentes de suas vítimas.

Mas, ao seguir pela Harley Street, Rezia Warren Smith exclamou que não gostava daquele homem.

Os relógios da Harley Street trituravam, fatiavam, dividiam, subdividiam, mordiscavam o dia de junho, aconselhavam a submissão, sustentavam a autoridade e apontavam em coro as vantagens supremas de um senso de proporção, até que o monte de tempo fosse tão diminuído que um relógio comercial, pendurado acima de uma loja em Oxford Street, anunciasse, cordial e fraternalmente, como se fosse um prazer para os senhores Rigby e Lowndes dar a informação gratuitamente, que era uma e meia. Ao se olhar para cima, parecia que cada letra dos nomes deles representava uma das horas; subconscientemente, agradecia-se a Rigby e Lowndes por mostrar um horário ratificado por Greenwich; e essa gratidão (assim ruminava Hugh Whitbread, perdendo tempo diante da vitrine da loja) naturalmente assumia mais tarde a forma de uma compra de meias ou sapatos na Rigby and Lowndes. Assim ruminava ele. Era seu hábito. Ele não se aprofundava. Roçava superfícies; as línguas mortas, as vivas, a vida em Constantinopla, Paris, Roma; equitação, tiro, tênis, tinha sido assim um dia. Os maldosos diziam que ele agora montava guarda, ninguém sabia sobre o quê, no Palácio de Buckingham, vestido com meias de seda e calções até os joelhos. Mas ele fazia isso com extrema eficiência. Tinha pertencido à nata da sociedade inglesa por 55 anos. Conhecera primeiros-ministros. Consideravam profundos os seus afetos. E embora fosse verdade que ele não havia participado de nenhum dos grandes movimentos da época, nem ocupado cargos importantes, tinha a seu crédito uma ou duas humildes reformas; uma delas, a melhoria nos abrigos públicos; a outra, a proteção de corujas em Norfolk; as criadas tinham motivos para serem gratas a ele; e impunha respeito o seu nome no final das cartas ao *Times*, pedindo fundos, apelando ao público para proteger, preservar, limpar o lixo, diminuir a fumaça e erradicar a imoralidade nos parques.

E tinha uma figura magnífica ao parar por um momento (enquanto morria o som da meia hora) para olhar criticamente, ativamente, as meias e sapatos; impecável, substancial, como se contemplasse o mundo de uma certa eminência, e vestido a caráter;

mas tinha consciência das obrigações devidas a tamanho, riqueza, saúde, e observava meticulosamente, mesmo quando não absolutamente necessário, pequenas cortesias, etiquetas antiquadas, que davam às suas maneiras uma certa qualidade, algo a se imitar, algo para se lembrar dele, pois ele nunca iria almoçar, por exemplo, com Lady Bruton, que ele conhecia há vinte anos, sem levar na mão estendida um molho de cravos e perguntar à Srta. Brush, secretária de Lady Bruton, como ia seu irmão na África do Sul, do qual, por alguma razão, a Srta. Brush, embora deficiente em todos os atributos do charme feminino, tinha tantos ressentimentos que respondia: "Obrigada, ele vai muito bem na África do Sul", quando, há seis anos, ele ia muito mal em Portsmouth.

A própria Lady Bruton preferia Richard Dalloway, que chegou no momento seguinte. Na verdade, eles se encontraram na porta.

Lady Bruton preferia Richard Dalloway, claro. Ele era um produto muito mais refinado. Mas ela não ia deixá-los atropelar seu pobre Hugh querido. Não esquecia nunca sua gentileza, ele tinha sido de fato incrivelmente gentil, ela não lembrava exatamente em qual ocasião. Mas tinha sido extremamente gentil. De qualquer forma, a diferença entre um homem e outro não quer dizer muita coisa. Ela nunca entendera o sentido de recortar as pessoas, como Clarissa Dalloway fazia, recortá-las e juntá-las de novo; pelo menos não quando se tinha 62 anos. Ela pegou os cravos de Hugh com seu sorriso anguloso e sombrio. Não vinha mais ninguém, ela disse. Ela os atraíra sob falsos pretextos, para ajudá-la a sair de uma dificuldade...

– Mas vamos comer primeiro – disse.

E assim começou um entra e sai silencioso e requintado pelas portas vaivém de criadas de avental branco, domésticas não por necessidade, mas adeptas de um mistério ou grande engano praticado por anfitriãs em Mayfair de uma e meia até as duas, quando, com um aceno de mão, o tráfego cessa e brota em seu lugar essa profunda ilusão em primeiro lugar sobre a comida; como ela não é paga; e então que a mesa se serve sozinha com cristais e prataria, pequenas esteiras, pires de frutas vermelhas; películas de máscara de creme castanho mascaram o peixe; em caçarolas, nada o frango cortado; colorido, não doméstico, o fogo brilha; e com o vinho e o café (não pagos) surgem visões alegres diante de olhos meditativos; olhos delicadamente especulativos; olhos para os quais a vida parece musical, misteriosa; olhos agora acesos para observar cordialmente a beleza dos cravos vermelhos que Lady Bruton (cujos movimentos eram sempre angulares) colocara ao lado de seu prato, de modo que Hugh Whitbread, em paz com o universo inteiro e ao mesmo tempo totalmente seguro de seu lugar, disse, pousando o garfo:

– Não ficariam lindos em cima da sua renda?

A Srta. Brush reprovava intensamente a familiaridade dele. Achava que era um sujeito mal-educado. Ela fazia Lady Bruton rir.

Lady Bruton ergueu os cravos, segurou-os bem rígida, com a mesma atitude com que o general segurava o pergaminho no quadro atrás dela; ficou imóvel, em transe. Qual era ela agora, a bisneta do general? Tataraneta?, Richard Dalloway perguntou a si mesmo. Sir Roderick, Sir Miles, Sir Talbot, era isso. Notável como naquela família a semelhança persistia nas mulheres. Ela poderia ter sido um general dos dragões. E Richard teria servido alegremente sob suas ordens; tinha o maior respeito por ela; apreciava essas visões românticas sobre velhas de linhagem bem-estabelecida, e teria gostado, com seu jeito bem-humorado, de trazer alguns jovens esquentados seus conhecidos para almoçar com ela; como se um tipo de mulher como ela pudesse surgir entre amáveis entusiastas do chá! Ele conhecia a terra dela. Conhecia sua família. Havia uma videira, ainda produzindo, sob a qual Lovelace ou Herrick se sentara, ela nunca lia nem uma palavra de poesia, mas era o que dizia a história. Melhor esperar para expor a eles a questão que a incomodava (sobre fazer um apelo ao público; se sim, em que termos e assim por diante), melhor esperar até que tenham tomado café, Lady Bruton pensou; e colocou os cravos ao lado de seu prato.

– Como está Clarissa? – perguntou de repente. Clarissa sempre dizia que Lady Bruton não gostava dela. De fato, Lady Bruton tinha a fama de se interessar mais por política do que por pessoas; de falar como homem; de ter um dedo em algumas notórias intrigas dos anos 1880, que agora começavam a ser mencionadas em memórias. Com certeza havia uma alcova em sua sala, e uma mesa nessa alcova, e sobre a mesa uma fotografia do general Sir Talbot Moore, já falecido, que escrevera ali (uma noite nos anos 1880), em presença de Lady Bruton e com seu conhecimento, e talvez conselho, um telegrama ordenando às tropas britânicas que avançassem em uma ocasião histórica. (Ela ficou com a caneta e contava a história.) Assim, quando disse com seu jeito imprevisível "Como está Clarissa?", os maridos tinham dificuldade em persuadir as esposas, e de fato, por devotadas que fossem, sempre duvidavam secretamente do interesse dela por mulheres que muitas vezes atrapalhavam seus maridos, impediam que aceitassem cargos no exterior e tinham de ser levadas para a praia no meio da legislatura para se recuperar da gripe. No entanto, sua pergunta "Como está Clarissa?" era infalivelmente interpretada pelas mulheres como sinal de simpatia, de uma companheira quase silenciosa, cujas declarações (meia dúzia talvez no decorrer de uma vida) significavam o reconhecimento de alguma camaradagem feminina que passava por baixo dos almoços masculinos e unia Lady Bruton e a Sra. Dalloway, que raramente se encontravam, e, quando se encontravam, efetivamente indiferentes e até hostis, se uniam em um vínculo singular.

– Encontrei Clarissa no parque hoje de manhã – disse Hugh Whitbread, mergulhando na caçarola, ansioso para prestar a si mesmo esse pequeno tributo, pois bastava vir a Londres e encontrava todo mundo ao mesmo tempo; mas ganancioso, um dos homens mais gananciosos que ela já conhecera, Milly Brush pensou, que observava os homens com uma retidão inabalável e era capaz de devoção eterna, ao seu próprio sexo em particular, nodoso, esfolado, anguloso e inteiramente sem charme feminino.

– Sabem quem está na cidade? – Lady Bruton perguntou de repente pensando em si mesma. – Nosso velho amigo, Peter Walsh. Todos sorriram. Peter Walsh! E o Sr. Dalloway estava genuinamente satisfeito, Milly Brush pensou; e o Sr. Whitbread pensava apenas em seu frango. Peter Walsh! Os três, Lady Bruton, Hugh Whitbread e Richard Dalloway, lembraram-se da mesma coisa: o quanto Peter tinha sido perdidamente apaixonado; e, rejeitado, foi para a Índia; deu-se mal; fez uma confusão de tudo; e Richard Dalloway tinha grande simpatia pelo querido amigo também. Milly Brush viu isso; viu uma profundidade no castanho de seus olhos; viu que ele hesitava; ponderava; o que a interessou, como o Sr. Dalloway sempre a interessara, pois o que ele estava pensando sobre Peter Walsh?, ela se perguntou.

Que Peter Walsh era apaixonado por Clarissa; que logo depois do almoço, ele voltaria direto para casa para encontrar Clarissa; que ele diria a ela, com todas as letras, que a amava. É, ele diria isso.

Houve tempo em que Milly Brush quase poderia ter se apaixonado por esses silêncios; o Sr. Dalloway sempre tão confiável; e cavalheiro. Agora, aos quarenta anos, Lady Bruton tinha apenas que assentir, ou virar a cabeça um pouco abruptamente, e Milly Brush recebia o sinal, por mais profundamente que estivesse mergulhada nessas reflexões de um espírito desapegado, de uma alma não corrompida que a vida não conseguia enganar, porque a vida não lhe oferecera nem um pingente sem valor; nem um cacho de cabelo, sorriso, lábio, face, nariz; absolutamente nada; bastou Lady Bruton menear a cabeça e Perkins foi instruído a apressar o café.

– É, Peter Walsh voltou – disse Lady Bruton. Isso era vagamente lisonjeiro para todos eles. Ele havia voltado, surrado, sem sucesso, para praias seguras. Mas ajudá-lo era impossível, pensaram; havia alguma falha em seu caráter. Hugh Whitbread disse que podiam, é claro, mencionar o nome dele para Fulano de Tal. Como consequência, franziu a testa, lúgubre, ao pensar nas cartas que escreveria aos chefes de escritórios do governo sobre "meu velho amigo, Peter Walsh" e assim por diante. Mas não levaria a nada, a nada permanente, por causa do caráter dele.

– Em apuros com alguma mulher – disse Lady Bruton. Todos já tinham adivinhado que, no fundo, era esse o problema. – Mas devemos – disse Lady Bruton, ansiosa para mudar de assunto – ouvir a história toda do próprio Peter.

(O café estava demorando muito.)

"O endereço?", murmurou Hugh Whitbread; e imediatamente ocorreu uma onda na maré cinzenta de serviços que envolvia Lady Bruton dia sim, dia não, recolhendo, interceptando, envolvendo-a num fino tecido que rompia concussões, mitigava interrupções e se espalhava pela casa de Brook Street, uma fina rede na qual as coisas se alojavam e eram escolhidas com precisão, instantaneamente, pelo grisalho Perkins, que estava com Lady Bruton há trinta anos e agora escrevia o endereço; entregou-o ao Sr. Whitbread, que tirou do bolso a caderneta, ergueu as sobrancelhas, enfiou-o entre documentos mais importantes e disse que faria Evelyn convidá-lo para almoçar.

(Eles estavam esperando o Sr. Whitbread terminar para trazer o café.)

Hugh era muito lento, pensou Lady Bruton. Ele estava engordando, ela observou. Richard sempre se mantivera nas melhores condições. Ela estava ficando impaciente; todo o seu ser estava se colocando de forma positiva, era inegável, dominadora, afastando todas essas trivialidades desnecessárias (Peter Walsh e seus negócios) em função do assunto que ocupava sua atenção, e não apenas sua atenção, mas aquela fibra que era o eixo de sua alma, aquela parte essencial dela sem a qual Millicent Bruton não seria Millicent Bruton; aquele projeto para emigrar jovens de ambos os sexos nascidos de pais respeitáveis e colocá-los com boas perspectivas de sucesso no Canadá. Ela exagerava. Talvez tivesse perdido o senso de proporção. A emigração não era para os outros o remédio óbvio, a concepção sublime. Não era para eles (nem para Hugh, Richard ou mesmo a devotada Srta. Brush) a libertação do egoísmo contido, que uma mulher marcial forte, bem nutrida, de boa família, de impulsos diretos, sentimentos francos e pouca capacidade introspectiva (aberta e simples; por que não podia todo mundo ser aberto e simples?, ela perguntava) sentia crescer dentro dela, uma vez passada a juventude, e tem de projetar sobre algum objetivo, pode ser a Emigração, pode ser a Emancipação; mas seja o que for, este objeto em torno do qual a essência de sua alma é diariamente secretada torna-se inevitavelmente prismático, lustroso, meio espelho, meio pedra preciosa; ora cuidadosamente escondido no caso de as pessoas zombarem; ora orgulhosamente exibido. Em resumo, a emigração se transformou em grande parte a própria Lady Bruton.

    Mas ela precisava escrever. E uma carta para o *Times*, ela costumava dizer à Srta. Brush, custava-lhe mais do que organizar uma expedição à África do Sul (coisa que ela havia feito na guerra). Depois do início de uma batalha matinal, ela se dilacerava, começava de novo, costumava sentir a futilidade da própria feminilidade como em nenhuma outra ocasião, e se voltava com gratidão para a ideia de que Hugh Whitbread possuía, ninguém duvidava, a arte de escrever cartas para o *Times*.

    Um ser constituído de forma tão diferente de si mesma, com tal domínio da linguagem; capaz de colocar as coisas como os editores gostam; tinha paixões que não se poderia chamar simplesmente de ganância. Lady Bruton frequentemente suspendia seu julgamento sobre homens, em deferência à misteriosa concordância que eles, mas nenhuma mulher, mantinham com as leis do universo; sabia colocar as coisas; sabia o que era dito; de modo que, se Richard a aconselhasse e Hugh escrevesse por ela, ela teria certeza de estar certa. Então deixou Hugh comer seu suflê; perguntou sobre a pobre Evelyn; esperou até que eles estivessem fumando, e então disse:

– Milly, você poderia buscar os papéis?

A Srta. Brush saiu e voltou; pôs os papéis na mesa; e Hugh pegou sua caneta-tinteiro; sua caneta de prata, que prestava serviços há vinte anos, ele disse, desatarraxando a tampa. Estava em perfeita condição; ele tinha mostrado aos fabricantes; não havia nenhuma razão, disseram eles, para que um dia se desgastasse; o que de alguma forma recomendava Hugh, e recomendava os sentimentos expressos pela caneta (assim pensou Richard Dalloway), quando Hugh começou a escrever cuidadosamente em letras maiúsculas com anéis ao redor na margem, e assim maravilhosamente atribuiu sentido aos garranchos de Lady Bruton, e à gramática que o editor do *Times* devia respeitar, Lady Bruton pensou, observando a maravilhosa transformação. Hugh era lento. Hugh era obstinado. Richard disse que é preciso correr riscos. Hugh propôs modificações em deferência aos sentimentos das pessoas, que, ele disse em tom bastante áspero quando Richard riu, "tinha de ser levado em conta", e leu em voz alta: "... somos, portanto, da opinião de que o momento é oportuno... a supérflua juventude de nossa população cada vez maior... que devemos aos mortos...". Richard considerou tudo aquilo enchimento e besteira, mas havia mal nisso, é claro, e Hugh continuou a redigir sentimentos da mais alta nobreza em ordem alfabética, limpava as cinzas do charuto do colete e resumia de vez em quando o progresso que tinham feito até que, finalmente, leu o rascunho de uma carta que Lady Bruton tinha certeza de ser uma obra-prima. Será que era isso mesmo que ela queria dizer?

Hugh não podia garantir que o editor fosse publicar; mas ia se encontrar com alguém no almoço.

Diante disso, Lady Bruton, que raramente fazia alguma coisa elegante, enfiou todos os cravos de Hugh na frente do vestido e, estendendo as mãos, chamou-o de "meu primeiro-ministro!". Não sabia o que teria feito sem aqueles dois. Eles se levantaram.

E Richard Dalloway avançou como de costume para dar uma olhada no retrato do general, porque pretendia, quando tivesse um momento de lazer, escrever a história da família de Lady Bruton.

E Millicent Bruton tinha muito orgulho de sua família. Mas eles podiam esperar, eles podiam esperar, disse ela, olhando para o quadro; querendo dizer que sua família, de militares, administradores, almirantes, havia sido de homens de ação, que cumpriram seu dever; e o primeiro dever de Richard era com seu país, mas era um homem bonito, disse ela; e todos os papéis estavam prontos para Richard ir a Aldmixton quando chegasse a hora; ela se referia ao governo trabalhista. "Ah, as notícias da Índia!", ela exclamou.

E então, enquanto eles pegavam luvas amarelas da tigela sobre a mesa de malaquita do hall e Hugh oferecia à Srta. Brush, como uma cortesia totalmente desnecessária, algum ingresso descartado ou outra amabilidade, que ela odiava do fundo do coração e ficou vermelha como um tijolo, Richard voltou-se para Lady Bruton, com o chapéu na mão, e disse:

– Nos veremos em nossa festa esta noite? – Então Lady Bruton retomou a magnificência que a escrita da carta havia abalado. Talvez fosse; talvez não. Clarissa tinha uma energia maravilhosa. Festas aterrorizavam Lady Bruton. Mas estava ficando velha. Assim ela insinuou, de pé na porta; bonita; muito ereta; enquanto seu cachorro *chow-chow* se esticava atrás dela, e a Srta. Brush desaparecia ao fundo com as mãos cheias de papéis.

E Lady Bruton subiu, pesada, majestosa, até seu quarto, deitou-se, um braço estendido, no sofá. Ela suspirou, roncou, não que estivesse dormindo, apenas sonolenta e pesada, sonolenta e pesada, como um campo de trevo ao sol nesse dia quente de junho, com as abelhas e as borboletas amarelas girando. Ela sempre voltava para aqueles campos de Devonshire, onde havia saltado os riachos com Patty, seu cavalo, com Mortimer e Tom, seus irmãos. E havia cães; havia ratos; e seu pai, sua mãe no gramado debaixo das árvores, com o chá servido fora, os canteiros de dálias, as malvas-rosa, a grama dos pampas; e eles, pequenos moleques, sempre tramavam alguma travessura!, escapavam pelos arbustos para não serem vistos, todos sujos por causa de alguma malandragem. O que a velha babá dizia de suas roupas! Nossa, ela se lembrou, era quarta-feira em Brook Street. Aqueles bons sujeitos, Richard Dalloway, Hugh Whitbread, tinham caminhado naquele dia quente pelas ruas cujo rosnado chegava até ela deitada no sofá. O prestígio era dela, posição, renda. Ela vivia na vanguarda de seu tempo. Tinha bons amigos; conhecia os homens mais influentes de seu tempo. O murmúrio de Londres fluiu até ela, e, deitada no sofá, sua mão se fechou sobre um bastão imaginário como o que seu avô podia ter segurado, e com o qual ela parecia, sonolenta e pesada, comandar batalhões em marcha para o Canadá, e aqueles bons sujeitos andavam por Londres, aquele território deles, aquele pedacinho de tapete, Mayfair.

E se distanciavam cada vez mais dela, presos a ela por um fio fino (já que haviam almoçado com ela) que se esticaria e se esticaria, cada vez mais fino, enquanto caminhavam por Londres; como se os amigos ficassem presos ao corpo da pessoa, depois de almoçar com elas, por um fio fino, que (à medida que ela cochilava) se embaçava com o som dos sinos que marcavam a hora ou chamavam para o culto, como um único fio de teia de aranha se enche de gotas de chuva e, sobrecarregado, cede. Assim ela dormiu.

E Richard Dalloway e Hugh Whitbread hesitaram na esquina da Conduit Street no exato momento em que Millicent Bruton, deitada no sofá, deixou o fio se romper; ela roncou. Ventos contrários sopravam na esquina da rua. Eles olharam a vitrine de uma loja; não queriam comprar nada, nem conversar, apenas se separar, com ventos contrários a soprar na esquina, com uma espécie de lapso nas marés do corpo, duas forças que se encontram num redemoinho, manhã e tarde, os dois pararam. Algum cartaz de jornal ergueu-se no ar, galantemente, como uma pipa a princípio, depois parou, voou, esvoaçou; e o véu de uma senhora pendeu. Toldos amarelos tremeram. A velocidade do tráfego matinal diminuiu e carrinhos chacoalhavam descuidados pelas ruas semidesertas. Em Norfolk, em que Richard Dalloway quase pensava, um vento quente e suave soprou as pétalas; confundiu as águas; despenteou a relva em flor. Os fazedores de feno, instalados debaixo das sebes para dormir depois do trabalho matinal, abriam cortinas de folhas verdes; moviam globos trêmulos de salsa bovina para ver o céu; o céu de verão, azul, firme, escaldante.

Ciente de que olhava para uma caneca jacobina de prata de duas alças e que Hugh Whitbread admirava, condescendente, com ares de conhecedor, um colar espanhol do qual pensava perguntar o preço, caso Evelyn pudesse gostar, mesmo assim Richard era apático; não conseguia pensar, nem se mover. A vida havia vomitado aqueles destroços; as vitrines das lojas cheias de pedras falsas coloridas, e ficava-se parado com a letargia de velho, imóvel com a rigidez de velho, olhando para dentro. Evelyn Whitbread pode gostar de comprar este colar espanhol, pode, sim. Ele tem de bocejar. Hugh estava entrando na loja.

– Você tem razão! – disse Richard, e seguiu atrás.

Deus sabe que ele não queria comprar colares com Hugh. Mas o corpo tem suas marés. Manhã encontra tarde. Nascido como uma chalupa frágil em inundações muito, muito profundas, o bisavô de Lady Bruton, suas memórias, suas campanhas na América do Norte foram engavetadas e afundadas. E Millicent Bruton também. Ela afundou. Richard não dava a mínima para o que aconteceria com a emigração; para aquela carta, se o editor a publicaria ou não. O colar pendurado entre os dedos admiradores de Hugh. Ele que dê a uma garota, se precisa comprar joias, qualquer garota, qualquer garota da rua. Porque a inutilidade desta vida atingiu Richard com bastante força, comprar colares para Evelyn. Se ele tivesse um filho, diria: trabalhe, trabalhe. Mas ele tinha sua Elizabeth; adorava sua Elizabeth.

– Gostaria de falar com o Sr. Dubonnet – disse Hugh com seu jeito seco, experiente. Aparentemente, esse Dubonnet tinha as medidas do pescoço da Sra. Whitbread, ou, mais estranhamente, conhecia a opinião dela sobre joias espanholas e o tamanho de suas posses nessa linha (que Hugh não conseguia lembrar). Tudo isso parecia a Richard Dalloway terrivelmente estranho. Porque ele nunca dava presentes a Clarissa, a não ser uma pulseira dois ou três anos atrás, que não tinha sido um sucesso. Ela nunca a usou. Doía-lhe lembrar que ela nunca a usava. E como um único fio de teia depois de vacilar aqui e ali se prende à ponta de uma folha, a mente de Richard recuperou-se da letargia, voltou-se para sua esposa, Clarissa, a quem Peter Walsh amara tão apaixonadamente; e Richard teve uma visão repentina dela naquele almoço; de si mesmo e Clarissa; da vida deles juntos; e puxou a bandeja de joias antigas para si, pegou primeiro este broche, depois aquele anel. "Quanto é isto?", perguntou, mas duvidava do próprio gosto. Queria abrir a porta da sala e entrar segurando algo; um presente para Clarissa. Mas o quê? Hugh, porém, estava de pé novamente. Era indizivelmente pomposo. Realmente, depois de ser cliente ali por 35 anos, não ia ser despachado por um mero rapazinho que não conhecia o seu ofício. Pois Dubonnet, ao que parecia, não estava, e Hugh não ia comprar nada enquanto o Sr. Dubonnet decidisse estar; diante do que o jovem enrubesceu e fez sua pequena reverência correta. Tudo estava perfeitamente correto. E, no entanto, Richard não admitiria isso nem para salvar a própria vida! Não conseguia imaginar por que essas pessoas suportavam aquela maldita insolência. Hugh estava se tornando um idiota intolerável. Richard Dalloway não conseguia aguentar mais de uma hora em sua companhia. E, tocando o chapéu-coco como despedida, Richard virou a esquina da Conduit Street ansioso, sim, muito ansioso por percorrer aquele fio de teia de ligação entre ele e Clarissa; iria direto para ela, em Westminster.

Mas queria chegar com alguma coisa nas mãos. Flores? Sim, flores, já que ele não confiava em seu gosto para ouro; qualquer quantidade de flores, rosas, orquídeas, para comemorar o que era, pensando bem, um acontecimento; esse sentimento em relação a ela quando falaram de Peter Walsh no almoço; e eles nunca falavam disso; durante anos não haviam falado disso; o que, ele pensou, agarrado às rosas vermelhas e brancas juntas (um vasto buquê embrulhado em papel de seda), é o maior erro do mundo. Chega uma hora em que não se pode falar disso; ou se é muito tímido para dizê-lo, pensou, embolsando uma ou duas moedas de seis pence de troco, e partiu para Westminster com seu grande buquê apertado ao corpo a fim de dizer diretamente com todas as letras (ela podia pensar dele o que quisesse), estendendo as flores: "Eu te amo". Por que não? Realmente era um milagre pensar na guerra, nos milhares de pobres coitados, com toda a vida pela frente, enterrados juntos, já meio esquecidos; era um milagre. Ali estava ele, atravessando Londres para dizer a Clarissa com todas as letras que a amava. O que nunca se diz, ele pensou. Em parte por preguiça; em parte por timidez. E Clarissa... era difícil pensar nela; exceto em relances, como no almoço, quando ele a viu bem claramente; toda a vida deles. Ele parou no cruzamento; e repetiu, visto que era simples por natureza, e íntegro, porque tinha marchado e atirado; era pertinaz e obstinado, defendera os oprimidos e seguira seus instintos na Câmara dos Comuns; tendo preservado sua simplicidade, mas ao mesmo tempo ficado um tanto calado, um tanto rígido, ele repetiu que era um milagre ter se casado com Clarissa; um milagre, sua vida tinha sido um milagre, pensou, hesitando em atravessar. Mas seu sangue fervia ao ver pequenas criaturas de cinco ou seis anos atravessando Piccadilly sozinhas. A polícia devia parar o trânsito imediatamente. Ele não tinha ilusões quanto à polícia de Londres. Na verdade, estava recolhendo provas de seus desvios; e aqueles ambulantes não têm permissão para pôr seus carrinhos na rua; e as prostitutas, meu Deus, a culpa não era delas, nem dos rapazes, mas do nosso detestável sistema social e assim por diante; tudo isso ele considerava, podia ser visto considerando, cinza, obstinado, elegante, limpo, atravessando o parque para dizer à esposa que a amava. Porque ia dizer, com todas as letras, quando entrasse na sala. Porque é uma grande pena nunca dizer o que se sente, pensou, atravessando o Green Park, e observou com prazer como, à sombra das árvores, famílias inteiras, famílias pobres, se espalhavam; crianças mexendo as pernas; sugando leite; sacos de papel espalhados, que poderiam ser facilmente recolhidos (se alguém reclamasse) por um daqueles cavalheiros gordos de libré; porque ele era de opinião que todo parque e toda praça, durante os meses de verão, deveriam estar abertos para crianças (a grama do parque esmaecia e desbotava, iluminando as pobres mães de Westminster e seus bebês engatinhando, como se passassem uma lâmpada amarela por baixo). Mas ele não sabia o que se poderia fazer por mulheres desabrigadas como aquela pobre criatura, esticada sobre o cotovelo (como se tivesse se jogado no chão, livre de todas as amarras, para observar com curiosidade, para especular com ousadia, para ponderar os porquês e as razões, descarada, de língua solta, bem-humorada). Carregando suas flores como uma arma, Richard Dalloway aproximou-se dela; atento passou por ela; mas deu tempo para uma faísca entre os dois, ela riu ao olhar para ele, ele sorriu bem-humorado, pensando no problema das desabrigadas; não que fossem jamais conversar. Mas ele diria a Clarissa que a amava, com todas as letras. Houve um tempo em que ele sentia ciúme de Peter Walsh; ciúme dele e Clarissa. Mas ela sempre dizia que estava certa em não se casar com Peter Walsh; o que, conhecendo Clarissa, era obviamente verdade; ela queria apoio. Não que fosse fraca; mas queria apoio.

Quanto ao Palácio de Buckingham (como uma velha *prima donna* toda de branco diante da plateia), não se pode negar-lhe uma certa dignidade, pensou ele, nem desprezar o que, afinal, representa para milhões de pessoas (uma pequena multidão esperava no portão para ver o rei sair) um símbolo, por mais absurdo que seja; uma criança com uma caixa de tijolos poderia ter feito melhor, ele pensou; olhou para o memorial à rainha Vitória (de quem ele conseguia se lembrar com seus óculos de chifre, dirigindo por Kensington), o montículo branco, a maternidade ondulante; mas gostava de ser governado pelo descendente de Horsa; ele gostava de continuidade; e da sensação de transmitir as tradições do passado. Foi uma grande época para se viver. Na verdade, a vida dele próprio foi um milagre; que ninguém se engane sobre isso; ali estava ele, no auge da vida, caminhando para sua casa em Westminster para dizer a Clarissa que a amava. Felicidade é isso, ele pensou.

É isso, disse ele, ao entrar no Dean's Yard. O Big Ben estava começando a tocar, primeiro o aviso, musical; depois a hora, irrevogável. Almoços ocupam a tarde inteira, pensou ele, aproximando-se da porta.

O som do Big Ben inundou a sala de Clarissa, onde ela estava, bem irritada, à sua escrivaninha; preocupada; irritada. Era verdade absoluta que não havia convidado Ellie Henderson para sua festa; mas tinha feito isso de propósito. Só que a Sra. Marsham escreveu: "ela disse a Ellie Henderson que pediria a Clarissa; Ellie queria tanto ir".

Mas por que deveria convidar para suas festas todas as mulheres chatas de Londres? Por que a Sra. Marsham tem de interferir? E havia Elizabeth trancada todo esse tempo com Doris Kilman. Não conseguia conceber nada mais nauseante. Rezar a essa hora com aquela mulher. E o som do sino inundou a sala com sua onda melancólica; que recuou e se recompôs para cair mais uma vez, quando ela ouviu, distraidamente, alguma coisa confusa, alguma coisa arranhando a porta. Quem pode ser a esta hora? Três, meu Deus! Já são três! Porque, com franqueza e dignidade avassaladoras, o relógio bateu três horas; e ela não ouviu mais nada; mas a maçaneta da porta girou e Richard entrou! Que surpresa! Richard entrou, com flores. Ela falhara com ele, uma vez, em Constantinopla; e Lady Bruton, cujos almoços eram considerados extraordinariamente divertidos, não a convidara. Ele trazia flores, rosas, rosas vermelhas e brancas. (Mas ele não conseguia dizer que a amava; não com todas as letras.) Mas que lindas, ela disse, ao pegar dele as flores. Ela entendeu; ela entendeu sem que ele falasse; a sua Clarissa. Ela as colocou em vasos sobre a lareira. Como eram lindas!, disse. E foi divertido, perguntou? Lady Bruton perguntou por mim? Peter Walsh estava de volta. A Sra. Marsham tinha escrito. Teria de convidar Ellie Henderson? Aquela mulher, Kilman, está lá em cima.

– Mas vamos sentar aqui uns cinco minutos – disse Richard. Tudo parecia tão vazio. Todas as cadeiras encostadas na parede. O que andaram fazendo? Ah, era para a festa; não, ele não tinha esquecido, a festa. Peter Walsh estava de volta. Ah, sim; ela o recebera. E ele ia se divorciar; ele estava apaixonado por uma mulher lá no exterior. E não mudou nem um pouco. Lá estava ela, remendando seu vestido...

– Pensando em Bourton – disse ela.

– Hugh estava no almoço – disse Richard. Ela o conhecia também! Bem, ele estava ficando absolutamente insuportável. Comprando colares para Evelyn; mais gordo do que nunca; um asno intolerável.

– E me ocorreu que "eu podia ter casado com você" – disse ela, pensando em Peter sentado ali com sua gravata-borboleta; abrindo e fechando aquele canivete. – Como sempre, você sabe.

Falaram dele no almoço, disse Richard. (Mas não conseguia dizer a ela que a amava. Ele segurou sua mão. Felicidade é isto, pensou.) Tinham escrito uma carta para o *Times* para Millicent Bruton. Hugh só servia para isso.

– E a nossa querida Srta. Kilman? – ele perguntou. Clarissa achou as rosas absolutamente lindas; primeiro agrupadas; agora por conta própria começavam a se separar.

— Kilman chega assim que terminamos de almoçar — disse ela. — Elizabeth fica vermelha. As duas se calam. Acho que estão rezando.

Nossa! Ele não gostava daquilo; mas essas coisas acabam passando se você deixa.

— De capa de chuva e guarda-chuva — disse Clarissa.

Ele não disse "eu te amo"; mas segurou a mão dela. A felicidade é isto, é isto, pensou.

— Mas por que tenho de convidar todas as mulheres chatas de Londres para minhas festas? — Clarissa perguntou. E se a Sra. Marsham desse uma festa, ela é que escolhia seus convidados?

— Coitada da Ellie Henderson — disse Richard. Esquisito o quanto Clarissa se importava com suas festas, ele pensou.

Mas Richard não tinha nenhuma noção da aparência de uma sala. Porém... o que ia dizer?

Se ela se preocupasse com essas festas, ele não a deixaria dá-las. Ela gostaria de ter casado com Peter? Mas ele tinha de ir.

Tinha de sair, disse ele, e se levantou. Mas ficou parado um momento como se fosse dizer alguma coisa; e ela se perguntou o quê? Por quê? Ali estavam as rosas.

— Algum comitê? — ela perguntou, enquanto ele abria a porta.

— Os armênios — disse ele; ou talvez fosse "albaneses".

E há certa dignidade nas pessoas; uma solidão; mesmo entre marido e mulher um abismo; e isso é preciso respeitar, pensou Clarissa, vendo-o abrir a porta; pois ninguém renunciaria a isso, ou tiraria isso do marido, contra a vontade dele, sem perder a independência, o respeito próprio; algo, afinal, inestimável.

Ele voltou com um travesseiro e uma colcha.

— Uma hora de repouso absoluto depois do almoço — disse ele. E se foi.

Típico dele! Ia continuar dizendo "Uma hora de repouso absoluto depois do almoço" até o fim dos tempos, porque um médico havia prescrito uma vez. Era típico dele tomar literalmente o que diziam os médicos; parte de sua adorável e divina simplicidade, que ninguém tinha na mesma medida; o que o fez ir e tomar uma atitude enquanto ela e Peter desperdiçavam seu tempo discutindo. Ele já estava na metade do caminho para a Câmara dos Comuns, para seus armênios, seus albaneses, tendo-a acomodado no sofá, de frente para suas rosas. E as pessoas diziam: "Clarissa Dalloway é mimada". Ela se importava muito mais com suas rosas do que com os armênios. Exterminados, mutilados, congelados, vítimas da crueldade e da injustiça (ela ouvira Richard dizer isso muitas e muitas vezes), não, ela não sentia nada pelos albaneses, ou eram os armênios?, mas amava suas rosas (isso não ajudava os armênios?), únicas flores que suportava ver cortadas. Mas Richard já estava na Câmara dos Comuns; em seu comitê, depois de resolver todas as dificuldades dela. Mas não; infelizmente, não era verdade. Ele não via as razões para não convidar Ellie Henderson. Ela ia fazer, claro, o que bem quisesse. Já que ele havia trazido os travesseiros, ia se deitar... Mas... mas... por que de repente se sentiu, sem nenhuma razão que pudesse descobrir, desesperadamente infeliz? Como uma pessoa que derrubou na grama uma pérola ou um diamante e separa folhas altas com muito cuidado, de cá para lá, procura aqui e ali em vão, e por fim espia entre as raízes, assim ela passava por uma coisa e outra; não, não era Sally Seton dizendo que Richard nunca iria para o Gabinete porque tinha um cérebro de segunda classe (isso lhe voltou à memória); não, ela não se importava com isso; nem tinha nada a ver com Elizabeth e Doris Kilman; esses eram fatos. Era uma sensação, alguma sensação desagradável, talvez no início do dia; algo que Peter havia dito, combinado com alguma depressão dela própria, em seu quarto, ao tirar o chapéu; e o que Richard dissera somava-se a isso, mas o que ele tinha dito? Ali estavam suas rosas. Suas festas! Era isso! Suas festas! Ambos a criticaram injustamente, riram dela muito injustamente, por suas festas. Era isso! Era isso!

Bem, como ela iria se defender? Agora que sabia o que era, sentia-se perfeitamente feliz. Eles pensavam, ou pelo menos Peter pensava, que ela gostava de se impor; gostava de receber pessoas famosas; grandes nomes; em resumo, era simplesmente uma esnobe. Bem, Peter pode pensar assim. Richard achava apenas que era bobagem dela gostar de excitação quando sabia que fazia mal para seu coração. Era infantil, ele achava. E ambos estavam completamente errados. O que ela gostava era simplesmente da vida.

– Por isso faço o que faço – disse ela, em voz alta, para a vida.

Como estava deitada no sofá, enclausurada, isolada, a presença dessa coisa que ela sentia ser tão óbvia tornou-se fisicamente existente; com mantos de som da rua, ensolarada, com hálito quente, sussurrante, soprando as cortinas. Mas digamos que Peter dissesse a ela: "Sim, sim, mas suas festas... qual o sentido das suas festas?", tudo o que ela poderia dizer era (e não se podia esperar que ninguém entendesse): elas são uma oferenda; o que parecia terrivelmente vago. Mas quem era Peter para afirmar que a vida era um mar de rosas? Peter sempre apaixonado, sempre apaixonado pela mulher errada? O que é o seu amor?, ela podia perguntar a ele. E sabia a resposta; que era a coisa mais importante do mundo e nenhuma mulher possivelmente entendia. Muito bem. Mas algum homem conseguia entender o que ela queria dizer? Sobre a vida? Ela não conseguia imaginar Peter ou Richard se dando ao trabalho de dar uma festa sem motivo algum.

Mas, para ir mais fundo, por baixo do que as pessoas diziam (e esses julgamentos, como são superficiais, como são fragmentários!), na cabeça dela própria, agora, o que significava para ela essa coisa que chamava de vida? Ah, era muito estranho. Ali estava Fulano de Tal em South Kensington; alguém em Bayswater; e outra pessoa, digamos, em Mayfair. E ela sentia continuamente a existência deles; sentia que desperdício; e sentia que pena; e sentia que se ao menos pudessem ser reunidos; então ela fazia isso. E era uma oferenda; combinar, criar; mas para quem?

Uma oferenda pela oferenda, talvez. De qualquer forma, era o presente dela. Nada mais tinha ela de qualquer importância; não conseguia pensar, escrever, nem mesmo tocar piano. Ela confundia armênios com turcos; amava o sucesso; odiava desconforto; tinha de ser apreciada; falava oceanos de bobagens: e até hoje, pergunte a ela o que era o equador, e ela não sabia. Mas sabia que um dia vinha em seguida do outro; quarta, quinta, sexta, sábado; que é preciso acordar de manhã; olhar o céu; caminhar no parque; encontrar Hugh Whitbread; então, de repente, entrou Peter; então, essas rosas; foi o suficiente. Depois disso, como a morte era inacreditável!, que tudo tenha de acabar; e ninguém em todo o mundo saberia como ela amou tudo; como, a cada instante...

A porta se abriu. Elizabeth sabia que sua mãe estava descansando. Entrou muito silenciosamente. Ficou completamente imóvel. Será que algum mongol naufragou na costa de Norfolk (como disse a Sra. Hilbery) e misturou-se com as damas Dalloway, talvez, cem anos atrás? Pois os Dalloway, em geral, eram louros; de olhos azuis; Elizabeth, ao contrário, era morena; tinha olhos chineses em um rosto pálido; um mistério oriental; era delicada, atenciosa, calma. Quando criança, tinha um senso de humor perfeito; mas agora, aos dezessete anos, Clarissa não conseguia entender por que, tinha se tornado muito séria; como um jacinto, envolto em verde brilhante, com botões recém-pintados, um jacinto que não tomou sol.

Ela ficou bem quieta e olhou para a mãe; mas a porta estava entreaberta e do lado de lá estava a Srta. Kilman, como Clarissa sabia; a Srta. Kilman com sua capa de chuva, ouvindo o que dissessem.

É, a Srta. Kilman estava no patamar e usava uma capa de chuva; mas tinha suas razões. Primeiro, era barato; segundo, tinha mais de quarenta anos; e, afinal, não se vestia para agradar. Era pobre, além do mais; degradantemente pobre. Do contrário, não aceitaria empregos de gente como os Dalloway; gente rica, que gostava de ser gentil. O Sr. Dalloway, justiça seja feita, era gentil. Mas a Sra. Dalloway não. Ela tinha sido apenas condescendente. Ela vinha da mais inútil de todas as classes, os ricos, com um toque de cultura. Eles tinham coisas caras em todos os lugares; quadros, tapetes, muitos criados. Ela considerava ter todo o direito a tudo o que os Dalloway fizessem por ela. Tinha sido enganada. Sim, a palavra não era exagero, pois com certeza uma moça tem direito a algum tipo de felicidade? E ela nunca tinha sido feliz, tão desajeitada, tão pobre. E então, justamente quando poderia ter tido uma chance na escola da Srta. Dolby, veio a guerra; e ela nunca foi capaz de contar mentiras. A Srta. Dolby achou que ela seria mais feliz com pessoas que compartilhavam de suas opiniões sobre os alemães. Ela teve que ir embora. Verdade que a família era de origem alemã; tinha o nome Kiehlman no século XVIII; mas seu irmão havia sido morto. Eles a expulsaram porque ela não fingia que os alemães eram todos maus, uma vez que tinha amigos alemães, que os únicos dias felizes de sua vida tinham sido passados na Alemanha! E, afinal, ela podia ensinar história. Teve de aceitar tudo o que pudesse conseguir. O Sr. Dalloway a conheceu trabalhando para os Amigos. Ele permitira que ela (e isso foi realmente generoso da parte dele) ensinasse história à filha. Ela também dava uma pequena palestra de extensão e assim por diante. Então Nosso Senhor tinha vindo a ela (e aqui ela sempre baixava a cabeça). Ela tinha visto a luz dois anos e três meses atrás. Agora não invejava mulheres como Clarissa Dalloway; tinha pena delas.

Tinha pena e as desprezava do fundo do coração, parada no tapete macio, olhando para a velha gravura de uma menininha com um regalo. Com todo esse luxo acontecendo, que esperança havia de um estado de coisas melhor? Em vez de se deitar num sofá – "Minha mãe está descansando", disse Elizabeth –, ela tinha de estar em uma fábrica; atrás de um balcão; a Sra. Dalloway e todas as outras belas damas!

Amarga e ardente, a Srta. Kilman tinha entrado em uma igreja há dois anos e três meses. Tinha ouvido o reverendo Edward Whittaker pregar; os meninos cantarem; tinha visto as luzes solenes baixarem, e quer fosse a música, ou as vozes (ela mesma, quando sozinha à noite, encontrava conforto em um violino; mas o som era insuportável; ela não tinha ouvido), os sentimentos quentes e turbulentos que ferviam, disparavam, dentro dela se acalmaram quando ela se sentou ali, chorou copiosamente e foi visitar o Sr. Whittaker em sua residência particular em Kensington. Era a mão de Deus, disse ele. O Senhor havia mostrado a ela o caminho. Portanto, agora, sempre que os sentimentos ardentes e dolorosos ferviam dentro dela, esse ódio pela Sra. Dalloway, esse rancor contra o mundo, ela pensava em Deus. Pensava no Sr. Whittaker. A calma substituía a raiva. Um doce sabor enchia suas veias, seus lábios se entreabriam e, parada no patamar, admirável em sua capa de chuva, olhou com serenidade firme e sinistra para a Sra. Dalloway, que saiu com a filha.

Elizabeth disse que tinha esquecido as luvas. Porque a Srta. Kilman e sua mãe se odiavam. Ela não suportava vê-las juntas. Correu escada acima para encontrar suas luvas.

Mas a Srta. Kilman não odiava a Sra. Dalloway. Voltou seus grandes olhos cor de groselha para Clarissa, observou seu rostinho rosado, o corpo delicado, o ar de frescor e moda e a Srta. Kilman sentiu: Tola! Simplória! Você que não conheceu tristeza nem prazer; que desperdiçou sua vida! E surgiu nela um desejo dominante de superá-la; de desmascará-la. Se pudesse derrubá-la, isso a teria aliviado. Mas não era o corpo; era a alma e seu escárnio que ela queria subjugar; fazer sentir seu domínio. Se ao menos pudesse fazê-la chorar; poderia arruiná-la; humilhá-la; pô-la de joelhos chorando: "Você tem razão!". Mas essa seria a vontade de Deus, não da Srta. Kilman. Seria uma vitória religiosa. Então ela fechou a cara; então fuzilou.

Clarissa ficou realmente chocada. Essa é uma cristã, essa mulher! Essa mulher havia tirado dela a sua filha! Ela em contato com presenças invisíveis! Pesada, feia, banal, sem bondade nem graça, ela conhece o sentido da vida!

– Você vai levar Elizabeth para as lojas? – a Sra. Dalloway perguntou.

A Srta. Kilman disse que sim. Ficaram ali paradas. A Srta. Kilman não ia fazer nada para ser agradável. Sempre ganhara a própria vida. Seu conhecimento da história moderna era extremamente completo. Ela vivia de sua escassa renda reservada para causas em que acreditava; enquanto esta mulher não fez nada, não acreditou em nada; criou sua filha, mas ali estava Elizabeth, um tanto sem fôlego, a bela garota.

Então iam às lojas. Estranho era, a Srta. Kilman ali em pé (e em pé ela estava, com a força e a taciturnidade de algum monstro pré-histórico blindado para a guerra primeva), como, segundo a segundo, a imagem dela diminuía, como o ódio (que era por ideias, não pessoas) desmoronava, como ela perdia a malignidade, o tamanho, e se tornava segundo a segundo apenas a Srta. Kilman, de capa de chuva, que Deus sabe que Clarissa gostaria de ajudar.

Com essa diminuição do monstro, Clarissa riu. Ao se despedir, ela riu.

Lá se foram, juntas, a Srta. Kilman e Elizabeth, desceram a escada.

Com um impulso repentino, com uma angústia violenta, porque aquela mulher estava tirando dela a sua filha, Clarissa se inclinou sobre o corrimão e gritou:

– Não esqueça da festa! Não esqueça da nossa festa hoje à noite!

Mas Elizabeth já tinha aberto a porta da frente; estava passando um furgão; ela não respondeu.

Amor e religião!, pensou Clarissa ao voltar para a sala de estar, toda arrepiada. O quanto são detestáveis, detestáveis! Agora que o corpo da Srta. Kilman não estava diante dela, a oprimia: a ideia.

As coisas mais cruéis do mundo, pensou, vendo-as desajeitadas, quentes, dominadoras, hipócritas, bisbilhoteiras, ciumentas, infinitamente cruéis e inescrupulosas, vestidas com uma capa de chuva, no patamar; amor e religião. Ela própria já tentara converter alguém? Não queria que todos fossem apenas eles mesmos? E viu pela janela a velha senhora em frente subindo as escadas. Que ela suba, se quiser; que ela pare; depois, que ela, como Clarissa a vira com frequência, chegue a seu quarto, abra as cortinas e desapareça novamente ao fundo. De alguma forma, respeitava-se isso: aquela velha que olhava pela janela, sem saber que era observada. Havia algo solene nisso, mas amor e religião destruiriam fosse o que fosse, a privacidade da alma. A odiosa Kilman destruiria. No entanto, era uma visão que lhe dava vontade de chorar.

Amor destruía também. Tudo que estava bem, tudo que era verdade ia embora. Olhe Peter Walsh agora. Era um homem charmoso, inteligente, com ideias sobre tudo. Se quisesse saber sobre Pope, digamos, ou Addison, ou apenas falar bobagens, como eram as pessoas, o que as coisas significavam, Peter sabia melhor do que ninguém. Foi Peter quem a ajudou; Peter que lhe emprestara livros. Mas olhe as mulheres que ele amava: vulgares, triviais, comuns. Pense em Peter apaixonado; ele veio vê-la depois de todos esses anos, e sobre o que falou? Ele mesmo. Paixão horrível!, ela pensou. Paixão degradante!, ela pensou, pensando em Kilman e sua Elizabeth indo para as lojas Army and Navy.

O Big Ben bateu a meia hora.

Como era incrível, estranho, sim, comovente, ver a velha (eram vizinhas há tantos anos) afastar-se da janela, como se estivesse presa àquele som, àquela corda. Gigantesco como era, tinha algo a ver com ela. Para baixo, para baixo, em meio a coisas comuns o toque baixava e tornava o momento solene. Forçada, assim Clarissa imaginou, por aquele som, a se mover, a ir... mas para onde? Clarissa tentou segui-la quando se voltou e desapareceu, mas ainda conseguia ver sua touca branca se movendo no fundo do quarto. Ela ainda estava lá se movendo do outro lado do quarto. Por que credos, orações e capas de chuva?, pensou Clarissa, quando esse é o milagre, esse é o mistério; aquela velha senhora, dela é que falava, que ela via indo da cômoda para a penteadeira. Ela ainda a via. E o mistério supremo que Kilman poderia dizer que havia resolvido, ou que Peter poderia dizer que havia resolvido, mas Clarissa não acreditava que nenhum dos dois tivesse sequer a sombra de uma ideia de resolver, era simplesmente este: aqui estava um quarto; lá outro. A religião resolvia isso ou o amor?

Amor; mas aí o outro relógio, o relógio que tocava sempre dois minutos depois do Big Ben, veio se arrastando, cheio de ninharias no colo, que despejou como se o Big Ben estivesse muito bem com sua majestade impondo a lei, tão solene, tão justa, mas ela precisava se lembrar de todo tipo de pequenas coisas também: a Sra. Marsham, Ellie Henderson, taças para sorvete, todo tipo de pequenas coisas inundou, rodou e dançou na esteira daquele toque solene que se estendia plano como uma barra de ouro no mar. Sra. Marsham, Ellie Henderson, taças para sorvete. Tinha de telefonar imediatamente.

Volúvel, perturbador, o relógio atrasado soou, veio na esteira do Big Ben, com seu colo cheio de ninharias. Espancados, despedaçados pelo ataque de carruagens, pela brutalidade dos furgões, pelo avanço ávido de miríades de homens angulosos, de mulheres exibidas, pelas cúpulas e torres de escritórios e hospitais, as últimas relíquias desse colo cheio de bugigangas pareciam quebrar, como o borrifo de uma onda exausta, sobre o corpo da Srta. Kilman, parada na rua por um momento para murmurar "É a carne".

Era a carne que ela precisava controlar. Clarissa Dalloway a insultara. Era de se esperar. Mas ela não havia triunfado; ela não tinha dominado a carne. Feia, desajeitada, Clarissa Dalloway riu dela por ser assim; e reavivou os desejos carnais, porque ela se importava de ser como era ao lado de Clarissa. Também não conseguia falar como ela falava. Mas por que desejar se parecer com ela? Por quê? Ela desprezava a Sra. Dalloway do fundo de seu coração. Ela não era séria. Não era boa. Sua vida era uma teia de vaidade e engano. No entanto, Doris Kilman tinha sido vencida. Na verdade, quase caiu no choro quando Clarissa Dalloway riu dela. "É a carne, é a carne", ela murmurou (era seu hábito falar em voz alta), tentando subjugar esse sentimento turbulento e doloroso enquanto caminhava pela Victoria Street. Orou a Deus. Não podia deixar de ser feia; não tinha dinheiro para comprar roupas bonitas. Clarissa Dalloway tinha dado risada, mas ela iria concentrar a mente em outra coisa até chegar à caixa de correio. De qualquer forma, tinha Elizabeth. Mas pensaria em outra coisa; pensaria na Rússia; até que chegou à caixa de correio.

Como devia ser bom, disse ela, lutar no campo, como o Sr. Whittaker havia dito, contra aquele rancor violento pelo mundo que a desprezava, zombava dela, a rejeitava, começando com essa indignidade: a imposição de seu corpo impossível de amar que as pessoas não suportavam ver. Como quer que arrume o cabelo, a testa continua como um ovo, lisa, branca. Nenhuma roupa combinava com ela. Podia comprar qualquer coisa. E para uma mulher, é claro, isso significava nunca conhecer o sexo oposto. Ninguém nunca a colocaria em primeiro lugar.

Ultimamente, parecia-lhe às vezes que, a não ser por Elizabeth, a comida era tudo o que importava na vida; seus confortos; seu jantar, seu chá; sua bolsa de água quente à noite. Mas é preciso lutar; vencer; ter fé em Deus. O Sr. Whittaker disse que ela existia com um propósito. Mas ninguém sabia do suplício! Ele apontara o crucifixo e dissera que Deus sabia. Mas por que ela tinha de sofrer quando outras mulheres, como Clarissa Dalloway, escapavam? O conhecimento vem através do sofrimento, disse o Sr. Whittaker.

Ela passou a caixa postal e Elizabeth tinha entrado no departamento marrom e fresco de tabaco na loja Army and Navy e ela ainda murmurava para si mesma o que o Sr. Whittaker havia dito sobre o conhecimento através do sofrimento e da carne. "A carne", ela murmurou.

Que departamento ela queria?, Elizabeth a interrompeu.

– Anáguas – disse ela abruptamente, e foi direto para o elevador.

Elas subiram. Elizabeth a guiou de um lado para o outro; guiou-a em sua abstração como se ela fosse uma grande criança, um canhestro navio de guerra. Lá estavam as anáguas, marrons, decorosas, listradas, frívolas, sólidas, frágeis; e ela escolheu, portentosa em sua abstração, e a moça que servia pensou que era louca.

Elizabeth até se perguntou, enquanto faziam o pacote, o que a Srta. Kilman estava pensando. Deviam tomar chá, disse a Srta. Kilman, despertando e se recompondo. Elas tomaram o chá.

Elizabeth se perguntou se a Srta. Kilman estaria com fome. Por causa de seu jeito de comer, comer com intensidade, depois olhar, com insistência, para um prato de bolos açucarados na mesa ao lado; então, quando uma senhora e uma criança se sentaram e a criança pegou o bolo, a Srta. Kilman ia realmente reagir? Sim, a Srta. Kilman realmente reagiu. Ela queria aquele bolo, o rosa. O prazer de comer era quase o único puro prazer que lhe restava, e mesmo nisso ela era frustrada!

Quando as pessoas são felizes, têm uma reserva, ela dissera a Elizabeth, com a qual podiam contar, enquanto ela era como uma roda sem pneu (ela gostava dessas metáforas), sacudida a cada pedregulho, assim dizia ela ao ficar depois da aula, em pé perto da lareira, com sua bolsa de livros, sua "mochila", ela dizia, numa terça-feira de manhã, depois que a aula acabou. E falou também sobre a guerra. Afinal, havia pessoas que não achavam os ingleses invariavelmente certos. Havia livros. Houve reuniões. Havia outros pontos de vista. Elizabeth gostaria de ir com ela ouvir Fulano de Tal (um velho de aparência extraordinária)? Então a Srta. Kilman a levou a alguma igreja em Kensington e tomaram chá com um clérigo. Ela lhe emprestara seus livros. Direito, medicina, política, todas as profissões estão abertas às mulheres de sua geração, disse a Srta. Kilman. Mas, para ela, sua carreira estava absolutamente arruinada, e era sua culpa? Meu Deus, disse Elizabeth, não. E sua mãe entrava para dizer que chegara um cesto de Bourton e se a Srta. Kilman gostaria de umas flores? Com a Srta. Kilman ela era sempre muito, muito gentil, mas a Srta. Kilman amassava as flores num maço, não entrava em conversa fiada, e o que interessava a Srta. Kilman entediava sua mãe, a Srta. Kilman e ela eram péssimas juntas; e a Srta. Kilman inchava e parecia muito sem graça. Mas a Srta. Kilman era terrivelmente inteligente. Elizabeth nunca tinha pensado nos pobres. Eles viviam com tudo o que queriam, sua mãe tomava café da manhã na cama todos os dias; Lucy é que levava para cima; e ela gostava de mulheres velhas porque eram duquesas e descendiam de algum lorde. Mas a Srta. Kilman disse (numa daquelas manhãs de terça-feira, quando a aula terminara): "Meu avô tinha uma loja de materiais de pintura em Kensington". A Srta. Kilman fazia os outros se sentirem tão pequenos.

A Srta. Kilman tomou outra xícara de chá. Elizabeth, com seu porte oriental, seu mistério inescrutável, sentada perfeitamente ereta; não, ela não queria mais nada. Procurou suas luvas, suas luvas brancas. Estavam embaixo da mesa. Ah, mas ela não devia ir embora! A Srta. Kilman não podia deixar que ela fosse!, essa jovem que era tão bonita, essa menina que ela amava de verdade! Sua grande mão se abriu e fechou sobre a mesa.

Mas talvez estivesse um pouco tedioso de alguma forma, Elizabeth sentiu. E realmente ela gostaria de ir embora.

Mas a Srta. Kilman disse:

– Ainda não terminei.

Claro, então, Elizabeth esperava. Mas estava bem abafado ali.

– Você vai à festa hoje à noite? – a Srta. Kilman perguntou.

Elizabeth achava que iria; sua mãe queria que ela fosse. Ela não devia deixar que as festas a absorvessem, disse a Srta. Kilman, com os últimos cinco centímetros de um éclair de chocolate entre os dedos.

Ela não gostava muito de festas, disse Elizabeth. A Srta. Kilman abriu a boca, projetou ligeiramente o queixo e engoliu os últimos centímetros do éclair de chocolate, depois limpou os dedos e mexeu o chá na xícara. Ela estava a ponto de explodir. A agonia era terrível. Se pudesse abraçá-la, se pudesse agarrá-la, se pudesse torná-la sua absolutamente e para sempre, e depois morrer; isso era tudo o que queria. Mas ficar ali sentada, incapaz de pensar em algo para dizer; ver Elizabeth voltar-se contra ela; sentir-se repulsiva até para ela, era demais; ela não aguentava. Os dedos grossos se curvaram para dentro.

– Eu nunca vou a festas – disse a Srta. Kilman, só para impedir que Elizabeth fosse. – As pessoas não me convidam para festas. – E ao falar ela sabia que esse egoísmo era a sua perdição; o Sr. Whittaker a alertara; mas ela não conseguia evitar. Tinha sofrido terrivelmente. – Por que deveriam me convidar? – perguntou. – Sou comum, sou infeliz. – Ela sabia que era uma idiotice. Mas todas aquelas pessoas que passavam, pessoas com pacotes que a desprezavam, que a fizeram dizer isso. No entanto, ela era Doris Kilman. Tinha seu diploma. Era uma mulher que abrira seu caminho no mundo. Seu conhecimento da história moderna era mais do que respeitável.

– Não é de mim mesma que tenho pena – disse ela. – Tenho pena. – Ela queria dizer de "sua mãe", mas não, não podia, não para Elizabeth. – Tenho mais pena é de outras pessoas – disse.

Como alguma criatura muda levada até um portão com um propósito desconhecido e lá fica, desejando fugir a galope, Elizabeth Dalloway ficou em silêncio. A Srta. Kilman ia dizer mais alguma coisa?

– Não se esqueça de mim – disse Doris Kilman; sua voz tremeu. Imediatamente a criatura muda saiu galopando de terror, até o final do campo.

A grande mão se abriu e fechou.

Elizabeth virou a cabeça. A garçonete veio. Precisa pagar no balcão, Elizabeth disse, e saiu, arrastando, assim a Srta. Kilman sentiu, as entranhas de seu próprio corpo, que se esticaram quando ela atravessou a sala e, em seguida, com uma torção final, abaixou a cabeça muito educadamente e foi embora.

Ela se foi. A Srta. Kilman ficou sentada à mesa de mármore entre os éclairs, atingida uma, duas, três vezes por choques de sofrimento. Ela tinha ido embora. A Sra. Dalloway tinha triunfado. Elizabeth tinha ido embora. A beleza se foi, a juventude se foi.

Sentada ali. Ela se levantou, tropeçou entre as mesinhas, oscilou ligeiramente de um lado para o outro, alguém veio atrás dela com sua anágua, e ela perdeu o rumo, se viu cercada por baús especiais para levar para a Índia; depois, entre os enxovais e lençóis para bebês; por todas as mercadorias do mundo, perecíveis e permanentes, presuntos, drogas, flores, artigos de papelaria, cheiros variados, ora doces, ora ácidos, ela cambaleou; viu-se assim cambaleante, com o chapéu torto, o rosto muito vermelho, de corpo inteiro em um espelho; e finalmente saiu para a rua.

A torre da catedral de Westminster se erguia à sua frente, a morada de Deus. No meio do tráfego, estava a morada de Deus. Obstinadamente, ela partiu com seu pacote para aquele outro santuário, a abadia, onde ergueu as mãos como em uma tenda diante do rosto, e sentou-se ao lado dos que também foram atraídos para o abrigo; os adoradores variados, agora privados de posição social, de seu sexo quase, as mãos erguidas diante do rosto; mas assim que as removiam, instantaneamente reverentes, eram de classe média, homens e mulheres ingleses, alguns deles desejosos de ver as obras de cera.

Mas a Srta. Kilman manteve as mãos em tenda diante do rosto. Ora sozinha; ora acompanhada. Novos fiéis entravam da rua para substituir os que passeavam, e mesmo assim, enquanto as pessoas olhavam em torno e passavam diante do túmulo do Guerreiro Desconhecido, mesmo assim ela mantinha os olhos tampados com os dedos e tentava, nessa dupla escuridão, a luz da abadia era incorpórea, aspirar acima das vaidades, dos desejos, das comodidades, livrar-se tanto do ódio quanto do amor. Suas mãos tremiam. Ela parecia lutar. No entanto, para os outros Deus era acessível e o caminho até Ele era fácil. O Sr. Fletcher, aposentado do Tesouro, a Sra. Gorham, viúva do famoso K.C., aproximavam-se d'Ele com simplicidade e, depois de orar, recostavam-se, apreciavam a música (o órgão soava docemente) e viam a Srta. Kilman no fim da fileira, rezando, rezando e, ainda no limiar de seu mundo subjacente, pensavam nela com simpatia, como uma alma que assombrava o mesmo território; uma alma de substância imaterial; não uma mulher, uma alma.

Mas o Sr. Fletcher precisava sair. Teve de passar por ela e, sendo ele próprio muito primoroso, não pôde evitar ficar um pouco incomodado com o desmazelo da pobre senhora; o cabelo solto; o pacote no chão. Ela não deixou que ele passasse imediatamente. Mas, ali parado, ele olhou ao redor, os mármores brancos, as vidraças cinzentas, os tesouros acumulados (pois ele tinha grande orgulho da abadia), sua grandeza, robustez e força, e ela, ali sentada, a mudar os joelhos de vez em quando (tão áspera a abordagem de seu Deus, tão difíceis os seus desejos), o impressionaram, como haviam impressionado a Sra. Dalloway (ela não conseguia tirar a ideia dela da cabeça aquela tarde), o reverendo Edward Whittaker, e Elizabeth também.

E Elizabeth esperou um ônibus na Victoria Street. Era tão bom estar ao ar livre. Pensou que talvez não precisasse voltar para casa ainda. Era tão bom estar no ar. Então ela pegaria um ônibus. E já, logo ao parar ali, com suas roupas muito bem cortadas, começava... as pessoas começavam a compará-la a choupos, madrugada, jacintos, cervos, água corrente e lírios de jardim; e isso tornava a vida um fardo para ela, porque ela preferia que a deixassem sossegada para fazer o que quisesse no campo, mas a comparavam a lírios, ela tinha que ir a festas, e Londres era tão sombria comparada com estar sozinha no campo com o pai e os cachorros.

Os ônibus arremetiam, paravam, partiam... caravanas berrantes, brilhando com verniz vermelho e amarelo. Mas qual ela devia pegar? Não tinha preferências. Claro, não iria entrar empurrando. Tendia para a passividade. Era de expressão que ela precisava, mas seus olhos eram bons, chineses, orientais e, como dizia sua mãe, com ombros tão bonitos e tão ereta, era sempre encantadora de se olhar; e ultimamente, especialmente à noite, quando ela se interessava, pois nunca parecia animada, ficava quase bonita, muito majestosa, muito serena. No que podia estar pensando? Todos os homens se apaixonavam por ela, e, na realidade, ela ficava terrivelmente entediada. Porque estava começando. Sua mãe percebeu isso... os elogios estavam começando. O fato de ela não se importar com essas coisas, com suas roupas, por exemplo, às vezes preocupava Clarissa, mas talvez estivesse tudo bem com todos aqueles cachorrinhos e porquinhos-da-índia a ponto de ficarem doentes, e isso lhe dava certo encanto. E agora essa estranha amizade com a Srta. Kilman. Bem, pensou Clarissa por volta das três da manhã, lendo o Barão Marbot porque não conseguia dormir, prova que ela tem coração.

De repente, Elizabeth deu um passo à frente e com toda a competência embarcou no ônibus, na frente de todos. Foi sentar no andar superior. A impetuosa criatura, um pirata, avançou, saltou; ela teve de segurar no corrimão para se firmar, pois um pirata era, imprudente, inescrupuloso, avançava impiedoso, virava perigosamente, atrevido arrebatava um passageiro ou ignorava um passageiro, espremia-se como uma enguia, arrogante, e então corria, insolente, todas as velas enfunadas, por Whitehall. E Elizabeth pensou um pouco na pobre Srta. Kilman que a amava sem ciúme, para quem ela era uma corça ao ar livre, uma lua na clareira? Ela estava encantada com a liberdade. O ar fresco tão delicioso. A loja Army and Navy tão abafada. E agora era como cavalgar, correr por Whitehall; e a cada movimento do ônibus, o belo corpo com casaco fulvo reagia livremente como um cavaleiro, como a figura de proa de um navio, pois a brisa a desorganizava ligeiramente; o calor dava a suas bochechas a palidez de madeira pintada de branco; e seus belos olhos, sem olhos para encontrar, olhavam para a frente, vazios, brilhantes, com a incrível inocência de uma escultura.

Era o fato de falar sempre dos próprios sofrimentos que tornava a Srta. Kilman tão difícil. E ela tinha razão? Se fosse participar de comitês e desistir de horas e horas todos os dias (ela quase nunca o via em Londres) em que ajudava os pobres, seu pai fazia isso, só Deus sabe, se era isso que para a Srta. Kilman queria dizer ser cristã; mas era tão difícil dizer. Ah, ela gostaria de ir um pouco mais longe. Mais um penny até o Strand? Aqui estava outro penny então. Ela ia seguir pelo Strand.

Ela gostava de gente doente. E todas as profissões estão abertas às mulheres de sua geração, dissera a Srta. Kilman. Então ela pode ser médica. Pode ser fazendeira. Os animais sempre ficam doentes. Ela podia possuir mil hectares e ter pessoas a seu serviço. Iria vê-los em suas casas. Essa é a Somerset House. Ela podia ser uma fazendeira muito boa, e isso, estranhamente, embora a Srta. Kilman tivesse a sua parte, era quase inteiramente devido a Somerset House. Parecia tão esplêndido, tão sério, aquele grande edifício cinza. E ela gostava da sensação de gente trabalhando. Gostava daquelas igrejas, como formas de papel cinza, ladeando o fluxo do Strand. Ali era bem diferente de Westminster, pensou, e desceu na Chancery Lane. Era tão sério; tão movimentado. Em resumo, ela gostaria de ter uma profissão. Ia ser médica, fazendeira, talvez fosse para o Parlamento, se achasse necessário, tudo por causa do Strand.

Os pés daquelas pessoas ocupadas com suas atividades, mãos colocando pedra sobre pedra, mentes eternamente ocupadas não com conversas triviais (comparar mulheres com choupos, o que era bastante excitante, claro, mas muito bobo), mas com a cabeça em navios, negócios, direito, administração, e tudo isso tão majestoso (ela estava em Temple), alegre (havia o rio), piedoso (havia a igreja), a deixavam bem decidida, dissesse sua mãe o que dissesse, a ser fazendeira ou médica. Mas ela era, é claro, um tanto preguiçosa.

E era muito melhor não falar de nada disso. Parecia tão bobo. Era o tipo de coisa que acontecia às vezes, quando alguém estava sozinho; edifícios sem nomes de arquitetos, multidões que voltavam da cidade e tinham mais poder do que clérigos em Kensington, do que qualquer um dos livros que a Srta. Kilman lhe emprestara, para estimular o que jazia sonolento, desajeitado e tímido no chão arenoso da mente a romper a superfície, como uma criança repentinamente estica os braços; só isso, talvez, um suspiro, um esticar de braços, um impulso, uma revelação, que tem seus efeitos para sempre, e depois descia de novo para o chão arenoso. Ela tem de ir para casa. Tem de se vestir para o jantar. Mas que horas eram? Onde havia um relógio?

Ela olhou a Fleet Street. Caminhou um pouco na direção de St. Paul's, timidamente, como alguém que penetra na ponta dos pés, que explora uma casa estranha à noite com uma vela, com cuidado para o caso de o proprietário de repente escancarar a porta do quarto e perguntar o que ela queria, nem se atreva a vagar por becos estranhos, becos tentadores, não mais do que em uma casa estranha, portas abertas que podem ser portas de quarto ou de sala de estar, ou levar direto à despensa. Porque nenhum Dalloway passava diariamente pelo Strand; ela era uma pioneira, uma perdida, ousada, confiante.

Sob muitos aspectos, sua mãe sentia que ela era extremamente imatura, como uma criança ainda, apegada a bonecas, a chinelos velhos; um perfeito bebê; e isso era encantador. Mas aí, claro, havia na família Dalloway a tradição do serviço público. Abadessas, diretoras, chefes, dignitárias, na república das mulheres; sem serem brilhantes, nenhuma delas, eram essas coisas. Ela avançou um pouco mais na direção de St. Paul. Gostava da hospitalidade, irmandade, maternidade, fraternidade daquele alvoroço. Parecia-lhe bom. O barulho era tremendo; e de repente havia trombetas (os desempregados) tocando, reboando no tumulto; música militar; como se as pessoas estivessem marchando; mesmo que estivessem morrendo; se alguma mulher tivesse dado o último suspiro e quem estivesse assistindo, ao abrir a janela da sala onde ela acabara de cometer aquele ato de suprema dignidade, olhasse para a Fleet Street, aquele alvoroço, aquela música militar teria soado triunfante, consoladora, indiferente. Não era consciente. Não havia naquilo o reconhecimento de um fado ou destino, e por isso mesmo era consolador para aqueles que olhavam, aturdidos, os últimos arrepios de consciência nos rostos dos moribundos. O esquecimento nas pessoas pode ferir, sua ingratidão corroer, mas aquela voz que flui incessantemente, ano após ano, absorve o que quer que seja; esse voto; esse furgão; essa vida; essa procissão os envolveria e levaria avante, como no fluxo áspero de um glaciar, o gelo aprisiona uma lasca de osso, uma pétala azul, alguns carvalhos e os faz rolar.

Porém era mais tarde do que ela imaginava. Sua mãe não ia gostar de ela vagar sozinha desse jeito. Voltou pelo Strand.

Uma lufada de vento (apesar do calor, ventava muito) soprou um fino véu negro sobre o sol e sobre o Strand. Os rostos desbotaram; os ônibus de repente perderam o brilho. Porque, embora as nuvens fossem de um branco montanhoso, a tal ponto que dava para imaginar arrancar lascas duras com uma machadinha, com largas encostas douradas, gramados de jardins celestiais de prazer em seus flancos, e tivessem toda a aparência de habitações reunidas para a conferência de deuses acima do mundo, havia um movimento perpétuo entre elas. Trocavam sinais, quando, como se para cumprir algum esquema já combinado, ora um cume diminuía, ora um bloco inteiro de tamanho piramidal que mantinha seu porte, avançava, inalterado pelo meio, ou conduzia gravemente a procissão a um novo ancoradouro. Por mais fixos que parecessem em seus postos, em repouso, em perfeita unanimidade, nada poderia ser mais fresco, mais livre, mais sensível do que a superfície branca como a neve ou dourada; mudar, ir, desmontar o conjunto solene era imediatamente possível; e, apesar da fixidez grave, da robustez e da solidez acumuladas, ora lançavam luz à terra, ora escuridão.

Com calma e competência, Elizabeth Dalloway subiu no ônibus de Westminster.

A luz e a sombra iam e vinham, acenavam, sinalizavam, ora tornavam a parede cinza, ora as bananas amarelas, ora tornavam o Strand cinza, ora tornavam os ônibus amarelo brilhante, pareciam a Septimus Warren Smith, deitado no sofá da sala; vendo o dourado aquático brilhar e se desvanecer com a surpreendente sensibilidade de alguma criatura viva sobre as rosas, sobre o papel de parede. Lá fora, as árvores arrastavam suas folhas como redes pelas profundezas do ar; havia som da água na sala, e através das ondas vinha o canto dos pássaros. Toda essa força despejava seus tesouros em cima de sua cabeça, e sua mão ali no encosto do sofá, como ele tinha visto sua mão ao se banhar, flutuando, no topo das ondas, enquanto longe, na costa, ouviu cães latindo e latindo ao longe. Não tenha medo mais, diz o coração dentro do corpo; medo não mais.

Ele não tinha medo. A todo momento a Natureza revelava com algum indício risonho como aquela mancha dourada que rodava pela parede, ali, ali, ali, a sua determinação de mostrar o seu sentido ao brandir suas plumas, sacudir seus cachos, mover seu manto para cá e para lá, lindamente, sempre lindamente, e bem de perto soprar, com as mãos em concha, as palavras de Shakespeare.

Sentada à mesa, torcendo um chapéu nas mãos, Rezia o observava; viu que ele sorria. Ele estava feliz então. Mas ela não suportava vê-lo sorrir. Não era casamento; não era ser marido ficar estranho daquele jeito, sempre aos sobressaltos, rindo, hora após hora sentado em silêncio, ou agarrando-a e mandando que escrevesse. A gaveta da mesa estava cheia desses escritos; sobre a guerra; sobre Shakespeare; sobre grandes descobertas; sobre como não existia morte. Ultimamente ele se entusiasmava de repente sem nenhum motivo (e tanto o Dr. Holmes quanto Sir William Bradshaw diziam que entusiasmo era a pior coisa para ele), abanava as mãos e gritava que sabia a verdade! Ele sabia tudo! Aquele homem, seu amigo que foi morto, Evans, tinha vindo, ele disse. Estava cantando atrás do biombo. Ela anotou assim que ele falou. Algumas coisas eram muito bonitas; outras, pura bobagem. E ele sempre parava no meio, mudava de ideia; queria acrescentar alguma coisa; ouvia alguma coisa nova; ouvia, com a mão levantada.

Mas ela não ouvia nada.

E uma vez pegaram a moça que fazia a limpeza lendo um desses papéis às gargalhadas. Foi uma pena horrível. Fez Septimus gritar sobre a crueldade humana, como as pessoas se despedaçavam entre elas. Os que caem, disse, eles despedaçam. "Holmes está em cima da gente", ele dizia, e inventava histórias sobre Holmes; Holmes comendo mingau; Holmes lendo Shakespeare, e rugia de rir ou de raiva, porque o Dr. Holmes parecia representar algo horrível para ele. Chamava-o de "Natureza humana". Em seguida, vieram as visões. Estava afogado, dizia sempre, caído em uma encosta, as gaivotas gritando por cima dele. Ele olhava por cima do sofá e via o mar. Ou ouvia música. Na verdade, era apenas um realejo ou algum homem que gritava na rua. Mas "adorável!", ele exclamava, e as lágrimas corriam por seu rosto, o que era para ela a coisa mais terrível de todas, ver um homem como Septimus, que havia lutado, que era valente, chorar. E ele ficava deitado, ouvindo, até de repente gritar que estava caindo, caindo nas chamas! Ela chegava a procurar as chamas, era tão vívido. Mas não havia nada. Estavam sozinhos na sala. Era um sonho, ela dizia a ele e por fim o acalmava, mas às vezes também ficava com medo. Ela suspirou enquanto costurava.

Seu suspiro era terno, encantador, como o vento em torno de um bosque ao anoitecer. Ora abaixava a tesoura; ora se virava para pegar algo da mesa. Um pequeno movimento, um pequeno roçar, uma pequena batida gerava algo ali na mesa, onde estava sentada, costurando. Por entre os cílios, ele via seu contorno borrado; o corpo pequeno, de preto; o rosto e mãos; seus movimentos ao se virar à mesa, quando pegava um carretel ou procurava (tendia a perder as coisas) um fio. Estava fazendo um chapéu para a filha casada da Sra. Filmer, cujo nome era... ele tinha esquecido o nome dela.

– Como é o nome da filha casada da Sra. Filmer? – ele perguntou.

– Sra. Peters – disse Rezia. Estava com medo de que fosse muito pequeno, disse, segurando o chapéu diante de si. A Sra. Peters era uma mulher grande; mas Rezia não gostava dela. Só porque a Sra. Filmer tinha sido tão boa com eles. – Ela me deu uvas hoje de manhã – disse, é que Rezia queria fazer algo para mostrar que estavam agradecidos. Outra noite, ela entrou na sala e encontrou a Sra. Peters, que pensou que eles estavam fora, tocando o gramofone.

– Verdade? – ele perguntou. – Ela estava tocando o gramofone? – Estava; ela havia contado para ele quando aconteceu; encontrou a Sra. Peters tocando o gramofone.

Ele começou, muito cauteloso, a abrir os olhos para ver se havia realmente um gramofone ali. Mas coisas reais, coisas reais eram excitantes demais. Precisava tomar cuidado. Não ia ficar louco. Primeiro, olhou as revistas de moda na prateleira de baixo, depois, aos poucos, o gramofone com a corneta verde. Nada podia ser mais exato. Então, reuniu coragem, olhou para o aparador; o prato de bananas; a gravura da rainha Vitória e do príncipe consorte; o aparador da lareira, com o jarro de rosas.

Nenhuma dessas coisas mudou de lugar. Todas estavam imóveis; eram todas reais.

– Ela é uma mulher de língua ferina – disse Rezia.

– O que o Sr. Peters faz? – Septimus perguntou.

– Ah – disse Rezia, e tentou se lembrar. Achava que a Sra. Filmer tinha dito que ele trabalhava para alguma companhia. – Agora mesmo ele está em Hull – ela disse. – Agora mesmo! – ela disse com seu sotaque italiano. Ela mesma disse isso. Ele cobriu os olhos para ver só um pouco do rosto dela de cada vez, primeiro o queixo, depois o nariz, depois a testa, caso estivesse deformada ou tivesse alguma marca terrível. Mas não, ali estava ela, perfeitamente natural, costurando, com os lábios franzidos que as mulheres fazem, o conjunto, a expressão melancólica, enquanto costurava. Mas não havia nada de terrível nisso, ele garantiu a si mesmo, e procurou uma segunda vez, uma terceira vez no rosto dela, nas mãos, o que havia de assustador ou repulsivo nela, sentada em plena luz do dia, costurando? A Sra. Peters tinha a língua viperina. O Sr. Peters estava em Hull. Por que então a raiva e a profecia? Por que fugir flagelado e enjeitado? Por que tremer e soluçar pelas nuvens? Por que buscar verdades e entregar mensagens quando Rezia estava prendendo alfinetes no peito do vestido e o Sr. Peters estava em Hull? Milagres, revelações, agonias, solidão, caindo no mar, afundando, afundando nas chamas, tudo se queimara, pois ele teve a sensação, ao observar Rezia ajeitando o chapéu de palha para a Sra. Peters, de uma colcha de flores.

– É muito pequeno para a Sra. Peters – disse Septimus.

Pela primeira vez em dias, ele falava como sempre! Claro que era, absurdamente pequeno, ela disse. Mas a Sra. Peters que escolheu.

Ele o tirou das mãos dela. Disse que era um chapéu para macaco de realejo.

Como isso a alegrava! Há semanas eles não riam juntos assim, caçoando de alguém em particular, como pessoas casadas.

O que ela queria dizer era que, se a Sra. Filmer entrasse, ou a Sra. Peters, ou qualquer outra pessoa, não iam entender do que ela e Septimus estavam rindo.

– Pronto – ela disse ao prender uma rosa na lateral do chapéu. Nunca se sentira tão feliz! Nunca em sua vida!

Mas aquilo estava ainda mais ridículo, Septimus disse. Agora a pobre mulher ia parecer um porco numa feira. (Ninguém nunca a fazia rir como Septimus.)

O que ela tinha em sua caixa de trabalho? Tinha fitas e contas, borlas, flores artificiais. Ela jogou tudo na mesa. Começou a juntar cores estranhas, porque, embora ele não tivesse boa mão, não conseguisse nem fazer um embrulho, tinha um olho fantástico e, muitas vezes, tinha razão, às vezes era absurdo, claro, mas às vezes maravilhosamente certo.

– Ela tem de receber um lindo chapéu! – ele murmurou, pegou isso e aquilo, Rezia ajoelhada ao seu lado, olhando por cima do ombro. Então estava pronto; quer dizer, o modelo; ela tinha de costurar. Mas tinha de ter muito, muito cuidado, disse ele, para deixar exatamente como ele tinha feito.

Ela então costurou. Quando costurava, ele pensou, ela fazia um som parecido com uma chaleira no fogão; borbulhava, murmurava, sempre ocupada, os dedos pequenos e pontudos beliscavam, cutucavam; a agulha brilhava, reta. O sol podia entrar e sair, nas borlas, no papel de parede, mas ele esperaria, pensou, esticando os pés, olhou a meia listrada na ponta do sofá; ia esperar naquele lugar quente, naquela bolsa de ar parado, que às vezes se forma na beira de uma floresta à noite, quando, por causa de um baixio no solo, ou algum arranjo das árvores (é preciso ser científico acima de tudo, científico), o calor perdura e o ar roça a face como a asa de um pássaro.

– Pronto – disse Rezia, a girar o chapéu da Sra. Peters na ponta dos dedos. – Isso basta por agora. Mais tarde... – a frase borbulhou, pingou, pingou, pingou, como uma torneira contente esquecida aberta.

Era uma maravilha. Nunca fizera nada que o deixasse tão orgulhoso. Era tão real, tão substancial, o chapéu da Sra. Peters.

– Olhe só – disse ele.

Sim, ela sempre ficaria feliz de olhar para aquele chapéu. Ele voltara a ser ele mesmo, dera risada então. Tinham ficado juntos, sozinhos. Ela sempre gostaria daquele chapéu. Ele falou para ela experimentar.

– Mas vou ficar tão esquisita! – ela exclamou, correu para o espelho, primeiro olhou de um lado e outro. Então arrancou-o de novo, porque bateram na porta. Seria Sir William Bradshaw? Teria já mandado?

Não!, era só a menininha com o jornal da tarde.

O que sempre acontecia aconteceu então; o que acontecia todas as noites de suas vidas. A garotinha na porta chupava o polegar; Rezia se pôs de joelhos; Rezia arrulhou, a beijou; Rezia pegou um saco de balas da gaveta da mesa. Porque isso acontecia sempre. Primeiro uma coisa, depois outra. Então ela organizou, primeiro uma coisa e depois outra. Dançaram, pularam, deram voltas e mais voltas pela sala. Ele pegou o jornal. Surrey estava fora da competição, ele leu. Havia uma onda de calor. Rezia repetiu: Surrey fora da competição. Há uma onda de calor, integrando aquilo à brincadeira que fazia com a neta da Sra. Filmer, as duas rindo, falando ao mesmo tempo na brincadeira. Ele estava muito cansado. Ele estava muito feliz. Ele ia dormir. Ele fechou os olhos. Mas, imediatamente, assim que não viu nada, os sons da brincadeira ficaram mais fracos e estranhos, pareciam os gritos de pessoas que procuram e não encontram, cada vez mais longe. Elas tinham perdido contato com ele!

Ele se sobressaltou. O que viu? O prato de bananas no aparador. Não havia ninguém (Rezia tinha levado a criança para a mãe. Era hora de dormir). Era isso: ficar sozinho para sempre. Essa foi a condenação pronunciada em Milão quando ele entrou na sala e as viu cortando formas de entretela com suas tesouras; ficar sozinho para sempre.

Ele estava sozinho com o aparador e as bananas. Ele estava sozinho, exposto naquela proeminência sombria, estendido; mas não no topo de uma colina; não em um penhasco; no sofá da sala de estar da Sra. Filmer. Quanto às visões, aos rostos, às vozes dos mortos, onde estavam? Havia uma tela na frente dele, com juncos pretos e andorinhas azuis. Onde tinha visto montanhas, onde ele tinha visto rostos, onde ele tinha visto beleza, havia uma tela.

– Evans! – ele exclamou. Não houve resposta. Um rato guinchou ou uma cortina farfalhou. Essas eram as vozes dos mortos. A tela, o balde de carvão, o aparador continuavam com ele. Ele que enfrentasse a tela, o depósito de carvão e o aparador... mas Rezia irrompeu na sala tagarelando.

Alguma carta chegara. Os planos de todos foram alterados. A Sra. Filmer não poderia ir a Brighton, afinal. Não havia tempo para informar a Sra. Williams, e realmente Rezia achava muito, muito irritante, quando avistou o chapéu e pensou... talvez... ela... pudesse apenas... Sua voz morreu em uma melodia satisfeita.

– Ah, droga! – ela exclamou (era uma brincadeira deles, ela praguejar), a agulha tinha quebrado. Chapéu, menina, Brighton, agulha. Ela organizou; primeiro uma coisa, depois outra, organizou, costurando.

Ela queria que ele dissesse se, ao mudar a rosa de lugar, tinha melhorado o chapéu. Ela se sentou na ponta do sofá.

Estavam absolutamente felizes agora, disse ela, de repente, e pôs o chapéu na mesa. Pois ela poderia dizer qualquer coisa a ele agora. Ela poderia dizer o que quer que lhe viesse à cabeça. Essa foi quase a primeira coisa que ela sentira por ele, naquela noite no café quando ele entrou com seus amigos ingleses. Ele havia entrado, meio tímido, olhando em volta, e seu chapéu caiu quando o pendurou. Isso ela conseguia lembrar. Ela sabia que ele era inglês, embora não fosse um dos ingleses grandes que sua irmã admirava, porque ele sempre foi magro; mas tinha frescor no tom de pele; o nariz grande, os olhos brilhantes, a maneira de sentar um pouco encurvada a fazia pensar, ela sempre lhe dizia, em um jovem falcão, naquela primeira noite em que o viu, quando jogavam dominó, e ele tinha entrado, um jovem falcão; mas com ela sempre foi muito gentil. Ela nunca o tinha visto descontrolado ou bêbado, apenas sofrendo às vezes por essa guerra terrível, mas mesmo assim, quando ela entrava, ele afastava tudo isso. Qualquer coisa, qualquer coisa no mundo inteiro, qualquer pequeno incômodo com seu trabalho, qualquer coisa que a incomodasse ela contava a ele, e ele entendia imediatamente. Sua própria família não era desse jeito. Mais velho do que ela e tão inteligente; como ele era sério, querendo que ela lesse Shakespeare antes mesmo de ler uma história infantil em inglês!, muito mais experiente, ele podia ajudá-la. E ela também podia ajudá-lo.

Mas esse chapéu agora. E então (estava ficando tarde), Sir William Bradshaw.

Ela levou as mãos à cabeça, esperando que ele dissesse se gostava ou não do chapéu, e ela sentada ali, esperando, de olhos baixos, ele era capaz de sentir sua mente, como um pássaro, caindo de galho em galho, e pousando sempre direito; ele era capaz de acompanhar sua mente, ali sentada em uma daquelas posturas relaxadas que vinham a ela naturalmente e, se ele dissesse alguma coisa, imediatamente ela iria sorrir, como um pássaro pousando com todas as suas garras firmes no galho.

Mas ele lembrou o que Bradshaw dissera: "As pessoas de quem mais gostamos não são boas para nós quando estamos doentes". Bradshaw dissera que tinham de ensinar a ele descansar. Bradshaw dissera que era preciso separar os dois.

"É preciso", "é preciso", por que "é preciso"? Que poder Bradshaw tinha sobre ele?

– Que direito tem Bradshaw de dizer "é preciso" para mim?
– ele perguntou.

– É porque você falou em se matar – disse Rezia. (Felizmente, ela agora podia dizer qualquer coisa a Septimus.)

Então ele estava em poder deles! Holmes e Bradshaw estavam em cima dele! O brutamontes com as narinas vermelhas farejava todos os lugares secretos! "Deve", ele podia dizer! Onde estavam seus papéis? As coisas que tinha escrito? Ela trouxe os papéis, coisas que ele havia escrito, coisas que ela havia escrito por ele. Ela os espalhou no sofá. Os dois olharam juntos. Esquemas, desenhos, homenzinhos e mulherzinhas brandindo varas no lugar dos braços, com asas (era isso?) nas costas; círculos traçados em torno de xelins e seis pence: os sóis e as estrelas; precipícios em ziguezague com montanhistas subindo amarrados uns aos outros, exatamente como facas e garfos; cenas de mar com rostinhos rindo do que talvez fossem ondas: o mapa do mundo. Queime tudo!, ele exclamou. Agora os seus escritos; como os mortos que cantam atrás de arbustos de rododendros; odes ao Tempo; conversas com Shakespeare; Evans, Evans, Evans; suas mensagens dos mortos; não corte as árvores; diga ao primeiro-ministro. Amor universal: o sentido do mundo. Queime tudo!, ele exclamou.

Mas Rezia pôs as mãos em cima deles. Alguns eram muito bonitos, pensou. Ia amarrá-los (uma vez que não tinha envelope) com um pedaço de linha.

Mesmo que o levassem, disse ela, iria junto com ele. Não podiam separá-los contra a vontade, disse ela.

Ajeitou as pontas, dobrou os papéis e amarrou quase sem olhar, sentada ao lado dele, ele pensou, como se todas as suas pétalas estivessem em torno dela. Ela era uma árvore florida; e através dos galhos olhava o rosto de um legislador, que havia alcançado um santuário onde ela não temia ninguém; nem Holmes; nem Bradshaw; um milagre, um triunfo, o último e maior. Tonto, ele a viu subir a escadaria apavorante, carregando Holmes e Bradshaw, homens que nunca pesaram menos de setenta quilos, que mandaram suas esposas para a Corte, homens que ganhavam dez mil por ano e falavam de proporção; que, diferentes em seus veredictos (pois Holmes dizia uma coisa, Bradshaw outra), eram juízes; que misturavam a visão e o aparador; que não viam nada claro, mas governavam, infligiam. "É preciso", eles disseram. Sobre eles ela triunfou.

– Pronto! – ela disse. Os papéis estavam amarrados. Ninguém teria acesso a eles. Ela ia guardá-los.

E, disse, nada os separaria. Sentou-se ao lado dele, chamou-o pelo nome daquele falcão ou corvo que, malicioso e grande destruidor de colheitas, era exatamente igual a ele. Ninguém podia separá-los, ela disse.

Então se levantou para ir ao quarto embalar as coisas, mas, ao ouvir vozes embaixo, e pensando que o Dr. Holmes talvez tivesse aparecido, desceu correndo para impedir que ele subisse.

Septimus ouviu a conversa dela com Holmes na escada.

– Minha cara senhora, venho como amigo – Holmes disse.

– Não. Não vou permitir que o senhor veja meu marido – disse ela.

Ele a via como uma pequena galinha com as asas abertas, impedindo a passagem. Mas Holmes insistia.

– Minha cara senhora, permita que eu... – Holmes disse e a empurrou para o lado (Holmes era um homem de constituição poderosa).

Holmes estava subindo. Holmes ia escancarar a porta. Holmes diria "Numa baixa, hein?", Holmes ia pegá-lo. Mas não; nem Holmes; nem Bradshaw. Ele se levantou muito vacilante, na verdade, pulando de um pé para o outro, ele considerou a bela faca de pão limpa da Sra. Filmer com "Pão" gravado no cabo. Ah, mas não se deve estragar isso. O fogo de gás? Mas já era tarde demais. Holmes estava chegando. Podia pegar as navalhas, mas Rezia, que sempre fazia esse tipo de coisa, as tinha embrulhado. Restava apenas a janela, a grande janela da pensão de Bloomsbury, a tarefa cansativa, incômoda e um tanto melodramática de abrir a janela e se jogar para fora. Era a ideia deles de tragédia, não dele ou de Rezia (já que ela estava com ele).

Holmes e Bradshaw gostam desse tipo de coisa. (Ele se sentou no parapeito.) Mas esperaria até o último momento. Ele não queria morrer. A vida era boa. O sol, quente. Apenas seres humanos... o que eles queriam? Um velho que descia a escada em frente parou e olhou para ele. Holmes estava na porta. "Te dou o que você quer!", ele gritou e se jogou vigorosamente, com violência, nas grades da área da Sra. Filmer.

– Covarde! – o Dr. Holmes gritou ao abrir a porta. Rezia correu para a janela, ela viu; ela entendeu. O Dr. Holmes e a Sra. Filmer colidiram um com o outro. A Sra. Filmer sacudiu o avental e fez ela tapar os olhos no quarto. Havia um grande movimento para cima e para baixo na escada. O Dr. Holmes entrou, branco como papel, todo trêmulo, com um copo na mão. Ela tinha de ser corajosa e beber alguma coisa, disse ele (O que era? Algo doce), porque o marido dela estava horrivelmente mutilado, não ia recuperar a consciência, ela não devia vê-lo, devia ser poupada o máximo possível, teria o inquérito pela frente, pobre moça. Quem poderia ter previsto isso? Um impulso repentino, ninguém tinha a menor culpa (disse à Sra. Filmer). E por que diabos ele fez isso, o Dr. Holmes não conseguia conceber.

Ao tomar a bebida doce, ela teve a impressão de que abria janelas compridas, saía para algum jardim. Mas onde? O relógio estava batendo, uma, duas, três: como o som era sensato, comparado a todos os passos e sussurros; igual ao próprio Septimus. Ela estava adormecendo. Mas o relógio continuava a bater: quatro, cinco, seis, e a Sra. Filmer sacudia o avental (não iam trazer o corpo para cá, não é?) e parecia fazer parte daquele jardim; ou uma bandeira. Certa vez, ela vira uma bandeira tremulando lentamente em um mastro quando ficou com sua tia em Veneza. Homens mortos em batalha eram saudados assim, e Septimus estivera na guerra. De suas lembranças, a maior parte era feliz.

Ela pôs o chapéu e correu por campos de trigo, onde podia ter sido?, até alguma colina, algum lugar perto do mar, pois havia navios, gaivotas, borboletas; sentaram-se em um penhasco.

Também em Londres, os dois se sentaram e, meio sonhando, vieram até ela pela porta do quarto, sussurros, chuva caindo, movimento em meio ao trigo seco, a carícia do mar, e lhe pareceu despejá-los de sua concha arqueada e murmurar para ela deitada na praia, espalhada, ela sentiu, como flores que voam sobre uma tumba.

– Ele morreu – disse ela, e sorriu para a pobre velha que a guardava com seus honestos olhos azuis-claros fixos na porta. (Não iam trazê-lo para cá, não é?) Mas a Sra. Filmer descartou. Ah, não, ah, não! Iam levá-lo embora agora. Ela não deveria ser avisada? Casais precisam ficar juntos, pensou a Sra. Filmer. Mas tinham de fazer o que o médico mandou.

– Deixe a moça dormir – disse o Dr. Holmes, tomando o pulso dela. Ela viu o grande contorno de seu corpo escuro contra a janela. Então esse era o Dr. Holmes.

* * *

Um dos triunfos da civilização, pensou Peter Walsh. É um dos triunfos da civilização, quando soou a sirene aguda e leve da ambulância. Depressa, sem obstáculos, a ambulância correu para o hospital, depois de recolher instantaneamente, humanamente, um pobre diabo; alguém que levou um golpe na cabeça, vítima de doença, atropelado talvez há cerca de um minuto ou mais, em um desses cruzamentos, como pode acontecer a qualquer um. Isso era civilização. Ao voltar do Oriente, estava impressionado; a eficiência, a organização, o espírito comunitário de Londres. Cada carro ou caminhão se afastava voluntariamente para deixar a ambulância passar. Talvez fosse mórbido; ou, antes, não seria comovente o respeito que demonstravam por essa ambulância com sua vítima dentro, homens ocupados que voltavam para casa com pressa e lembravam imediatamente de alguma esposa; ou, é de se presumir, que podia facilmente eles próprios estarem ali, estendidos em uma maca com um médico e uma enfermeira... Ah, mas o pensamento começava a ficar mórbido, sentimental, quando nos lembramos de médicos, de cadáveres; um leve brilho de prazer, uma espécie de luxúria até pela impressão visual, alertava para não continuar com esse tipo de coisa, fatal para a arte, fatal para a amizade. Verdade. E, no entanto, Peter Walsh pensou quando a ambulância virou a esquina, embora ainda desse para ouvir a sirene aguda pela rua seguinte e ainda mais longe, ao atravessar a Tottenham Court Road, soando constante, o privilégio da solidão; na intimidade, a gente pode fazer o que quiser. Se ninguém está vendo, podemos chorar. Tinha sido a sua ruína essa suscetibilidade na sociedade anglo-indiana; não chorar na hora certa, nem rir. Eu tenho dentro de mim, ele pensou, ao lado da caixa de correio, algo que pode se dissolver em lágrimas agora mesmo. Ora, só Deus sabe. Algum tipo de beleza, talvez, e o peso do dia que, depois do começo com aquela visita a Clarissa, o havia exaurido de calor, a intensidade e o gotejar, gotejar, de uma impressão depois da outra, para dentro daquele porão onde estavam, profundo, escuro e que ninguém jamais encontraria. Em parte por isso, por esse segredo, completo e inviolável, ele considerava a vida um jardim desconhecido, cheio de curvas e esquinas, surpreendente, sim; realmente de tirar o fôlego, esses momentos. E vinha-lhe ali, junto à caixa de correio em frente ao Museu Britânico, um desses, um momento em que as coisas se juntavam; aquela ambulância; vida e morte. Como se ele tivesse sido sugado para um telhado muito alto por aquela onda de emoção, e o resto dele, como uma praia salpicada de conchas brancas, fosse deixado nu. Tinha sido a sua ruína na sociedade anglo-indiana, essa suscetibilidade.

Uma vez, Clarissa no alto de um ônibus com ele, indo para algum lugar, Clarissa, pelo menos superficialmente, que se comovia com tanta facilidade, agora em desespero, agora no melhor dos espíritos, toda trêmula naquela época e tão boa companhia, focava pequenas cenas estranhas, nomes, pessoas ali do alto de um ônibus, porque costumavam explorar Londres e trazer sacolas cheias de tesouros do mercado Caledonian;

Clarissa tinha uma teoria naquela época, tinham uma porção de teorias, sempre teorias, como todo jovem. Era para explicar a sensação de insatisfação; não conhecer pessoas; não ser conhecido. Pois como eles poderiam se conhecer? Encontravam-se todos os dias; depois, nada não por seis meses, ou anos. Concordaram que era insatisfatório conhecer tão pouco as pessoas. Mas, sentada no ônibus que subia a Shaftesbury Avenue, ela disse que se sentia em toda parte; não "aqui, aqui, aqui"; e batia no encosto do banco; mas em todos os lugares. Ela acenou com a mão, subindo a Shaftesbury Avenue. Ela era tudo aquilo, de forma que, para conhecê-la, ou a qualquer pessoa, é preciso buscar as pessoas que nos completam; até mesmo os lugares. Fortuitas afinidades que tinha com pessoas com quem nunca havia falado, uma mulher na rua, um homem atrás de um balcão, até mesmo árvores ou celeiros. Terminou com uma teoria transcendental que, devido a seu horror pela morte, permitia-lhe acreditar, ou dizer que acreditava (apesar de todo o seu ceticismo), que mesmo a nossa aparência, a parte de nós que aparece, é tão momentânea comparada com a outra, com a parte invisível de nós, que se expande, ampla, que o invisível pode sobreviver, ser recuperado de alguma forma, ligado a esta ou aquela pessoa, ou mesmo assombrando certos lugares após a morte... talvez... talvez.

Em retrospecto, olhando para aquela longa amizade de quase trinta anos, a teoria dela funcionava até esse ponto. Breves, fragmentados, muitas vezes dolorosos como tinham sido seus encontros reais com as ausências e interrupções (esta manhã, por exemplo, Elizabeth entrou, como um potro de pernas compridas, bonito, mudo, exatamente quando ele começava a falar com Clarissa), o efeito deles em sua vida era incomensurável. Havia um mistério nisso. Receber um grão duro, pontiagudo, incômodo: o encontro em si; terrivelmente doloroso a maioria das vezes; ainda assim, na ausência, nos lugares mais improváveis, ele florescia, se abria, espalhava seu perfume, permitia tocar, provar, olhar em torno, viver toda a sensação e compreensão, depois de anos perdidos. Assim ela tinha vindo a ele; a bordo do navio; no Himalaia; sugerida pelas coisas mais estranhas (assim Sally Seton, ingênua generosa e entusiasta!, pensava nele quando via hortênsias azuis). Ela o influenciara mais do que qualquer pessoa que ele conhecia. E lhe vinha sempre assim, sem que ele desejasse, cheia de frescor, feminina, crítica; ou arrebatadora, romântica, relembrando algum campo ou colheita inglesa. Ele a via mais no campo, não em Londres. Uma cena após a outra em Bourton...

Ele chegou ao hotel. Atravessou o saguão, com seus montes de cadeiras e sofás avermelhados, suas plantas pontiagudas que pareciam murchas. Pegou a chave do gancho. A jovem entregou-lhe algumas cartas. Ele subiu... ele a via com mais frequência em Bourton, no final do verão, quando passava lá uma semana, ou mesmo quinze dias, fazia-se isso naquela época. Primeira a chegar ao topo de alguma colina, ela parava, as mãos coladas aos cabelos, a capa esvoaçando, apontava e gritava para eles: estava vendo o rio Severn lá embaixo. Ou numa floresta, fazendo a chaleira ferver, muito inábil com os dedos; a fumaça fazia uma mesura, soprava em seus rostos; o rostinho rosado dela visível através; implorava água a uma velha em uma cabana, que veio até a porta para vê-los partir. Caminhavam sempre; os outros iam de carro. Ela se entediava ao dirigir, não gostava de animais, a não ser daquele cachorro. Caminhavam por quilômetros de estrada. Ela parava para se orientar, guiá-lo de volta pelo campo; e o tempo todo discutiam, discutiam poesia, discutiam pessoas, discutiam política (ela era radical na época); nunca notavam nada, a não ser quando ela parava, exclamava diante de uma vista ou de uma árvore e o fazia olhar com ela; e assim seguiam, por campos de restolho, ela na frente, com uma flor para a tia, nunca se cansava de caminhar apesar de toda sua delicadeza; chegavam em Bourton ao anoitecer. Então, depois do jantar, o velho Breitkopf abria o piano e cantava sem ter voz, e ficavam afundados nas poltronas, tentavam não rir, mas nunca resistiam e riam, riam, riam de nada. Breitkopf não podia ver. E então pela manhã, iam e vinham como uma alvéola na frente da casa...

Ah, era uma carta dela! Aquele envelope azul; a caligrafia era dela. E ele teria que ler. Ali estava mais uma daquelas reuniões, fadada a ser dolorosa! Ler sua carta exigia imenso esforço. "Celestial ver você. Ela tinha de dizer isso." Apenas isso. Mas o aborreceu. Irritou-o. Preferia que ela não tivesse escrito. Aquilo, somado a seus pensamentos, era como uma cotovelada nas costelas. Por que não podia deixá-lo em paz? Afinal, ela tinha se casado com Dalloway e vivia com ele em perfeita felicidade esses anos todos.

Esses hotéis não são lugares consoladores. Longe disso. Um imenso número de pessoas pendurara os chapéus naqueles ganchos. Até as moscas, pensando bem, pousaram no nariz de outras pessoas. Quanto à limpeza com que deu de cara, não era limpeza, era desolação, frigidez; algo que tinha que ser. Alguma matrona árida fazia rondas ao amanhecer, farejava, espiava, fazia as criadas de nariz azulado vasculharem por todo lado, como se o próximo visitante fosse um pedaço de carne a ser servido em uma travessa perfeitamente limpa. Para dormir, uma cama; para sentar, uma poltrona; para escovar os dentes e barbear o queixo, um copo, um espelho. Livros, cartas, roupão escorregavam na impessoalidade da crina como impertinências incongruentes. E foi a carta de Clarissa que o fez ver tudo isso. "Celestial ver você. Ela tinha de dizer isso!" Ele dobrou o papel; empurrou-o para longe; nada o induziria a lê-lo novamente!

Para ele receber aquela carta às seis horas, ela devia ter se sentado e escrito imediatamente depois que ele a deixou; selou; enviou alguém para o correio. Era, como dizem, a cara dela. Ficara chateada com a visita dele. Tinha sentido muita coisa; por um momento, quando ela beijou sua mão, ela se arrependeu, até o invejou, possivelmente se lembrou (pois ele viu ela demonstrar isso) de algo que ele disse; como eles mudariam o mundo se ela se casasse com ele talvez; no entanto, era isto; era a meia-idade; era a mediocridade; então ela fez um esforço, com sua indomável vitalidade, para esquecer tudo isso, uma vez que havia nela um fio de vida que, por firmeza, resistência, capacidade de superar obstáculos e fazê-la seguir triunfante, ele jamais conhecera. Sim; mas haveria uma reação imediata assim que ele saiu da sala. Ela ficaria terrivelmente penalizada por ele; pensaria no que diabos poderia fazer para dar prazer a ele (a quem sempre faltava uma coisa), e ele podia vê-la com lágrimas correndo pelo rosto, a caminho da escrivaninha, para soltar aquela frase que ele deveria receber como saudação... "Celestial ver você!" E era verdade.

Peter Walsh tinha desamarrado as botas.

Mas não teria sido um sucesso, o casamento deles. A outra coisa, afinal, vinha com muito mais naturalidade.

Estranho; era verdade; muita gente sentia isso. Peter Walsh, que se saíra de maneira apenas respeitável, preenchera os cargos habituais de forma adequada, era querido, mas considerado um pouco ranzinza, fazia pose – era estranho que tivesse tido, especialmente agora que estava grisalho, uma aparência satisfeita; um ar de quem não revelava tudo. Era isso que o tornava atraente para mulheres que gostavam da sensação de que ele não era totalmente viril. Havia algo incomum nele, ou atrás dele. Talvez fosse estudioso; nunca ia ver ninguém sem pegar o livro sobre a mesa (ele agora estava lendo, com os cadarços das botas arrastando no chão); ou talvez fosse um cavalheiro, o que se revelava na maneira como batia as cinzas do cachimbo, e, é claro, em seus modos com as mulheres. Porque era muito charmoso e bastante ridícula a facilidade com que uma garota sem um pingo de bom senso conseguia fazer dele o que quisesse. Mas por sua própria conta e risco. Quer dizer, embora ele pudesse ser sempre muito fácil e, de fato, com sua alegria e boa educação, era uma companhia fascinante, isso ia apenas até certo ponto. Ela disse algo... não, não; ele viu através dela. Ele não suportava que... não, não. E era capaz de gritar, se agitar, rir até doer-lhe o lado de alguma piada com os homens. Ele foi o melhor juiz de culinária da Índia. Ele era um homem. Mas não o tipo de homem que se deve respeitar; o que era um alívio; não como o major Simmons, por exemplo; nem um pouco assim, pensava Daisy, quando, apesar de seus dois filhos pequenos, costumava compará-los.

Ele tirou as botas. Esvaziou os bolsos. Junto com o canivete, veio uma foto de Daisy na varanda; Daisy toda de branco, com um *fox-terrier* ao lado; muito charmosa, muito morena; no melhor momento que ele já vira. Afinal, aconteceu de um jeito tão natural; muito mais natural que com Clarissa. Sem confusão. Sem problema. Sem agitação, sem espernear. Tudo de vento em popa. E a garota morena, adoravelmente bonita na varanda exclamou que (ele podia ouvi-la ainda), claro, claro, daria tudo a ele!, ela exclamou (não tinha nenhum senso de discrição), tudo o que ele quisesse!, exclamou, e correu ao encontro dele, apesar de quem estivesse olhando. E tinha apenas 24 anos. E tinha dois filhos. Bem, bem!

Bem, na sua idade, ele de fato se metera em uma confusão. E isso lhe ocorreu quando acordou de repente no meio da noite. Digamos que eles se casassem? Para ele estaria tudo muito bem, mas e ela? A Sra. Burgess, boa gente e nada tagarela, em quem ele havia confiado, achava que essa ausência dele na Inglaterra, aparentemente para ver advogados, poderia servir para levar Daisy a reconsiderar, pensar no que isso significava. Era uma questão de posição, disse a Sra. Burgess; a barreira social; desistir dos filhos. Qualquer dia desses, ela ficaria uma viúva com um passado, vagando pelos subúrbios, ou mais provavelmente indiscriminada (você sabe, ela disse, como ficam essas mulheres, com muita maquiagem). Mas Peter Walsh desdenhou isso tudo. Ele não tencionava morrer ainda. De qualquer forma, ela devia resolver por si mesma; julgar por si mesma, ele pensou, andando de meias pelo quarto, alisando a camisa de cerimônia, pois talvez fosse à festa de Clarissa, ou poderia ir a um teatro de variedades, ou poderia se acomodar e ler um livro absorvente escrito por um homem que conhecera em Oxford. E se de fato se aposentasse, isso é o que faria: escreveria livros. Iria para Oxford e vasculharia a biblioteca Bodleian. Em vão, a garota morena e adoravelmente bonita correu para o fim do terraço; em vão acenou com a mão; em vão gritou que não ligava para o que as pessoas diziam. Lá estava ele, o homem que para ela era todo um mundo, perfeito cavalheiro, fascinante, distinto (e sua idade não fazia a menor diferença para ela), que andava por um quarto de hotel em Bloomsbury, se barbeava, se lavava, e ia continuar, enquanto pegava potes e largava lâminas de barbear, a pesquisar na Bodleian e descobrir a verdade sobre uma ou duas questõezinhas que o interessavam. E bateria um papo com quem quer que fosse, e assim passava a desconsiderar cada vez mais horários rígidos de almoço, perderia compromissos, e quando Daisy lhe pedisse, como pediria, um beijo, faria uma cena, não compareceria como era devido (embora fosse genuinamente dedicado a ela); em resumo, talvez fosse melhor, como disse a Sra. Burgess, que ela o esquecesse, ou se lembrasse apenas como ele era em agosto de 1922, como uma figura parada na encruzilhada ao anoitecer, que fica mais e mais distante à medida que o cabriolé roda e a leva bem presa ao banco de trás, embora os braços estejam estendidos, e ao ver a figura diminuir e desaparecer, ela ainda grita que faria qualquer coisa no mundo, qualquer coisa, qualquer coisa, qualquer coisa...

    Ele nunca sabia o que as pessoas pensavam. Ficava mais e mais difícil para ele se concentrar. Tornou-se absorto; tomado por suas próprias preocupações; ora mal-humorado, ora alegre; dependente de mulheres, distraído, temperamental, cada vez menos capaz (assim ele pensava enquanto se barbeava) de entender por que Clarissa não podia simplesmente encontrar acomodação para eles e ser atenciosa com Daisy; apresentá-la. E então ele poderia apenas... apenas o quê?, apenas divagar e vagar (de fato, no momento estava ocupado em separar várias chaves, papéis), mergulhar e fruir, estar sozinho, em resumo, autossuficiente; e, no entanto, ninguém, claro, era mais dependente dos outros (ele abotoou o colete); tinha sido sua desgraça. Ele não conseguia evitar salas de fumar, gostava de coronéis, gostava de golfe, gostava de bridge e, acima de tudo, de companhia feminina, e da delicadeza de sua proximidade, sua fidelidade, audácia, grandeza no amor que, embora tivesse seus problemas, parecia-lhe (e o rosto moreno, adorável, bonito em cima dos envelopes) tão totalmente admirável, uma flor tão esplêndida que crescia no pico da vida humana, e no entanto ele não conseguia chegar à coisa em si, sempre capaz de enxergar além das coisas (Clarissa havia comprometido algo nele para sempre), de se cansar facilmente da devoção muda e querer variedade no amor, embora fosse ficar furioso se Daisy amasse outra pessoa, furioso!, porque ele era ciumento, ciúme incontrolável por temperamento. Sofria torturas! Mas onde estava seu canivete; seu relógio; os selos, o estojo de anotações e a carta de Clarissa, que ele não ia ler de novo, mas na qual gostava de pensar, e a fotografia de Daisy? E agora, o jantar.

Eles estavam comendo.

Sentados em mesinhas em torno de vasos, vestidos a rigor ou não, com xales e bolsas ao lado, com seu ar de falsa compostura, porque não estavam acostumados a tantos pratos no jantar, e de confiança, porque podiam pagar por aquilo, e de tensão, pois tinham corrido por Londres o dia todo, fazendo compras, passeando; e de natural curiosidade, porque ergueram os olhos quando o cavalheiro de boa aparência e óculos de aro de chifre entrou, e de bondade, pois teriam ficado felizes em fazer qualquer pequeno favor, como emprestar uma tabela de horários ou transmitir informações úteis, e seu desejo, pulsando dentro deles, puxava-os subterraneamente, para estabelecer de alguma forma conexões mesmo que apenas de local de nascimento em comum (Liverpool, por exemplo) ou amigos do mesmo nome; com seus olhares furtivos, silêncios estranhos e mudanças repentinas para alegria familiar e isolamento; lá estavam eles jantando quando o Sr. Walsh entrou e se sentou a uma mesinha perto da cortina.

Não que ele falasse alguma coisa, pois estava sozinho e só podia se dirigir ao garçom; foi a sua maneira de olhar o cardápio, de apontar o dedo indicador para um determinado vinho, de se prender à mesa, de se concentrar a sério, não com gulodice, no jantar, que lhe conquistou o respeito; o qual, tendo de permanecer inexpresso durante a maior parte da refeição, acendeu-se na mesa onde os Morris estavam sentados quando ouviram o Sr. Walsh dizer no final da refeição: "Peras Bartlett". Porque ele devia ter falado com tanta moderação, mas com firmeza, com o ar de um disciplinador bem dentro de seus direitos, baseados na justiça, como nem o jovem Charles Morris, nem o velho Charles, nem a Srta. Elaine, nem a Sra. Morris sabiam. Mas quando ele disse "Peras Bartlett", sentado sozinho em sua mesa, sentiram que ele contava com o apoio deles em alguma demanda legal; era defensor de uma causa que imediatamente se tornou deles, de modo que seus olhos encontraram os dele com simpatia, e quando todos chegaram à sala de fumar simultaneamente, uma conversinha entre eles tornou-se inevitável.

Nada muito profundo, apenas que Londres estava muito cheia; que havia mudado em trinta anos; que o Sr. Morris preferia Liverpool; que a Sra. Morris estivera na exposição de flores de Westminster e que todos tinham visto o príncipe de Gales. No entanto, pensou Peter Walsh, nenhuma família no mundo se compara aos Morris; absolutamente nenhuma; as relações entre eles são perfeitas, não se importam com as classes altas, gostam do que gostam, Elaine está treinando para conduzir os negócios da família, o menino ganhou uma bolsa de estudos em Leeds, e a senhora idosa (com mais ou menos a idade dele) tem mais três filhos em casa; e eles têm dois automóveis, mas o Sr. Morris ainda conserta botas no domingo: é esplêndido, absolutamente esplêndido, pensou Peter Walsh, balançando um pouco para trás e para a frente com o copo de licor na mão entre as poltronas vermelhas felpudas e os cinzeiros, sentindo-se muito satisfeito consigo mesmo, porque os Morris gostavam dele. Sim, eles gostavam de um homem que dizia: "Peras Bartlett". Gostavam dele, ele sentia.

Ele iria à festa de Clarissa. (Os Morris foram embora; mas iriam se encontrar de novo.) Ele iria à festa de Clarissa, porque queria perguntar a Richard o que estavam fazendo na Índia, os inúteis conservadores. E que atitudes estão tomando? E música... Ah, sim, e meras intrigas.

Pois esta é a verdade sobre a nossa alma, ele pensou, nosso eu, que como um peixe habita mares profundos e se move entre obscuridades, abre caminho entre os troncos de gigantescas ervas daninhas, sobre espaços que tremulam ao sol e sempre, sempre na escuridão, fria, profunda, inescrutável; de repente, ela salta à superfície e se diverte nas ondas encrespadas pelo vento; isto é, tem uma verdadeira necessidade de raspar, arranhar, inflamar-se, intrigar. O que o governo pretendia (Richard Dalloway haveria de saber) em relação à Índia?

Como era uma noite muito quente e os meninos jornaleiros passavam com cartazes proclamando em enormes letras vermelhas que havia uma onda de calor, cadeiras de vime foram colocadas nos degraus do hotel e ali, bebericando, fumando, sentavam-se cavalheiros solitários. Peter Walsh estava sentado ali. Pode-se imaginar que aquele dia, o dia de Londres, estava apenas começando. Como uma mulher que tira o vestido estampado e o avental branco para se vestir de azul e pérolas, o dia mudou, despiu coisas, pegou gaze, mudou para noite, e com o mesmo suspiro de alegria que uma mulher respira, derrubando anáguas no chão, também derramava poeira, calor, cor; o tráfego diminuiu; automóveis tilintavam, disparavam, atrás da lentidão dos furgões; e aqui e ali, entre a espessa folhagem das praças, pairava uma luz intensa. Eu desisto, a noite parecia dizer, ao empalidecer e desbotar acima dos baixios e saliências, moldados, pontiagudos, de hotel, apartamento e quarteirão de lojas, eu desvaneço, ela dizia, eu desapareço, mas Londres não aceitava e apontava suas baionetas para o céu, a prendia, a obrigava a participar de sua folia. Pois que a grande revolução do horário de verão do Sr. Willett ocorrera desde a última visita de Peter Walsh à Inglaterra. O entardecer prolongado era novo para ele. Era inspirador, na verdade. Pois enquanto os jovens passavam com suas pastas de documentos, incrivelmente alegres de estarem livres, e orgulhosos, idiotamente, de pisar nessa famosa calçada, alegria de um tipo barato, insignificante se quiserem, mas mesmo assim tinham os rostos corados de êxtase. E se vestiam bem também; meias rosas; sapatos bonitos. Eles agora teriam duas horas no cinema. A luz amarela-azulada do entardecer os aguçava, os refinava; e nas folhas da praça brilhavam lúridas, lívidas, pareciam debaixo d'água no mar, as plantas de uma cidade submersa. Ele ficou surpreso com a beleza; e isso era encorajador, pois onde os anglo-indianos que retornaram sentavam-se por direito (ele conhecia muitos deles) no Clube Oriental, resumindo biliosamente a ruína do mundo, ali estava ele, mais jovem que nunca; com inveja do horário de verão dos jovens e todo o resto, a suspeitar, pelas palavras de uma garota, pelo riso de uma empregada doméstica, coisas intangíveis que não podia tocar, daquela mudança em toda a acumulação piramidal que em sua juventude parecia inabalável. Que os havia pressionado de cima; que pesava, principalmente sobre as mulheres, como aquelas flores que a tia Helena de Clarissa prensava entre folhas de mata-borrão cinza com o dicionário de Littré por cima, sentada sob o abajur depois do jantar. Ela estava morta agora. Ele tinha ouvido dizer, através de Clarissa, que ela havia perdido a visão de um olho. Parecia tão adequado, uma das obras-primas da natureza, que a velha Srta. Parry se transformasse em vidro. Ela morreria como um pássaro na geada, agarrada ao poleiro. Pertencia a uma época diferente, mas sendo tão inteira, tão completa, sempre se levantaria no horizonte, branca como uma pedra, eminente, como um farol que marca um estágio passado nessa aventureira e longa, longa viagem, essa interminável (ele procurou uma moeda para comprar um jornal e ler sobre Surrey e Yorkshire; tinha estendido aquela moeda milhões de vezes. Surrey estava totalmente fora mais uma vez), essa interminável vida. Mas o críquete não era um mero jogo. O críquete era importante. Ele jamais conseguiria deixar de ler sobre críquete. Leu primeiro as pontuações nas notícias de última hora, depois o quanto o dia estava quente; depois, sobre um caso de assassinato. Ter feito coisas milhões de vezes enriquecia as coisas, embora se possa dizer que isso desgasta a superfície. O passado enriquece, e a experiência, e ter gostado de uma ou duas pessoas, e assim adquirido a capacidade que falta aos jovens, de abreviar, de fazer o que se gosta, sem se importar com o que as pessoas falam e ir e vir sem expectativas grandes demais (ele deixou o jornal sobre a mesa e foi embora), o que, no entanto (ele procurou o chapéu e o casaco), não era totalmente verdade a seu respeito, não essa noite, pois ali estava ele começando a ir a uma festa, na sua idade, com a convicção de que estava prestes a ter uma experiência. Mas qual?

Beleza de qualquer maneira. Não a beleza crua do olho. Não era beleza pura e simples: Bedford Place que levava a Russell Square. Era retidão e vazio, claro; a simetria de um corredor; mas era também janelas iluminadas, um piano, um gramofone tocando; uma sensação oculta de exercício de prazer, mas que de vez em quando emergia quando, através da janela sem cortina, a janela deixada aberta, viam-se grupos sentados em cima de mesas, jovens que circulavam devagar, conversas entre homens e mulheres, criadas olhando para fora, preguiçosas (um estranho comentário delas, quando o trabalho estava feito), meias secando nos beirais, um papagaio, algumas plantas. Absorvente, misteriosa, de infinita riqueza, esta vida. E na grande praça onde os táxis disparavam e viravam tão rápido havia casais vagando, se divertindo, abraçados, encolhidos debaixo do chuveiro de uma árvore; era comovente; tão silencioso, tão absorto, que a pessoa passava discretamente, timidamente, como se na presença de alguma cerimônia sagrada que seria ímpio interromper. Era interessante. E seguia em frente para fulgor da luz.

Seu sobretudo leve abriu com o vento, ele caminhou com uma indescritível determinação, um pouco inclinado para a frente, tropeçou, com as mãos atrás das costas e os olhos ainda um pouco como de falcão; atravessou Londres, em direção a Westminster, observando.

Então todo mundo estava jantando fora? Porteiros abriam portas para deixar sair uma velha senhora de passos altivos, com sapatos de fivela e três penas roxas de avestruz no cabelo. Portas se abriam para senhoras envoltas como múmias em xales estampados com flores coloridas, senhoras com a cabeça descoberta. E em aposentos respeitáveis com pilares de estuque através de pequenos jardins frontais, com agasalhos leves e pentes no cabelo (tendo corrido para cima, ver as crianças), vinham mulheres; homens esperavam por elas, com seus casacos abertos, e o motor ligado. Todo mundo estava saindo. Com essas portas que se abriam, as descidas e partidas, parecia que toda Londres embarcava em barquinhos atracados na margem, balançando na água, como se todo o lugar flutuasse num festival. E por Whitehall patinavam, de prata batida como estava, patinavam pequenas carruagens, e dava para sentir mosquitos ao redor das lâmpadas de arco; estava tão quente que as pessoas paravam, conversavam. E ali em Westminster um juiz aposentado, talvez, acomodado à porta de sua casa todo de branco. Um anglo-indiano provavelmente.

E aqui um tumulto de mulheres brigando, mulheres bêbadas; ali apenas um policial e casas assomavam, casas altas, casas com abóbadas, igrejas, parlamentos e a sirene de um vapor no rio, um grito oco, enevoado. Mas era a rua dela, esta, a de Clarissa; táxis correm na esquina, como água em volta do cais de uma ponte, muito juntos, lhe pareceu porque levavam pessoas que iam à festa dela, a festa de Clarissa.

O frio fluxo de impressões visuais o abandonou então, como se o olho fosse uma xícara que transbordou e deixou o resto escorrer pelas paredes de porcelana sem registrar. O cérebro tem de acordar. O corpo tem de se contrair ao entrar na casa, a casa iluminada, onde a porta estava aberta, onde os automóveis estavam parados, e desciam mulheres vistosas: a alma tem de ter coragem para suportar. Ele abriu a lâmina grande do canivete.

* * *

Lucy desceu correndo a escada, logo depois de dar uma entradinha na sala de estar para alisar uma toalha, endireitar uma cadeira, parar por um momento e sentir que todos que entrassem deviam pensar no quanto estava tudo limpo, brilhante, bem cuidado, quando vissem a bela prataria, as ferramentas de latão da lareira, as capas novas das cadeiras e as cortinas de chintz amarelo: ela avaliou cada coisa; ouviu um rumor de vozes; pessoas já subindo do jantar; tinha que voar!

O primeiro-ministro viria, disse Agnes: foi o que ela ouviu dizer na sala de jantar, disse ela, ao entrar com uma bandeja de copos. Importava, importava alguma coisa, um primeiro-ministro a mais ou a menos? A essa hora da noite, não fazia diferença para a Sra. Walker entre pratos, panelas, peneiras, frigideiras, aspic de frango, congeladores de sorvete, cascas de pão, limões, terrinas de sopa e tigelas de pudim que, por mais que fossem lavados na copa, pareciam estar todos em cima dela, na mesa da cozinha, nas cadeiras, enquanto o fogo crepitava e rugia, as luzes elétricas brilhavam e o jantar ainda precisava ser servido. Tudo o que ela sentia era que um primeiro-ministro a mais ou a menos não fazia a menor diferença para a Sra. Walker.

As senhoras já estavam subindo, disse Lucy; as senhoras estavam subindo, uma a uma, a Sra. Dalloway por último e quase todo o tempo mandando algum recado para a cozinha: "meu carinho à Sra. Walker", era isso essa noite. Na manhã seguinte, elas comentariam os pratos: a sopa, o salmão; o salmão, a Sra. Walker sabia, como sempre malpassado, porque ela sempre ficava nervosa com o pudim e o deixava para Jenny; então acontecia, o salmão sempre malpassado. Mas uma senhora de cabelo loiro e enfeites de prata havia perguntado, Lucy contou, a respeito da entrada, se era mesmo feita em casa? Só que o salmão incomodava a Sra. Walker, enquanto ela girava e girava os pratos, puxava abafadores e empurrava abafadores; e veio uma explosão de risadas da sala de jantar; uma voz que falava; depois, outra gargalhada, os cavalheiros se divertiam depois que as damas se retiraram. O tokay, disse Lucy entrando na cozinha. O Sr. Dalloway mandara buscar o tokay, das adegas do imperador, o Tokay Imperial.

O vinho foi trazido pela cozinha. Por cima do ombro, Lucy contou que a Srta. Elizabeth estava linda; não conseguia tirar os olhos dela; em seu vestido rosa, com o colar que o Sr. Dalloway lhe dera. Jenny não podia esquecer do cachorro, o *fox-terrier* da Srta. Elizabeth, que, como mordia, teve de ser preso e poderia, Elizabeth pensou, querer alguma coisa. Jenny tinha de lembrar do cachorro. Mas Jenny não ia subir com toda aquela gente lá. Na porta, já havia um automóvel! A campainha tocou – e os cavalheiros ainda na sala de jantar, bebendo tokay!

Pronto, eles estavam subindo; chegou a primeira pessoa e agora viriam cada vez mais depressa, de forma que a Sra. Parkinson (contratada para festas) deixou a porta do corredor entreaberta, e o corredor ficaria cheio de cavalheiros esperando (eles esperavam, alisando o cabelo), enquanto as senhoras tiravam as capas no quarto ao longo do corredor; onde a Sra. Barnet as ajudava, a velha Ellen Barnet, que estava com a família havia quarenta anos e vinha todos os verões para ajudar as senhoras, e se lembrava das mães quando eram meninas e, embora muito modesta, apertava as mãos; dizia "milady" com muito respeito, mas tinha um jeito bem-humorado, olhava as moças e ajudou com muito tato Lady Lovejoy, que estava com algum problema com o corpete. E elas não podiam deixar de sentir, Lady Lovejoy e a Srta. Alice, que mereciam um pequeno privilégio em matéria de escova e pente por conhecerem a Sra. Barnet "há trinta anos, milady", completou a Sra. Barnet. As moças não costumavam usar ruge, disse Lady Lovejoy, quando se hospedavam em Bourton antigamente. E a Srta. Alice não precisava de rouge, disse a senhora Barnet, olhando para ela com ternura. Ali ficava a Sra. Barnet sentada na chapelaria, alisava as peles, ajeitava os xales espanhóis, arrumava a penteadeira, e sabia muito bem, apesar das peles e dos bordados, quais eram damas boas, quais não. A muito querida, disse Lady Lovejoy subindo a escada, a velha babá de Clarissa.

Então Lady Lovejoy se empertigou.

– Lady e Srta. Lovejoy – disse ela ao Sr. Wilkins (contratado para festas). Ele tinha maneiras admiráveis, ao se inclinar e se endireitar, se inclinar e se endireitar e anunciar com perfeita imparcialidade: – Lady e Srta. Lovejoy... Sir John e Lady Needham... Srta. Weld... Sr. Walsh. – Suas maneiras eram admiráveis; sua vida familiar devia ser irrepreensível, se bem que parecesse impossível um ser de lábios esverdeados e bochechas escanhoadas ter cometido o erro de suportar filhos.

– Que bom ver você! – disse Clarissa. Disse isso para todos. Que bom ver você! Estava em seu pior estado: efusiva, insincera. Foi um grande erro ter vindo. Ele devia ter ficado em casa e lido seu livro, pensou Peter Walsh; devia ter ido a um teatro de variedades; ele deveria ter ficado em casa, pois não conhecia ninguém.

Nossa, ia ser um fracasso; um fracasso total, Clarissa sentiu nos ossos enquanto o velho e querido Lorde Lexham se desculpava por sua esposa que tinha pegado um resfriado na *garden party* do palácio de Buckingham. Com o rabo dos olhos, podia ver que Peter a criticava, ali, naquele canto. Afinal, por que ela fazia essas coisas? Por que procurar distinções e se pôr no fogo? Poderia ser consumida! Que se queime até as cinzas! Melhor qualquer coisa, melhor brandir a tocha e jogá-la no chão do que diminuir e murchar como uma Ellie Henderson! Incrível como Peter a colocava nesses estados apenas por vir e ficar em um canto. Ele a fazia ver a si mesma; exagerar. Uma idiotice. Mas por que ele veio, então, só para criticar? Por que sempre receber, nunca dar? Por que não arriscar o próprio pequeno ponto de vista? Lá estava ele perambulando, e ela devia falar com ele. Mas não teria a oportunidade. A vida era isso: humilhação, renúncia.

O que Lorde Lexham estava dizendo é que sua esposa não usaria suas peles na *garden party* porque "Minha querida, vocês são todas iguais", sendo que Lady Lexham tinha 75 anos, pelo menos! Era delicioso como eles se mimavam, aquele velho casal. Ela gostava do velho Lorde Lexham. Ela achava que sua festa era significativa, e se sentia muito mal ao saber que tudo estava dando errado, tudo despencando. Qualquer coisa, qualquer explosão, qualquer horror era melhor do que pessoas vagando sem rumo, amontoadas em um canto como Ellie Henderson, sem sequer se importar em manter suas posturas.

Suavemente, a cortina amarela com todos os pássaros do paraíso se enfunou, e parecia haver asas voando diretamente para dentro da sala, e eram sugadas de volta. (Pois as janelas estavam abertas.) Estava ventando, Ellie Henderson se perguntou? Ela era sujeita a resfriados. Mas não importava que descesse espirrando amanhã; era nas moças de ombros nus que ela pensava, tendo sido treinada a pensar nos outros por um pai velho, inválido, vigário de Bourton, mas ele estava morto agora; e seus resfriados nunca foram para seu peito, nunca. Era nas moças que ela pensava, as moças de ombros nus, ela mesma havia sido sempre um fiapo de criatura, com cabelo ralo e perfil magro; se bem que agora, com mais de cinquenta, começasse a brilhar algum suave raio, algo purificado em distinção por anos de autoabnegação, mas novamente obscurecido, perpetuamente, por sua aflitiva gentileza, seu pânico, que brotava das trezentas libras de renda e de seu estado desarmado (ela não conseguia ganhar um centavo), e isso a tornava tímida e mais e mais desqualificada ano após ano para encontrar pessoas bem-vestidas que faziam esse tipo de coisa todas as noites da temporada, apenas dizendo às suas criadas "vou usar este ou aquele", enquanto Ellie Henderson corria nervosa, comprava flores rosadas baratas, meia dúzia, e jogava um xale em cima do velho vestido preto. Pois seu convite para a festa de Clarissa chegara no último momento. Ela não ficou muito feliz com isso. Tinha a sensação de que Clarissa não pretendia convidá-la este ano. Por que deveria? Na verdade, não havia razão, exceto que elas sempre se conheceram. Na verdade, eram primas. Mas naturalmente haviam se afastado, uma vez que Clarissa era tão procurada. Era um acontecimento para ela, ir a uma festa. Um prazer ver as belas roupas. Aquela não era Elizabeth, crescida, com o cabelo penteado na última moda, com vestido rosa? No entanto, ela não podia ter mais de dezessete anos. Era muito, muito bonita. Mas as meninas, quando saíram pela primeira vez, pareciam não usar mais branco como antigamente. (Ela tem de se lembrar de tudo para contar a Edith.) As meninas estavam usando vestidos retos, ajustados com perfeição, com saias bem acima dos tornozelos. Não era apropriado, ela pensou.

Então, com sua visão fraca, Ellie Henderson esticou o pescoço um pouco para a frente, e não era tanto ela que se importava em não ter ninguém com quem conversar (ela mal conhecia ninguém), porque achava todos pessoas muito interessantes de se assistir; políticos, provavelmente; amigos de Richard Dalloway; mas foi o próprio Richard quem sentiu que não podia deixar a pobre criatura ficar ali sozinha a noite toda.

– Então, Ellie, como o mundo está tratando você? – disse ele com seu jeito cordial, e Ellie Henderson, nervosa, corou, sentiu que era excepcionalmente gentil da parte dele vir falar com ela e disse que na verdade muita gente sentia mais o calor do que o frio.

– É verdade – disse Richard Dalloway. – É, sim. Mas o que mais se disse?

– Olá, Richard – disse alguém, segurando-o pelo cotovelo, e, meu Deus, ali estava o velho Peter, o velho Peter Walsh. Ele ficou encantado ao vê-lo –, muito feliz de ver você! – Ele não tinha mudado nada. E lá se foram andando juntos pela sala, dando tapinhas um no outro, como se não se vissem há muito tempo, Ellie Henderson pensou, observando enquanto se afastavam, certa de que conhecia o rosto daquele homem. Um homem alto, de meia-idade, olhos bastante bonitos, moreno, de óculos, com ar de John Burrows. Com toda certeza, Edith saberia quem era.

A cortina com seu voo de pássaros do paraíso adejou de novo. E Clarissa viu... ela viu Ralph Lyon afastá-la com um gesto e continuar falando. Afinal, não era um fracasso!, ia ficar tudo bem agora, a sua festa. Tinha começado. Tinha se iniciado. Mas ainda incerta. Precisava ficar ali por enquanto. Parecia que chegava muita gente.

O coronel e a Sra. Garrod... O Sr. Hugh Whitbread... O Sr. Bowley... A Sra. Hilbery... Lady Mary Maddox... O Sr. Quin... Wilkins entoou. Ela trocou seis ou sete palavras com cada um, e eles continuaram, entraram nas salas; em alguma coisa agora, não em nada, já que Ralph Lyon havia afastado a cortina.

E, no entanto, da parte dela, era um imenso esforço. Ela não estava gostando. Era muito parecido com ser... qualquer um, parada ali; qualquer um podia fazer isso; ainda assim, esse qualquer um a admirava um pouco, não podia deixar de sentir que, de qualquer maneira, tinha feito aquilo acontecer, que marcava um estágio, esse posto em que ela sentia ter se transformado, pois estranhamente havia esquecido completamente a própria aparência, sentia-se como uma estaca cravada no alto da escada. Cada vez que dava uma festa, tinha a sensação de ser algo que não era ela mesma, e de que todo mundo era irreal de um jeito e muito mais real de outro. Em parte, ela pensou, devido às roupas deles, em parte por serem removidos de seus costumes normais, em parte pelo ambiente, era possível dizer coisas que não se poderia dizer de outra maneira, coisas que precisavam de um esforço; era possível ir muito mais fundo. Mas não para ela; ainda não de qualquer maneira.

– Que bom ver você! – ela disse. O velho Sir Harry querido! Ele devia conhecer todo mundo.

E o que era tão estranho era a sensação que se tinha quando subiam a escada, um depois do outro, a Sra. Mount e Celia, Herbert Ainsty, a Sra. Dakers... ah, e Lady Bruton!

– Que ótimo que você veio! – ela disse, e era sincera; estranho como, ali de pé, sentia-se que eles passavam, passavam, alguns bem antigos, alguns...

Qual nome? Lady Rosseter? Mas quem diabos era Lady Rosseter?

– Clarissa! – Aquela voz! Era Sally Seton! Sally Seton! Depois de tantos anos! Ela surgiu através de uma névoa. Porque ela não tinha essa aparência, Sally Seton, quando Clarissa agarrou a bolsa de água quente, pensar nela debaixo deste teto, debaixo deste teto! Não desse jeito!

Todos uns em cima dos outros, envergonhados, rindo, palavras que se atropelavam... de passagem por Londres; fiquei sabendo por Clara Haydon; a sorte de te encontrar! Então eu me enfiei... sem convite...

Pode-se largar a bolsa de água quente com toda a compostura. Ela perdera o brilho. Mas era incrível vê-la de novo, mais velha, mais feliz, menos adorável. Beijaram-se, primeiro este lado, depois o outro, na porta da sala de estar, e Clarissa se virou, com a mão de Sally na sua, viu seus aposentos lotados, ouviu o rumor das vozes, viu os castiçais, as cortinas enfunadas e as rosas que Richard lhe dera.

– Tenho cinco meninos enormes – disse Sally.

Ela tinha o mais simples dos egoísmos, o desejo mais franco de que sempre pensassem nela primeiro, e Clarissa a amava por ainda ser assim.

– Não acredito! – ela exclamou, entusiasmada de prazer ao pensar no passado.

Mas, infelizmente, Wilkins; Wilkins a exigia; Wilkins emitiu com voz de exigente autoridade, como se todo o grupo tivesse de ser alertado e a anfitriã resgatada de sua frivolidade, um nome:
— O primeiro-ministro — disse Peter Walsh.

O primeiro-ministro? De verdade? Ellie Henderson ficou maravilhada. Que coisa para contar a Edith!

Não se podia rir dele. Ele parecia tão comum. Dava para vê-lo atrás de um balcão a vender biscoitos; coitado, todo ornado de galões dourados. E justiça seja feita, ao fazer a ronda, primeiro com Clarissa, depois escoltado por Richard, ele se comportou muito bem. Tentava parecer alguém. Era divertido assistir. Ninguém olhava para ele. Simplesmente continuavam conversando, mas estava perfeitamente claro que todos sabiam, sentiam até a medula dos ossos, aquela majestade passando; aquele símbolo do que todos eles representavam, a sociedade inglesa. A velha Lady Bruton, e ela também parecia muito bonita, muito imponente em suas rendas, veio à tona e se retirou com ele para uma saleta que imediatamente foi espionada, guardada, e uma espécie de agitação, de murmúrio ondulou através de todos, abertamente: o primeiro-ministro!

Meu Deus, meu Deus, o esnobismo dos ingleses! Peter Walsh pensou, parado no canto. Como eles gostam de galões dourados e homenagens! Olhe só! Aquele deve ser, nossa!, era mesmo. Hugh Whitbread, fungando pelos recintos dos grandes, bem mais gordo, bem mais grisalho, o admirável Hugh!

Ele parecia estar sempre a postos, Peter pensou, um ser privilegiado, mas reservado, guardava segredos que morreria para defender, mesmo que fosse apenas uma pequena intriga soprada por um lacaio da corte, que estaria em todos os jornais amanhã. Esses eram os seus chocalhos, suas ninharias, e brincar com elas o havia deixado grisalho, no limiar da velhice, gozando do respeito e do carinho de todos os que tinham o privilégio de conhecer esse tipo de inglês de escola pública. Inevitavelmente, inventava-se coisas assim sobre Hugh; esse era o seu estilo; o estilo daquelas cartas admiráveis que Peter lera no *Times* a milhares de quilômetros do outro lado do mar e agradecera a Deus por ter escapado daquela perniciosa balbúrdia, mesmo que fosse só para ouvir babuínos tagarelando e culis batendo em suas esposas. Um jovem de pele morena de uma das universidades postou-se obsequiosamente ao seu lado. Ele o patrocinaria, iniciaria, ensinaria como progredir. Porque o que mais gostava era de fazer gentilezas, levar os corações das velhas a palpitar de alegria por serem lembradas em sua idade, em sua aflição, pensando estar totalmente esquecidas, mas lá ia o querido Hugh dirigindo seu carro, e passava uma hora falando do passado, lembrando ninharias, elogiando o bolo feito em casa, embora Hugh pudesse comer bolo com uma duquesa a qualquer dia de sua vida e, olhem só, provavelmente passava mesmo muito tempo nessa ocupação agradável. O Juiz supremo, o Todo-misericordioso, podia desculpar. Peter Walsh não tinha misericórdia. Vilões tinham de existir, e Deus sabe que os patifes enforcados por estourar os miolos de uma garota em um trem no geral causam menos danos do que Hugh Whitbread e sua bondade. Olhe só para ele agora, na ponta dos pés, gingando, curvando-se, esforçando-se, quando o primeiro-ministro e Lady Bruton emergiram, insinuando para todo mundo ver que ele tinha o privilégio de dizer algo, algo privado, para Lady Bruton quando ela passasse. Ela parou. Ela balançou a bela cabeça velha. Estava agradecendo a ele, provavelmente, por algum momento de servilismo. Ela tinha seus bajuladores, funcionários menores em escritórios do governo que corriam para cumprir pequenas tarefas para ela, em troca das quais ela lhes dava almoço. Mas ela era fruto do século XVIII. Estava tudo bem.

    E agora Clarissa escoltava seu primeiro-ministro pela sala, saltitando, cintilante, com a majestade de seu cabelo grisalho. Ela usava brincos e um vestido de sereia verde-prata. Parecia oscilar nas ondas e trançar as tranças, ainda tinha esse dom; ser; existir; resumir tudo ao momento que passava; virou-se, o lenço enganchara no vestido de outra mulher, soltou-o, riu, tudo com a mais perfeita facilidade e ar de uma criatura que flutua em seu elemento. Mas a idade a tinha afetado; da mesma forma que uma sereia pode contemplar em seu espelho o sol poente em uma tarde muito clara sobre as ondas. Havia um sopro de ternura; sua severidade, pudor e rigidez estavam totalmente aquecidos, e ela tinha, ao se despedir do homem cheio de grossos galões dourados que dava o seu melhor, boa sorte a ele, para parecer importante, uma inexprimível dignidade; uma cordialidade requintada; como se desejasse bem ao mundo inteiro e devesse agora, no limite, no limiar de tudo, despedir-se. Assim o fazia pensar. (Mas ele não estava apaixonado.)

Na verdade, Clarissa sentia, tinha sido bondade do primeiro--ministro vir à festa. E, ao descer para a sala com ele, com Sally ali e Peter ali e Richard muito satisfeito, com todas aquelas pessoas bastante inclinadas, talvez, a sentir inveja, ela sentiu aquela embriaguez do momento, aquela dilatação dos nervos do próprio coração até que ele parecia estremecer, erguer-se, vertical; sim, mas afinal era o que os outros sentiam, isso; pois, embora ela amasse aquilo e sentisse formigamento e picadas, ainda assim essas aparências, esses triunfos (o velho e querido Peter, por exemplo, pensando que ela era tão brilhante), eram ocos; estavam à distância de um braço, não no coração; e talvez ela estivesse envelhecendo, mas não a satisfaziam mais como antes; e, de repente, ao ver o primeiro-ministro descer a escada, a moldura dourada da foto de Sir Joshua da menina com um regalo a fez lembrar de Kilman num arroubo; Kilman, sua inimiga. Isso era satisfatório; era real. Ah, como ela a odiava: ardente, hipócrita, corrupta; com todo esse poder; a sedutora de Elizabeth; a mulher que entrou furtivamente para roubar e contaminar (Richard diria: que bobagem!). Ela a odiava: ela a amava. Era inimigos que se queria, não amigos; não a Sra. Durrant e Clara, Sir William e Lady Bradshaw, a Srta. Truelock e Eleanor Gibson (que ela viu subindo a escada). Tinham de ir ao seu encontro se quisessem vê-la. Ela precisava cuidar da festa!

Lá estava seu velho amigo, Sir Harry.

– Querido Sir Harry! – ela disse, indo até o velho e bom sujeito que tinha produzido mais quadros ruins do que quaisquer outros dois acadêmicos em toda St. John's Wood (eram sempre de gado, parados em poças do pôr do sol absorvendo umidade, ou indicando, porque ele tinha certa amplitude de gesto, pelo levantamento de uma pata dianteira e o arremesso dos chifres, "a Aproximação do Estranho"; todas as suas atividades, jantar fora, corridas, baseavam-se no gado em pé, absorvendo umidade nas poças do pôr do sol).

– Do que vocês estão rindo? – ela perguntou a ele. Pois Willie Titcomb, Sir Harry e Herbert Ainsty estavam todos rindo. Mas não. Sir Harry não podia contar a Clarissa Dalloway (embora gostasse dela; de seu tipo, que ele achava perfeito e ameaçava pintá-la) suas histórias de palco do teatro de variedades. Ele a provocou a respeito da festa. Sentia falta do conhaque. Esses círculos, disse ele, estavam acima de seu alcance. Mas gostava dela; respeitava-a, apesar de seu maldito e difícil refinamento de classe alta, que tornava impossível pedir a Clarissa Dalloway que se sentasse em seu joelho. E subiu aquele fogo-fátuo errante, aquela fosforescência vaga, a velha Sra. Hilbery, com as mãos estendidas para a chama do riso dele (a respeito do duque e da lady), que, ao ouvi-la do outro lado da sala, pareceu tranquilizar-se sobre um ponto que às vezes a incomodava se acordava de manhã cedinho e não queria chamar a criada para uma xícara de chá: que é a certeza de que vamos morrer.

– Eles não contam as histórias deles – disse Clarissa.

– Querida Clarissa! – exclamou a Sra. Hilbery. Esta noite ela estava tão parecida, disse ela, tão igual a sua mãe quando a vira pela primeira vez passeando num jardim de chapéu cinza.

E realmente os olhos de Clarissa se encheram de lágrimas. Sua mãe, passeando num jardim! Mas que pena, precisava ir embora.

Lá estava o professor Brierly, que dava aulas sobre Milton, conversando com o pequeno Jim Hutton (que nem para uma festa como essa era capaz de combinar gravata e colete ou alisar o cabelo), e mesmo a esta distância eles brigavam, dava para ver. Pois o professor Brierly era muito esquisito. Com todos aqueles diplomas, honrarias e carreira entre ele e os escrevinhadores, ele percebia instantaneamente uma atmosfera não favorável à sua estranha complexidade; sua prodigiosa erudição e timidez; seu charme invernal sem cordialidade; sua inocência mesclada com esnobismo; ele estremecia ao tomar consciência dos cabelos despenteados de uma dama, das botas de um jovem, de um submundo, muito crível sem dúvida, de rebeldes, de jovens ardentes; de aspirantes a gênios, e insinuava com um pequeno menear de cabeça, com uma fungada – Humph! – o valor da moderação; de um ligeiro treinamento nos clássicos a fim de apreciar Milton. O professor Brierly (Clarissa podia ver) não estava se dando bem com o pequeno Jim Hutton (que estava com meias vermelhas, as pretas na lavanderia) a respeito de Milton. Ela interrompeu.

Disse que adorava Bach. Hutton também. Esse era o vínculo entre eles, e Hutton (um mau poeta) sempre achou que a Sra. Dalloway era de longe a melhor das grandes damas que se interessavam por arte. Estranho como ela era rígida. Sobre música, ela era puramente impessoal. Bastante pretensiosa. Mas que encantadora de se olhar! Ela tornava sua casa tão acolhedora se não fosse por seus professores. Clarissa pensou em agarrá-lo e colocá-lo ao piano na sala dos fundos. Porque ele tocava divinamente.

– Mas o barulho! – ela disse. – O barulho!

– Indício de uma festa de sucesso. – Acenando com a cabeça civilizadamente, o professor teve a delicadeza de se afastar.

– Ele sabe tudo sobre Milton – disse Clarissa.

– É mesmo? – disse Hutton, que iria imitar o professor em toda Hampstead; o professor sobre Milton; o professor sobre moderação; o professor se retirando delicadamente.

Mas ela precisava falar com aquele casal, disse Clarissa, Lorde Gayton e Nancy Blow.

Não que aumentassem perceptivelmente o barulho da festa. Eles não falavam (que desse para perceber), parados lado a lado, junto às cortinas amarelas. Eles logo iriam para outro lugar, juntos; e nunca tinham muito a dizer em nenhuma circunstância. Eles olhavam; só isso. Era o que bastava. Pareciam tão limpos, tão sadios, ela com pó e ruge flor de damasco, mas ele esfregado, lavado, com olhos de pássaro, de forma que nenhuma bola passava por ele ou o pegava de surpresa. Ele batia, ele saltava, com precisão, quando necessário. As bocas dos cavalos tremiam na ponta de suas rédeas. Ele tinha suas honrarias, monumentos ancestrais, faixas penduradas na igreja em sua terra. Tinha seus deveres; seus inquilinos; uma mãe e irmãs; tinha passado o dia todo no Lords, e era disso que estavam falando: críquete, primos, filmes, quando a Sra. Dalloway apareceu. Lorde Gayton gostava tremendamente dela. A Srta. Blow também. Suas maneiras eram tão encantadoras.

– Vocês são uns anjos... uma delícia vocês terem vindo! – ela disse. Amava o Lords; amava a juventude, e Nancy, vestida com enormes despesas pelos maiores artistas de Paris, parada ali, dava a impressão de que seu corpo tinha simplesmente feito brotar, por conta própria, um babado verde. – Minha intenção era podermos dançar – disse Clarissa.

Pois os jovens não sabiam conversar. E por que deveriam? Gritar, abraçar, balançar, acordados até o amanhecer; levar açúcar para os cavalos; beijar e acariciar os focinhos de *chows--chows* adoráveis; e então vibrantes, radiantes, mergulhar e nadar. Mas os enormes recursos da língua inglesa, o poder que ela confere, afinal, de comunicar sentimentos (na idade deles, ela e Peter teriam discutido a noite toda), não era para eles. Eles iriam se solidificar jovens. Eles seriam muito bons para as pessoas da propriedade, mas solitários, talvez, bem enfadonhos.

– Que pena! – ela disse. – Eu queria que houvesse dança.

Era uma bondade tão extraordinária deles, terem vindo! Mas como dançar! As salas estavam lotadas.

Lá estava a velha tia Helena com seu xale. Que pena, tinha de deixá-los... Lorde Gayton e Nancy Blow. Lá estava a velha Srta. Parry, sua tia.

Porque a Srta. Helena Parry não tinha morrido: a Srta. Parry estava viva. Tinha mais de oitenta anos. Subiu a escada devagar com uma bengala. Foi colocada numa poltrona (Richard se encarregou disso). As pessoas que tinham conhecido a Birmânia nos anos 1870 eram sempre levadas até ela. Onde Peter tinha se enfiado? Eram tão bons amigos. Pois à menção da Índia ou mesmo do Ceilão, os olhos dela (só um era de vidro) aos poucos ficavam mais profundos, ficavam azuis, olhavam, não seres humanos, ela não tinha boas lembranças, nenhuma orgulhosa ilusão sobre vice-reis, generais, motins, era orquídeas que ela via, desfiladeiros nas montanhas, ela própria levada às costas de culis nos anos 1860 até picos solitários; ou descendo para arrancar orquídeas (flores surpreendentes, nunca vistas antes) que pintava em aquarela; uma inglesa indômita, aflita, se a guerra perturbava com uma bomba bem na sua porta, digamos, a sua profunda meditação sobre orquídeas e sua própria figura a viajar pela Índia nos anos 1860... mas ali estava Peter.

– Venha falar da Birmânia com tia Helena – disse Clarissa.

E, no entanto, ele não tinha trocado nem uma palavra com ela a noite inteira!

– Nós conversamos depois – disse Clarissa, levando-o até tia Helena com seu xale branco, com sua bengala. – Peter Walsh – disse Clarissa.

Isso não significava nada.

Clarissa a convidara. Era cansativo; era barulhento; mas Clarissa a tinha convidado. E ela viera. Uma pena eles viverem em

Londres, Richard e Clarissa. Mesmo que só pela saúde de Clarissa, seria melhor viverem no campo. Mas Clarissa sempre gostou de vida social.

— Ele esteve na Birmânia — disse Clarissa.

Ah. Ela não conseguiu resistir à tentação de lembrar o que Charles Darwin tinha dito de seu livrinho sobre orquídeas da Birmânia.

(Clarissa tinha de falar com Lady Bruton.)

Sem dúvida estava esquecido agora, o seu livro sobre as orquídeas da Birmânia, mas teve três edições antes de 1870, ela contou a Peter. Lembrava-se dele agora. Ele tinha estado em Bourton (e a deixara, Peter Walsh se lembrava, na sala, sem dizer uma palavra naquela noite em que Clarissa o convidara para passear de barco).

— Richard gostou tanto de seu almoço — Clarissa disse a Lady Bruton.

— Richard me foi de imensa ajuda — Lady Bruton respondeu.

— Me ajudou a escrever uma carta. E você, como está?

— Ah, muito bem! — disse Clarissa. (Lady Bruton detestava as doenças das esposas de políticos.)

— E aí está Peter Walsh! — exclamou Lady Bruton (porque nunca conseguia pensar no que dizer a Clarissa; embora gostasse dela. Tinha muitas boas qualidades; mas não tinham nada em comum, ela e Clarissa. Teria sido melhor Richard se casar com uma mulher com menos charme, que o ajudasse mais em seu trabalho. Ele tinha pedido sua chance no Gabinete). — Aí está Peter Walsh! — ela disse ao apertar a mão daquele agradável pecador, aquele sujeito tão capaz que podia ter feito renome, mas não fizera (sempre em dificuldade com mulheres) e, claro, a velha Srta. Parry. Velha dama maravilhosa!

Lady Bruton parou ao lado da poltrona da Srta. Parry, um granadeiro espectral, vestida de preto, convidou Peter Walsh para almoçar; mas sem conversa fiada, não se lembrava nada da flora e fauna da Índia. Estivera lá, claro; hospedara-se com três vice-reis; achava alguns civis indianos excepcionalmente bons sujeitos; mas que tragédia era o estado da Índia! O primeiro-ministro acabara de lhe contar (a velha Srta. Parry, envolta em seu xale, não se interessava pelo que o primeiro-ministro tinha acabado de contar a ela) e Lady Bruton gostaria de saber a opinião de Peter Walsh, recém-chegado do centro, e faria Sir Sampson encontrar com ele, porque realmente não conseguia dormir à noite, a loucura daquilo, a perversidade, podia-se dizer, sendo filha de soldado. Estava velha agora, não servia para muita coisa. Mas sua casa, seus criados, sua boa amiga Milly Brush (lembra dela?) estavam todos lá pedindo para ser usados se... se podiam ser de alguma ajuda. Porque ela nunca falava da Inglaterra, mas esta ilha de homens, esta terra muito, muito querida, estava em seu sangue (sem ler Shakespeare), e se algum dia uma mulher pudesse usar capacete e atirar flechas, se pudesse conduzir tropas ao ataque, dominar com justiça indômita hordas bárbaras e jazer num escudo, sem nariz, em uma igreja, ou virar um montículo verde em alguma encosta primeva, essa mulher era Millicent Bruton. Privada por seu sexo e também por alguma preguiça da faculdade lógica (ela achava impossível escrever uma carta para o *Times*), tinha a ideia do Império sempre à mão, e adquirira pela associação com essa deusa encouraçada o seu porte ereto, a robustez de sua conduta, de modo que não se podia imaginá-la, mesmo na morte, separada da terra ou dos vastos territórios sobre os quais, em alguma forma espiritual, a Union Jack cessasse de voejar. Não ser inglesa, mesmo entre os mortos: não, não! Impossível!

    Mas era a Lady Bruton (que ela conhecia)? Era Peter Walsh que ficou grisalho? Lady Rosseter perguntou a si mesma (que antes era Sally Seton). Era a velha Srta. Parry, com certeza, a tia velha tão zangada quando ela se hospedava em Bourton. Nunca se esqueceria de correr nua pelo corredor e ser convocada pela Srta. Parry! E Clarissa! Ah, Clarissa! Sally pegou no braço dela.

    Clarissa parada ao lado deles.

– Mas não posso ficar – ela disse. – Volto depois. Esperem – disse, olhando para Peter e Sally. Eles tinham de esperar, ela queria dizer, até toda aquela gente ir embora. – Eu volto – ela disse para seus velhos amigos, Sally e Peter, que se apertavam as mãos, e Sally, ao lembrar do passado, sem dúvida, estava rindo. Mas a voz dela tinha perdido a arrebatadora riqueza de antes; seus olhos não brilhavam como antes, quando fumava charutos, quando corria pelo corredor sem nenhuma roupa no corpo para buscar sua bolsa de esponjas e Ellen Atkins perguntara, Imagine se algum cavalheiro visse? Mas todo mundo a perdoava. Ela roubara uma galinha da despensa porque ficou com fome à noite; fumava charutos no quarto; deixou um livro inestimável no barco. Mas todo mundo a adorava (exceto papai, talvez). Era seu calor; sua vitalidade, ela pintava, ela escrevia. Velhas da aldeia nunca se esqueciam de perguntar daquela "sua amiga de capa vermelha que era tão animada". Ela acusara Hugh Whitbread, imaginem (e lá estava ele, seu velho amigo Hugh, conversando com o embaixador português), de ter lhe dado um beijo na sala de fumar, como castigo por ela dizer que mulheres deviam votar. Homens vulgares votavam, ela dissera. E Clarissa se lembrava de ter de convencê-la a não denunciá-lo nas orações familiares, o que ela era capaz de fazer com sua audácia, seu atrevimento, seu prazer melodramático em ser o centro de tudo e criar cenas, que podiam, na opinião de Clarissa, acabar em alguma horrível tragédia; sua morte, seu martírio; em vez disso, ela se casara, bem inesperadamente, com um homem calvo com grande botoeira na lapela e que possuía, segundo diziam, cotonifícios em Manchester. E tinha cinco filhos!

Ela e Peter ficaram juntos. Conversavam: parecia tão familiar, os dois conversando. Discutiriam o passado. Com os dois (ainda mais do que com Richard) ela compartilhava seu passado; o jardim, as árvores; o velho Joseph Breitkopf cantando Brahms sem ter voz; o papel de parede da sala de estar; o cheiro das esteiras. Sally seria sempre parte disso; Peter seria sempre

parte disso. Mas tinha que deixá-los. Lá estavam os Bradshaw, de quem ela não gostava. Tinha de ir até Lady Bradshaw (de cinza e prata, balançando como um leão-marinho na beira do tanque, latindo por convites, duquesas, a típica esposa de homem bem-sucedido), tinha de ir até Lady Bradshaw e dizer...
Mas Lady Bradshaw se antecipou.
– Estamos terrivelmente atrasados, querida Sra. Dalloway, quase não ousamos entrar – disse.

E Sir William, que parecia muito distinto com o cabelo grisalho e os olhos azuis, disse que sim; não conseguiram resistir à tentação. Estava conversando com Richard sobre aquele projeto de lei, provavelmente, que queria fazer passar na Câmara dos Comuns. Por que a imagem dele conversando com Richard a incomodava? Ele parecia o que era, um grande médico. Um homem absolutamente no topo de sua profissão, muito poderoso, um tanto cansado. Basta pensar nos casos que se apresentavam a ele: pessoas em absolutos abismos de sofrimento, pessoas à beira da insanidade, maridos e esposas. Ele tinha de enfrentar questões de assustadora dificuldade. No entanto... não era desejável que Sir William visse alguém infeliz. Não; não aquele homem.

– Como vai seu filho em Eton? – ela perguntou a Lady Bradshaw.

Ele tinha acabado de perder a participação do futebol, disse Lady Bradshaw, por causa da caxumba. O pai dele importou-se ainda mais que ele, ela achava, "Uma vez que ele próprio é", disse, "nada mais que um menino grande".

Clarissa olhou para Sir William, que conversava com Richard. Ele não parecia um menino, nem um pouco menino. Uma vez, ela tinha ido com alguém se aconselhar com ele. Ele foi absolutamente correto; extremamente sensato. Mas, nossa!, que alívio sair para a rua outra vez! Havia um pobre coitado, ela se lembrava, soluçando na sala de espera. Mas ela não sabia do que exatamente ela não gostava em Sir William. Só que Richard concordava com ela, não gostava do gosto dele, não gostava do cheiro. Mas ele era extraordinariamente capaz. Estavam falando sobre aquele projeto de lei. Baixando a voz, Sir William mencionou algum caso. Que tinha a ver com o que dizia sobre os efeitos tardios do estado de choque de combatentes. A nova lei tinha de levar isso em conta.

Baixando a voz, puxou a Sra. Dalloway para o abrigo de uma feminilidade comum, um orgulho comum nas qualidades ilustres dos maridos e sua triste tendência a trabalhar demais, Lady Bradshaw (pobre coitada, ninguém desgostava dela) murmurou:

– Quando estávamos saindo, meu marido foi chamado ao telefone, um caso muito triste. Um jovem (é isso que Sir William está dizendo ao Sr. Dalloway) havia se matado. Ele estivera no exército.

"Ah!", pensou Clarissa, no meio da minha festa, a morte, pensou ela.

Ela seguiu até a salinha onde o primeiro-ministro tinha ido com Lady Bruton. Talvez houvesse alguém lá. Mas não havia ninguém. As poltronas ainda conservavam as formas do primeiro-ministro e de Lady Bruton, ela virada em deferência, ele sentado com solidez, com autoridade. Tinham falado sobre a Índia. Não havia ninguém. O esplendor da festa caiu no chão, tão estranho entrar sozinha com sua melhor roupa.

O que tinham os Bradshaws de falar sobre morte em sua festa? Um jovem se matou. E eles falavam sobre isso em sua festa, os Bradshaw, falavam sobre morte. Ele havia se matado; mas como? O corpo dela sempre passava por isso primeiro, quando lhe contavam, de repente, de um acidente; seu vestido em chamas, seu corpo queimado. Ele tinha pulado de uma janela. O chão subiu; através dele, rasgando, machucando, passaram as pontas enferrujadas. Lá ficou ele caído com um tum, tum, tum no cérebro, e então a sufocação das trevas. Assim ela via. Mas por que ele fez isso? E os Bradshaws falavam disso em sua festa!

Uma vez, ela jogou uma moeda na Serpentine, só isso. Mas ele jogou a si mesmo. Eles continuavam vivos (ela tinha de voltar; as salas ainda estavam lotadas; continuava chegando gente). Eles (o dia todo ela pensara em Bourton, em Peter, em Sally), eles envelheceriam. Havia uma coisa que importava; uma coisa envolta em tagarelice, desfigurada, obscurecida em sua própria vida, que todos os dias deixava cair em corrupção, mentiras, tagarelice. Isso ele evitou. A morte era um desafio. A morte era uma tentativa de comunicação; pessoas sentem a impossibilidade de chegar ao centro que, misticamente, lhes escapa; a proximidade separa; o êxtase diminui, estamos sós. Havia um abraço na morte.

Mas esse jovem que se matou... ele mergulhou abraçado a seu tesouro? Se fosse para morrer agora, seria agora muito feliz, ela dissera a si mesma uma vez, descendo a escada de branco.

Ou havia poetas e pensadores. Suponhamos que ele tivesse essa paixão, e tivesse consultado Sir William Bradshaw, um grande médico, mas para ela obscuramente mau, sem sexo nem luxúria, extremamente educado com as mulheres, mas capaz de algum ultraje indescritível; violar a sua alma, era isso... Se esse jovem tivesse ido até ele, e Sir William o tivesse impressionado, assim, com seu poder, não poderia ele então ter dito (na verdade, ela sentiu isso agora): A vida ficou intolerável; eles tornam a vida intolerável, homens assim?

Então (ela sentira isso naquela manhã mesmo) o terror; a arrasadora incapacidade, os pais entregam em nossas mãos esta vida, para ser vivida até o fim, para ser percorrida com serenidade; havia nas profundezas de seu coração um medo terrível. Mesmo agora, muitas vezes, se Richard não estivesse ali lendo o *Times*, para que ela pudesse se encolher como um pássaro e aos poucos reviver, lançar o rugido daquele prazer incomensurável de roçar graveto contra graveto, uma coisa na outra, ela devia ter morrido. Mas aquele jovem havia se matado.

De alguma forma, era seu desastre... sua desgraça. Era seu castigo ver afundar e desaparecer aqui um homem, ali uma mulher, nessa escuridão profunda, e ela forçada a ficar ali em seu vestido de noite. Ela havia conspirado; havia escamoteado. Nunca foi totalmente admirável. Ela queria sucesso. Lady Bexborough e o resto. E uma vez ela havia caminhado no terraço de Bourton. Era devido a Richard que nunca tinha sido tão feliz. Nada podia ser tão lento; nada durar tanto. Nenhum prazer podia igualar, ela pensou, endireitando as cadeiras, empurrando um livro na estante, esse ter encerrado os triunfos da juventude, perdida no processo de viver, para encontrá-lo, com um choque de prazer, quando o sol nascia, quando o dia terminava. Muitas vezes, em Bourton, quando todos conversavam, ela ia olhar o céu; ou olhava entre os ombros das pessoas durante o jantar; olhava o céu em Londres quando não conseguia dormir. Ela foi até a janela.

Por mais tola que fosse a ideia, aquele céu de sua terra tinha dela, aquele céu acima de Westminster. Ela abriu as cortinas; olhou. Ah, mas que surpresa! Na sala em frente, a velha senhora olhou diretamente para ela! Estava indo para a cama. E o céu. Será um céu solene, pensou, será um céu escuro, que desvia o rosto em beleza. Mas lá estava, pálido, acinzentado, com vastas nuvens que se estreitavam correndo depressa. Aquilo era novo para ela. O vento devia ter aumentado. Ela ia para a cama, no quarto em frente. Era fascinante vê-la se movimentar, aquela velha senhora que atravessava a sala, chegava à janela. Será que a via? Era fascinante, com as pessoas ainda rindo e gritando na sala, ver aquela velha, muito calmamente, ir para a cama. Então ela puxou a cortina. O relógio começou a bater. O jovem havia se matado; mas ela não teve pena dele; com o relógio batendo a hora, uma, duas, três, ela não tinha pena dele, com tudo isso acontecendo. Pronto!, a velha tinha apagado a luz!, a casa inteira estava escura agora com isto aqui acontecendo, ela repetiu, e vieram-lhe as palavras: não mais tema o calor do sol. Tinha de voltar para eles. Mas que noite extraordinária! Sentia-se muito parecida com ele, com o jovem que se matou. Estava feliz por ele ter feito aquilo; jogado fora. O relógio estava batendo. Os círculos de chumbo se dissolviam no ar. Ele a fez sentir a beleza; a fez sentir a diversão. Mas tinha de voltar. Tinha de reunir. Tinha de encontrar Sally e Peter. E saiu da saleta.

— Mas onde está Clarissa? – Peter perguntou. Estava sentado no sofá com Sally. (Depois de todos esses anos, ele realmente não conseguia chamá-la de "Lady Rosseter".) – Aonde foi essa mulher? – ele perguntou. – Onde está Clarissa?

Sally achava, assim como Peter, que havia pessoas importantes, políticos, que nenhum dos dois conhecia a não ser pelos jornais ilustrados, a quem Clarissa tinha de dar atenção, conversar. Ela estava com eles. No entanto, Richard Dalloway não estava no gabinete. Ele não tinha sido um sucesso, Sally se perguntava? Ela mesma quase nunca lia os jornais. Às vezes, via seu nome mencionado. Mas então... bem, ela vivia uma vida muito solitária, na selva, diria Clarissa, entre grandes comerciantes, grandes fabricantes, homens, afinal, que faziam coisas. Ela também tinha feito coisas!

— Eu tenho cinco filhos! – ela disse a ele.

Deus, Deus, como ela havia mudado! A maciez da maternidade; o egoísmo também. A última vez que se encontraram, Peter lembrou, tinha sido entre as couves-flor ao luar, as folhas "como bronze rústico", ela dissera, com sua veia literária; e colhera uma rosa. Ela o fizera marchar para cima e para baixo naquela noite horrível, depois da cena na fonte; ele ia tomar o trem da meia-noite. Nossa, como ele tinha chorado!

Esse era seu velho truque, abrir um canivete, Sally pensou, sempre abrindo e fechando um canivete quando ficava excitado. Tinham sido muito, muito íntimos, ela e Peter Walsh, quando ele estava apaixonado por Clarissa, e houve aquela cena horrível e ridícula a respeito de Richard Dalloway no almoço. Ela havia chamado Richard de "Wickham". Por que não chamar Richard de "Wickham"? Clarissa tinha explodido! E na verdade nunca mais se viram desde então, ela e Clarissa, não mais que meia dúzia de vezes talvez, nos últimos dez anos. E Peter Walsh tinha ido para a Índia, ela ouvira vagamente que ele tinha feito um casamento infeliz, não sabia se ele tinha filhos, e não podia perguntar, porque ele havia mudado. Sua aparência estava um tanto enrugada, porém mais amável, ela sentiu, e tinha genuíno afeto por ele, porque estava ligado à sua juventude, e ainda guardava um pequeno Emily Brontë que ele lhe dera, e ele ia escrever, com certeza? Naquela época, ele ia escrever.

– Tem escrito? – ela perguntou, espalmou a mão, a mão firme, bem torneada, em seu próprio joelho de um jeito que ele lembrava.

– Nem uma palavra! – Peter Walsh disse, e ela riu.

Ela ainda era atraente, ainda uma personagem, Sally Seton. Mas quem era esse Rosseter? Ele usara duas camélias no dia do casamento, isso era tudo que Peter sabia dele. "Eles têm miríades de empregados, quilômetros de estufas", escrevera Clarissa; algo assim. Sally admitiu isso com uma gargalhada.

– É, eu ganho dez mil por ano. – Ela não conseguia lembrar se antes ou depois de pago o imposto, porque seu marido, "que você tem de conhecer", disse ela, "de quem você vai gostar", disse ela, fazia tudo isso por ela.

E Sally costumava andar esfarrapada. Tinha penhorado o anel da avó, que Maria Antonieta dera a seu bisavô, para ela poder ir a Bourton.

Ah, claro, Sally lembrou; ela ainda tinha o anel, de rubi, que Maria Antonieta dera a seu bisavô. Ela nunca tinha um centavo naquela época, e ir para Bourton sempre significava um aperto e tanto. Mas ir para Bourton significava muito para ela, a mantinha sã, ela acreditava, tão infeliz era em casa. Mas tudo isso ficara no passado, tudo acabado agora, disse ela. O Sr. Parry estava morto; e a Srta. Parry ainda estava viva. Ele nunca havia sofrido tamanho choque em sua vida!, disse Peter. Tinha certeza de que ela tinha morrido. E o casamento tinha sido um sucesso?,

Sally perguntou. E aquela jovem muito bonita e segura era Elizabeth, ali, perto das cortinas, de vermelho.

(Ela era como um choupo, era como um rio, era como um jacinto, Willie Titcomb estava pensando. Ah, como era melhor estar no campo e fazer o que ela gostava! Ela podia ouvir seu pobre cachorro uivando, Elizabeth tinha certeza.) Ela não era nem um pouco igual a Clarissa, disse Peter Walsh.

– Ah, Clarissa! – disse Sally.

O que Sally sentiu foi apenas isso. Devia muito a Clarissa. Tinham sido amigas, não conhecidas, amigas, e ela ainda via Clarissa toda vestida de branco andando pela casa com as mãos cheias de flores; até hoje as plantas do tabaco a faziam pensar em Bourton. Mas (será que Peter entendia?) ficou faltando alguma coisa. Faltou o quê? Ela tinha charme; um charme extraordinário. Mas, para ser franca (e ela sentia que Peter era um velho amigo, um verdadeiro amigo; a ausência importa? A distância importa? Ela sempre quisera escrever para ele, mas rasgara, e no entanto sentia que ele entendia, porque as pessoas entendem sem que as coisas sejam ditas, como a gente se dá conta ao envelhecer, e velha estava, estivera naquela tarde ao ir ver seus filhos em Eton, onde estavam com caxumba), então, para ser franca, como Clarissa podia ter feito isso? Casado com Richard Dalloway? Um desportista, um homem que só se preocupava com cães. Literalmente, quando ele entrou na sala, tinha cheiro de estábulo. E depois tudo isso? Ela indicou com um gesto da mão.

Era Hugh Whitbread, passeando com seu colete branco, apagado, gordo, cego, olhava tudo sem ver, a não ser autoestima e conforto.

– Ele não vai nos reconhecer – disse Sally, e ela realmente não teve coragem; então aquele era Hugh!, o admirável Hugh! – E o que ele faz? – ela perguntou a Peter.

Ele engraxava os sapatos do rei ou contava garrafas em Windsor, Peter respondeu. Peter mantinha a língua afiada! Mas Sally tinha de ser franca, disse Peter. Aquele beijo, do Hugh.

Nos lábios, ela garantiu, certa noite na sala de fumar. Ela foi direto até Clarissa, furiosa. Hugh não fazia essas coisas!, Clarissa disse, o admirável Hugh! As meias de Hugh eram, sem exceção, as mais bonitas que ela já vira, e agora seu traje de noite. Perfeito! E tinha filhos?
– Todos na sala têm seis filhos em Eton – disse Peter, exceto ele mesmo. Ele, graças a Deus, não tinha nenhum. Sem filhos, sem filhas, sem esposa. Bem, ele não parecia se importar, disse Sally. Ele parecia mais jovem, ela pensou, do que qualquer um deles.

Mas tinha sido uma bobagem, sob muitos aspectos, disse Peter, casar-se assim; "Ela era muito boba", ele disse, mas, disse ele, "nós nos divertimos muito", mas como podia ser isso?, Sally perguntou a si mesma; o que ele quis dizer? E como era estranho conhecê-lo e ainda assim não saber nada do que tinha acontecido com ele. E ele disse isso por orgulho? Muito provável, porque afinal de contas deve ser irritante para ele (embora fosse esquisito, uma espécie de duende, nada como um homem comum), deve ser solitário em sua idade não ter um lar, nem um lugar para ir. Mas ele tinha de ir ficar com eles semanas e semanas. Claro que ele iria; ele adoraria estar com eles, e foi assim que veio à tona. Em todos esses anos, os Dalloway não foram nem uma vez. Tinham convidado vezes e vezes. Clarissa (porque era por Clarissa, é claro) não iria. Pois, disse Sally, Clarissa, no fundo, era uma esnobe, forçoso admitir, uma esnobe. E ela estava convencida de que era isso que ficava entre elas. Clarissa achava que ela havia se casado abaixo de sua classe, sendo o marido, ela tinha orgulho disso, filho de um mineiro. Cada centavo que tinham, ele ganhara. Quando menino (a voz dela tremia), ele carregava grandes sacos.

(E ela continuaria falando assim, Peter sentiu, hora após hora; o filho do mineiro; as pessoas que pensavam que ela havia casado abaixo de sua classe; seus cinco filhos; e o que era mais: plantas, hortênsias, lilases, hibiscos muito, muito raros, lírios que nunca crescem ao norte do Canal de Suez, mas ela, com um jardineiro de um subúrbio perto de Manchester, tinha deles canteiros, canteiros definitivamente! Tudo o que Clarissa evitara, não materna como era.)

Ela era esnobe? Sim, de várias maneiras. Onde estava ela, esse tempo todo? Estava ficando tarde.

– Mesmo assim – disse Sally –, quando eu soube que Clarissa estava dando uma festa, senti que não podia deixar de vir, preciso vê-la de novo (e estou hospedada na Victoria Street, praticamente ao lado). Então, acabei por vir sem ser convidada. Mas – ela sussurrou – diga-me, diga. Quem é essa?

Era a Sra. Hilbery, procurando a porta. Porque estava ficando tarde! E, ela murmurou, conforme a noite avançava, conforme as pessoas iam embora, encontrava-se velhos amigos; cantos e recantos silenciosos; e as vistas mais lindas. Sabiam, ela perguntou, que estavam rodeados por um jardim encantado? Luzes, árvores, lagos cintilantes maravilhosos e o céu. Apenas umas luzes de fada, Clarissa Dalloway havia dito, no jardim dos fundos! Mas ela era uma maga! Era um parque... E ela não sabia seus nomes, mas amigos sabia que eram, amigos sem nomes, canções sem palavras, sempre as melhores. Mas havia tantas portas, tantos lugares inesperados, que ela não conseguia encontrar o caminho.

– A velha Sra. Hilbery – disse Peter; mas quem era aquela? Aquela senhora parada perto da cortina a noite toda, sem falar? Ele conhecia seu rosto; ligada a Bourton. Ela, sem dúvida, cortava roupas de baixo na grande mesa da janela? Davidson, era esse o nome dela?

– Ah, aquela é Ellie Henderson – disse Sally. Clarissa era realmente muito dura com ela. Era uma prima, muito pobre. Clarissa era dura com as pessoas.

Ela era, sim, disse Peter. No entanto, disse Sally, com seu jeito emocional, com uma onda de entusiasmo que Peter tinha adorado antes, mas temia pouco agora, tão efusiva ela poderia se tornar; como Clarissa era generosa com os amigos! Que rara qualidade essa, e às vezes, na noite de Natal ou no dia seguinte, quando ela agradecia pelo que possuía, colocava essa amizade em primeiro lugar. Eles eram jovens; era isso. Clarissa tinha o coração puro; era isso. Peter devia achá-la sentimental. E ela era. Porque ela passara a sentir que a única coisa que valia a pena dizer era o que se sente. Inteligência era bobagem. Era preciso dizer simplesmente o que se sente.

— Mas eu não sei o que eu sinto — disse Peter Walsh.

Pobre Peter, Sally pensou. Por que Clarissa não vinha conversar com eles? Era isso que ele desejava. Ela sabia disso. O tempo todo ele pensava apenas em Clarissa e mexia no canivete.

Ele não achara a vida simples, disse Peter. Suas relações com Clarissa não tinham sido simples. Isso havia estragado sua vida, disse ele. (Eles tinham sido tão íntimos, ele e Sally Seton, era absurdo não falar disso.) Impossível se apaixonar duas vezes, disse ele. E o que ela poderia dizer? Mesmo assim, é melhor ter amado (mas ele a acharia sentimental, ele era sempre tão cortante). Ele tinha de ir ficar com eles em Manchester. É verdade, disse ele. Verdade mesmo. Ele adoraria ir ficar com eles, assim que fizesse o que tinha de fazer em Londres.

E Clarissa tinha gostado dele mais do que jamais gostara de Richard. Sally tinha certeza disso.

— Não, não, não! — disse Peter (Sally não deveria ter dito isso, foi longe demais). Aquele bom sujeito... lá estava ele no final da sala, resistindo, o mesmo de sempre, o querido velho Richard. Com quem ele estava falando?, Sally perguntou, aquele homem de aparência muito distinta? Vivendo na selva como ela vivia, tinha uma curiosidade insaciável de saber quem eram as pessoas. Mas Peter não sabia. Ele não gostava da aparência dele, disse, provavelmente um ministro do Gabinete. De todos eles, Richard lhe parecia o melhor, disse, o mais desinteressado.

— Mas o que ele fez? — perguntou Sally. Serviço público, ela achava. E eles eram felizes juntos?, Sally perguntou (ela mesma estava extremamente feliz); pois, ela admitia, não sabia nada sobre eles, apenas tirava conclusões, como se faz, pois o que se pode saber até mesmo das pessoas com quem se convive todos os dias?, ela perguntou. Não somos todos prisioneiros? Ela havia lido uma peça de teatro maravilhosa sobre um homem que arranhava a parede de sua cela e sentira que isso era verdade na vida: arranhamos a parede. Desesperançada com as relações humanas (as pessoas eram tão difíceis), muitas vezes ela ia ao seu jardim e obtinha das flores uma paz que homens e mulheres nunca lhe deram. Mas não; ele não gostava de repolhos; preferia seres humanos, disse Peter. É verdade, os jovens são lindos, disse Sally, observando Elizabeth atravessar a sala. Tão diferente de Clarissa na sua idade! Ele sabia alguma coisa sobre ela? Ela não abria a boca. Não muito, ainda não, Peter admitiu. Era como um lírio, Sally disse, um lírio à beira de uma lagoa. Mas Peter não concordava que não sabemos nada. Nós sabemos tudo, disse ele; pelo menos ele sabia.

Mas esses dois, Sally sussurrou, esses dois que vêm vindo agora (e realmente ela tinha de ir embora, se Clarissa não aparecesse logo), esse homem de aparência distinta e sua esposa de aparência bem comum que estivera conversando com Richard, o que alguém poderia saber sobre pessoas assim?

– Que são impostores condenáveis – disse Peter, olhando os dois casualmente. Ele fez Sally rir.

Mas Sir William Bradshaw parou na porta para olhar um quadro. Procurou no canto o nome do gravador. Sua esposa também olhou. Sir William Bradshaw tinha muito interesse em arte.

Quando a gente é jovem, disse Peter, tem muita animação para conhecer pessoas. Agora, aquele ali era velho, 52 para ser mais preciso (Sally tinha 55 anos, no corpo, ela disse, mas seu coração era como o de uma garota de vinte); agora, quando a pessoa está madura, disse Peter, pode observar, pode entender e não perder a capacidade de sentir, disse ele. Não, é verdade, disse Sally. A cada ano, ela sentia mais profundamente, com mais paixão. Aumentava, disse ele, é, talvez, mas a gente deve se alegrar com isso: continuava aumentando, pela experiência dele. Havia alguém na Índia. Ele gostaria de contar a Sally sobre ela. Gostaria que Sally a conhecesse. Ela era casada, disse ele. Tinha dois filhos pequenos. Todos eles precisam ir a Manchester, disse Sally, ele tinha de prometer antes de irem embora.

Lá está Elizabeth, ele disse, ela não sente nem metade do que nós sentimos, não ainda. Mas, ao ver Elizabeth ir até seu pai, disse Sally, dá para ver que são devotados um ao outro. Ela conseguia dizer isso pelo jeito como Elizabeth ia até o pai.

Porque o pai estava olhando para ela enquanto falava com os Bradshaw, e pensava consigo mesmo: quem é aquela moça adorável? E de repente percebeu que era sua Elizabeth, e não a tinha reconhecido, tão linda em seu vestido cor-de-rosa! Elizabeth sentiu que ele olhava para ela enquanto falava com Willie Titcomb. Então, foi até ele e os dois ficaram juntos, agora que a festa estava quase acabando, olhando as pessoas irem embora, as salas cada vez mais vazias, com coisas espalhadas pelo chão. Até Ellie Henderson estava indo, quase a última, embora ninguém tivesse falado com ela, mas queria ver tudo, para contar a Edith. E Richard e Elizabeth ficaram bem contentes pelo fim da festa, mas Richard estava orgulhoso de sua filha. Ele não tinha a intenção de contar a ela, mas não conseguiu evitar contar a ela. Tinha olhado para ela, disse, e se perguntado: quem é aquela moça adorável? E era a sua filha! Isso a deixou feliz. Mas seu pobre cachorro estava uivando.

– Richard melhorou. Você tem razão – disse Sally. – Vou falar com ele. Dizer boa noite. O que importa o cérebro – disse Lady Rosseter, levantando-se –, comparado ao coração?

– Eu irei – disse Peter, mas continuou sentado por um momento. O que é esse terror? O que é esse êxtase?, ele pensou consigo mesmo. O que é que me enche de extraordinária excitação?

É Clarissa, ele disse.

Pois ali estava ela.

grupo novo século

Compartilhando propósitos e conectando pessoas
Visite nosso site e fique por dentro dos nossos lançamentos:
www.novoseculo.com.br

‹ns

facebook/novoseculoeditora
@novoseculoeditora
@NovoSeculo
novo século editora

Edição: 1
Fonte: IBM Plex Serif

gruponovoseculo.com.br